U0840795

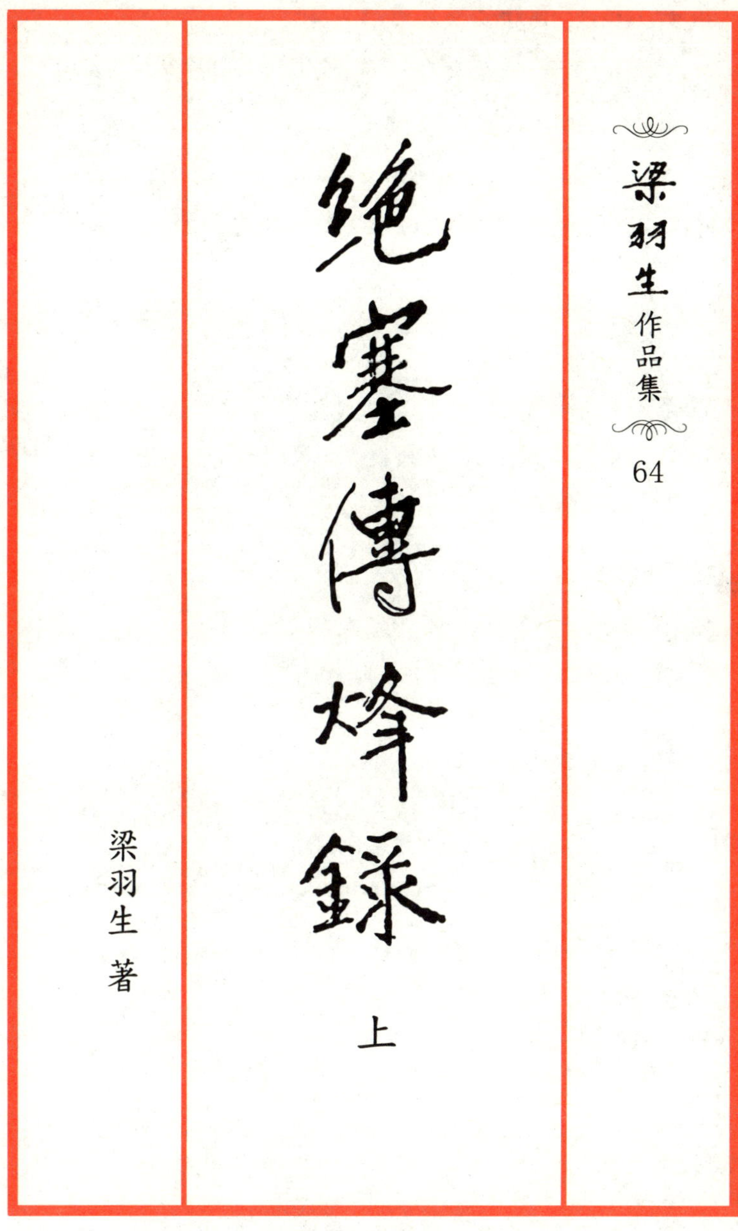

梁羽生作品集

64

绝塞传烽录

上

梁羽生 著

中山大学出版社
·广州·

图书在版编目（CIP）数据

绝塞传烽录/梁羽生著．--广州：中山大学出版社，2012．9
（梁羽生作品集）
ISBN 978-7-306-04328-3

Ⅰ．①绝…　Ⅱ．①梁…　Ⅲ．①侠义小说－中国－当代　Ⅳ．①I247.5

中国版本图书馆CIP数据核字（2012）第235055号

广东省版权局版权合同登记图字：19－2012－076号

朗声图书

本书版权由集锐传意有限公司授权广州市朗声图书有限公司在中国大陆（不包括香港、澳门、台湾地区）专有使用

封面题字：黄苗子　书名篆刻：张贻来

绝塞传烽录

出 版 人　祁　军
策　　划　欧阳群
责任编辑　何　娴　熊锡源
封面设计　林卓萍　德斯裴设计
内文插画　蒙复旦
文字编辑　林卓萍　林春光
出 版 社　中山大学出版社
（地址：广州市新港西路135号　邮政编码：510275）
电　　话　编辑部020-84111996　传真020-84036565
网　　址　http://www.zsup.com.cn　E-mail:zdcbs@mail.sysu.edu.cn
代理发行　广州市朗声图书有限公司（电话：020-34297719）
印　　刷　湛江南华印务有限公司
规　　格　880mm×1230mm　1/32　17.5印张　493千字　插图12幅
版次印次　2012年12月第1版　2014年9月第2次印刷
定　　价　39.00元（全二册）

目　录

第一回　恩仇未了相思债
利害云何骨肉情

萍飘倦侣，算茫茫人海，朋友知否？剑匣诗囊常作伴，踏破晚风朝露。长啸穿云，高歌散雾，孤雁来还去。盟鸥社燕，雪泥鸿爪无据。

秋意正袭燕云，京华漫步，目断繁华处。徘徊重续悲秋句，一样荒凉闹市。酒绿灯红，浓歌艳舞，于我浑无与。高山流水，有谁曾解琴趣？

——调寄《百字令》

辣手观音与总镖头

车如流水马如龙。在北京最热闹的“王府井”街头，出现了一个颜容枯槁的妇人。年纪不算太老，大概不过五十多岁，脸上却已皱纹遍布，刻下她阅尽沧桑的标志。

繁华闹市，踽踽独行。车水马龙，在她都不过如同云烟过眼。

冠盖满京华，斯人独憔悴。为什么她的心境这样寂寞？

她可不是普通的老妇，她是大名鼎鼎的辣手观音，曾令江湖人物闻名丧胆的辣手观音杨大姑。

她的儿子齐世杰是武林后起之秀中最负盛名的少年英侠，两年前到塞外去了，尚未回来。

她的弟弟是保定名武师杨牧，如今却已成为甚得皇上宠信的大内侍卫，正在北京。

但她这次来京，却并不是来探望弟弟的。她是应震远镖局总镖韩威武之请而来的。他们是多年的老朋友。

她一见到韩威武，劈头就问："老韩，你捣什么鬼？"

这句话来得甚为突兀，韩威武虽然熟知她的性格，也是不禁为之一愕，笑道："我是专程请你来的，你怎么一开口就骂？在你姑奶奶面前，谁又敢捣什么鬼啊？"

杨大姑道："好，那我问你，你不是专程请我来吃喝玩乐的吧？"

韩威武笑道："老大姐，原来你是怪我不把请客的原因告诉你。实不相瞒，我是有事求你，但却是不方便请外人转达的。"

杨大姑道："你不说这句话还好，说这句话，我倒是又有一件事情要问你了。"

韩威武道："请问。"

杨大姑道："宋鹏举和胡联奎这两个小猴儿是不是出差去了？"宋胡二人是她的师侄，也是震远镖局的镖师。

韩威武道："不是。"

杨大姑道："是不是两个人都得了病了？"

韩威武道："他们连伤风咳嗽也没有。"

杨大姑道："好，那么我再问你，你总不会不知道他们是我的师侄吧？"

韩威武道："我还知道他们是在你的家中长大的呢。"

杨大姑道："那么，他们既非出差，亦非生病，你为什么不差遣他们来请我？他们可并不是外人啊。你有什么见不得人的事情，难道叫他们转达你也相信不过。"

韩威武道："实不相瞒，别的事我可以差遣他们，唯有请你老大姐移玉京师这件大事，我可不敢差遣他们。"

杨大姑道："为什么？"

韩威武道："因为有人在盯着他们。"

杨大姑道："他们犯了何事？"韩威武道："没有。"杨大姑道："我还以为官府的人监视他们呢。既然不是，那又有谁这样大胆，胆敢叫你们京师第一大镖局的镖头不敢走出京城？"

雨前
龍井
毛尖
紅茶

在北京最热闹的“王府井”街头，出现了一个容颜枯槁、皱纹遍布的妇人。但她可不是普通的老妇，她是大名鼎鼎，曾令江湖人物闻名丧胆的辣手观音杨大姑。

韩威武道：“这个人也是你的师侄。”

杨大姑面色一变，说道：“你说的是闵成龙？”闵成龙是杨牧的大弟子，如今正在御林军中当个不大不小的军官的。

韩威武道：“不错，正是你们这位杨门高足，闵成龙，闵大人！”

闵成龙曾在震远镖局当过副总镖头，如今韩威武把他以前的副手称为“闵大人”，当然不是“尊称”，而是发泄内心的气愤。

但听在杨大姑的耳中，却是不能不想到别的方面。她以为韩威武是在提醒她别忘记她的这个师侄如今已经是替朝廷办事的官儿了。

“莫非杰儿在保定所做的事情，已经给牧弟知道。杰儿和宋鹏举、胡联奎二人私交最好，故此牧弟授意他这个心腹弟子监视宋胡二人，要从他们的身上打探杰儿的秘密，并兼侦察杰儿的行踪？”

她哼了一声，说道：“哦，原来是闵成龙要为难他的两个师弟吗？你老实告诉我，其中是否还牵涉别的事情？你又是否因为无法维护他们，才请我来的？”

韩威武说道：“别情那是有的。但闵成龙倒不是要和师弟为难，相反他还应承宋胡二人许多好处呢。”

杨大姑冷笑道：“闵成龙在官场里混了这许多年，大概也学会了威迫利诱这种双管齐下的手段了。他应承了宋胡二人什么好处？”

韩威武听出她的口气对闵成龙甚为不满，心里暗暗欢喜，想道：“看来我这一宝是押得对了。这位老大姐虽然人称辣手观音，却也并非如别人想象那样蛮不讲理。凭我和她的交情，我纵然不敢望她帮理不帮亲，请她替我转圜，大概她还可以答允。”当下笑道：“我已经叫人去请你这两位师侄来了，闵成龙怎样对他们‘封官许愿’，还是让他们亲口告诉你吧！趁他们未来之前，我先把要你帮忙的事情告诉你。”

杨大姑知道事情与她的儿子无关，稍稍放下了心，说道：“老韩，你是知道我的。我虽然没有正式宣告闭门封刀，但近十年来，事实上我已经是等于退出江湖的了。江湖的事情，我不愿意多管！”

韩威武笑道：“老大姐，你放心，我不是请你助拳，我只是想请你帮忙我阻止闵成龙毁掉震远镖局。”

杨大姑勃然变色，说道：“什么？闵成龙这样大胆，居然要毁掉你这间镖局吗？哼，小小一个御林军官，纵算他倚仗官威，料他也办不到！”

韩威武道：“他并不是要镖局关门，但也等于毁掉镖局。老大姐，你别心急，我慢慢告诉你。”

“我干了这许多年镖行，多蒙江湖上的朋友给我面子，侥幸没出过什么大漏子，保住了震远镖局这块金漆招牌。如今我已决定退休，并且把我这个决定通知和镖局有关的人了。我准备在我六十岁贱辰那天，宴请京师的镖行朋友，正式把总镖头的职位移交。”韩威武道。

杨大姑道：“啊，你不说我倒忘了。对啦，你的生日是在这个月底的吧？”

韩威武道：“不错，是本月廿八日，还有五天就到了。”

杨大姑道：“那我倒是刚好来得及时，可以吃过你的寿桃才走。不过，老韩，你的身体很好，六十岁也还不能算老嘛，怎么就要闭门封刀了？”

韩威武道：“人无千日好，花无百日红。老大姐，你不干镖行，你不知道，做我们这行，和做强盗一样，过的都是刀头舐血的生涯。但做强盗可要比我们好得多。”

杨大姑笑道：“做哪一行都有牢骚的。但拿镖师和强盗相比我倒是第一次听到。我倒想听听你的牢骚。”

韩威武道：“做强盗的只凭武力去抢，本领不如人家，大不了只是赔了脑袋。做镖师的不但要武功好，而且还要操心。他要到处拉关系，黑道白道都得应酬，逢年过节，你少送一份礼可能就惹出麻烦。我当了几年总镖头，还有许多人事上的纠纷，当真可说是已经心力交疲了。这几年江湖上又出现了许多急于想要成名立万的黑道高手，去年我亲自保一支镖到成都，碰上一个不明来历的独行大盗，就几乎遭了挫折。我想来想去，不如趁现在尚未大栽筋斗，学你老大姐的榜样，趁早退出江湖的好。”

杨大姑笑道：“你这一招叫做以子之矛攻子之盾，我不敢劝阻你退休了。但不知继任的总镖头你选定没有?”

韩威武道:“就是在这个问题有了麻烦!”

杨大姑道:“哦,什么麻烦?”

韩威武道:“震远镖局的历史你是知道的。创办这间镖局的本来只有两个股东,一个是先父巨源公,另一位是武师戴均。约二十年前,戴均涉嫌和小金川那帮反叛朝廷的人物有往来,他弃家逃走,震远镖局幸亏得令弟之力,不致遭受牵累。”

杨大姑道:“我知道。闵成龙就是那个时候由我的弟弟介绍到你们镖局来的。”韩威武道:“闵成龙进了镖局,未够两年,就升到副总镖头,当了我的副手。老大姐,料想你也明白,这并不是因为他的武功好。”

杨大姑道:“我知道这是你给我弟弟的面子。”

韩威武道:“老大姐,你说对了一半。”

杨大姑道:“哦,还有别的原因吗?”

韩威武道:“戴均涉嫌私通叛逆,畏罪潜逃,至今毫无消息。震远镖局是戴家、韩家合资创办的,戴均一走,他在镖局的股权,就变成了无主之物了。”杨大姑已经猜到几分,故意问道:“这件事情与你提拔闵成龙当副总镖头又有何关?”

韩威武道:“令弟还没有告诉你吗?我以为你早已知道了!”

杨大姑道:“知道什么?”

韩威武道:“戴均一走,令弟就成为震远镖局的大股东!”

杨大姑道:“真的吗?他可从来没有对我说过。但怎的他会承继戴均的股权?”

韩威武道:“戴均畏罪潜逃,官府就坐定了他私通叛逆的罪名。本来震远镖局是难免受他牵累的,全仗令弟之力,和官府说情,把这件案子压下来,镖局才得保全。但所谓‘压下来’,也只是官府不把戴均的罪状公开宣布而已,他在镖局的股权则是必须易主了。令弟是揭发此案的人,又是替震远镖局斡旋的人,所以事情过后,他就‘顺理成章’地替代戴均做镖局的股东了。”

杨大姑眉头一皱,说道:“这么说来,他乃是挟官府之力强占戴家股权,怪不得他不敢把这件事情告诉我。二十年前,我的性子比现在暴躁得多，要是我当时知道，一定不许他这样做的。”

韩威武苦笑道：“当时令弟还惺惺作态，要我们苦苦求他，他才肯做镖局的股东呢。不过这是有关震远镖局的业务秘密，令弟在镖局的身份是直到如今尚未公开的。”

杨大姑点了点头，说道：“我懂，要是给江湖上的朋友知道有一个大内侍卫占了震远镖局的一半股份，恐怕就有许多人看不起震远镖局了。”

韩威武道：“令弟不是占一半股份，是占了六成股份。”

杨大姑道：“你不是说镖局是你们韩家和戴家一人一半合资创办的吗？他那另外一成股份从何而来？”

韩威武苦笑道：“是我为了报答他为我向官府说情免受牵累的恩惠，送给他的。当然不是他开口问我要，是当时的御林军统领北宫望给我暗示，叫我求他接受的。”

韩威武苦笑着继续说道：“令弟是震远镖局的大股东，他要安排他的大弟子做副总镖头，已经是给了我面子了。否则，即使闵成龙要做总镖头，我也只能退位让贤。”杨大姑叹口气道：“我有这样一个弟弟，真是令我惭愧。不过，好在闵成龙已经做了官，震远镖局的事情，你总可以作主了吧？”

韩威武道：“不，现在他又想回到镖局来了。而且，不仅仅只想当副总镖头了。”

杨大姑冷笑道：“他想当什么？”

说到此处，宋鹏举与胡联奎已经来到。韩威武道：“老大姐，你问你这两位师侄吧。”

杨大姑问道：“听说闵成龙前几天来找过你们，答允你们一些好处，是什么好处？”

宋鹏举道：“闵师哥说，要让我们做震远镖局的副总镖头。”

杨大姑道：“哦，他凭什么资格可以提拔你们做副总镖头？”

胡联奎道：“他说他要回来当总镖头，希望我们自己人拥护他。”

杨大姑道：“原来他要你们做他的党羽，你们一下子就能够当上了京师第一大镖局的副总镖头，他给你们的好处可也当真是不小呀!”

宋胡二人齐声说道:“师姑，我们有多少斤两，你老人家知道。我们怎样不自量力，也不敢接受大师哥的‘好处’的。说老实话，大师哥要把震远镖局拿到手中，我也替总镖头抱不平呢。不过，我们不敢说罢了。”

杨大姑道:“为什么不敢说?”

宋胡讷讷说道:“这个、这个，做弟子的实在，实在……”

杨大姑道:“我明白了。闵成龙告诉你们，这是你们师父的主意吧?”

宋胡二人低下了头，默认了。

韩威武说道:“按照大镖局的惯例，总镖头的人选应该是在镖局做过多年的旧人，不但要武功好而且要人缘好，才能令得镖局上下一心，事业兴旺。”

杨大姑道:“这两个条件，闵成龙可都差得太远!”

韩威武道:“但依照规矩，做镖头的固然要得同仁拥护，但更紧要的是人选先得由股东决定。不是股东兼任，也必须由股东聘任。倘若那个人是武林中德高望重的人物，没在镖行做过事也可以的。闵成龙好歹做过震远镖局两年的副总镖头，令弟以大股东资格要他继承我的职位，我又怎能反对?”

杨大姑道:“你请我来，是不是要我帮忙阻止闵成龙做总镖头?”

韩威武道:“我不敢说令师侄不配做震远镖局的总镖头，但他是现任的御林军军官，纵然是辞了官方始再来镖局，江湖上的朋友知道了也会从此把震远镖局的招牌看得一文不值!”

杨大姑道:“你不用为我解释了，我告诉你，要是你让闵成龙继你做总镖头，我连你也看不起!”

韩威武喜道:“老大姐，那么你是肯帮我劝阻令弟打消这个主意了?”

杨大姑道:“不是我不肯，只怕我说了也不济事。”

韩威武道:“老大姐，你不是故意推搪吧。长姐如母，何况令弟确实是你这位姐姐兼母职，将他抚养成人的。令弟怎会不听你的话？闵成龙不过是令弟的傀儡，只要令弟收回成命，他自是非打退堂鼓不可！”

杨大姑不愿把家丑外扬，说道：“好，我答应替你管这件事，但你也不必管我用什么办法。你告诉我，你心目中可有了继任的总镖头？”

韩威武道：“这个、这个……”

杨大姑道：“咦，你怎么吞吞吐吐？有何顾忌吗？”

宋鹏举道：“师姑，我们一众镖师，在镖局里除了韩总镖头之外，最佩服的就是沐副总镖头。我们一知道韩总镖头有闭门封刀之意，就曾经联名表示拥护沐副总镖头了。”

杨大姑道：“你说的这位沐副总镖头可是沐天澜么？”

宋鹏举道：“不错。这位副总镖头也正是总镖头的东床快婿。”

杨大姑恍然大悟，笑道：“我知道，我也明白了，老韩，你是怕别人说你闲话，说你任用亲人吧？”

宋鹏举道：“别人不会有闲话的，要有也只是闵师哥。”

韩威武道：“本来我连副总镖头也不想给小婿充当的，只因他为镖局立了好几次大功，不能不让他做。但要是让他做总镖头，只怕令弟认为我是要和他争权夺利了。你想他属意他的徒弟，我则要提拔我的女婿，表面看来，岂非一样？”

杨大姑道：“好在你也知道只是表面相同，实际并不一样。闵成龙的武功和威望怎能和沐天澜相比。”

韩威武道：“还是避免贻人口实的好。我心目中倒有另一个人选，只不知老大姐肯不肯应承？”

杨大姑道：“咦，这倒奇了，你选总镖头继承你的职位，何须要我应承？”

韩威武笑道：“这个人必须得到你的点头，或许他才会做我们镖局的总镖头的。要是你不答允，连‘或许’的希望都没有！”

杨大姑诧道：“你说的究竟是谁？”

韩威武道：“就是令郎！”

杨大姑道：“你真是异想天开了，世杰怎能膺此重任？”

韩威武道：“我可是非常认真的，令郎和关东大侠尉迟炯斗到百招开外打成平手这件事情，早已传遍江湖，论名气是足可以做区区一间镖局的总镖头了。”（齐世杰与尉迟炯不打不相识一事，事详拙著《弹指惊雷》。）

杨大姑道：“震远镖局可并不是区区一间小镖局，而是京师第一的大镖局啊！”

韩威武道：“正因为是震远镖局，令郎出任总镖头方始最为合适！”

杨大姑道：“我懂得你的意思，你是因为你们的大股东是他舅舅的缘故。”

韩威武道：“是呀，外甥应该比徒弟更亲，加上由你向令弟提出，令弟也不好意思拒绝。而我得到令郎继任，我也可以放心。”

杨大姑道：“哦，你就这样信世杰不会帮他的舅父吞掉你的镖局？”

韩威武笑道：“世杰世兄的为人我亦略知一二，他怎能与闵成龙相提并论？何况他是你调教出来的儿子，有其母必有其子，我要是不相信他，岂不等于不相信你了？不相信你，那又何必请你老大姐出来支持公道？”

杨大姑笑道：“你别给我戴高帽了，我老实告诉你，世杰和他的舅父是合不到一起的。世杰固然不会沾他舅父的光，他的舅父也不会信任他的！”

韩威武道：“由你提出，你的弟弟会给你面子吧？”

杨大姑道：“第一，我一生为人耿直，我既然不值舍弟所为，也就不会去求他提拔我的儿子，第二，就算我肯搁下面子求他，世杰也不能到你们镖局来的。因为他已经出门去了，我也不知道他如今是在何处，更不知道何时方始回家。”

韩威武好生失望，说道：“如此说来，此议只好作废了。”

杨大姑道：“还是让我用自己的办法吧。依我看还是由令婿继你之任最好。现在就请他来见过好吗？”

韩威武尚在沉吟，他的女婿沐天澜已经不请自来了。

杨大姑道：“这可正是应了一句老话了，刚说曹操，曹操就到。”

沐天澜道:“对不住,恕我未曾通报。”原来韩威武因为是和杨大姑密商镖局的大事,故此早就吩咐下去,未得他的允许,任何人不准进来的。

韩威武见他不请自来,心里也有点觉得奇怪,但不想在人前责备他,见他仍然站着,便道:“你坐下来吧,我正要找你呢。”

沐天澜怔了一怔,说道:“师父,你已经知道了这件事情么?”

韩威武也是一怔,说道:“什么事情?”

沐天澜道:“外面来了一个要求我们替他保镖的客人,这客人可有点怪。”

韩威武和杨大姑这才知道他是为了别的事情,韩威武皱眉道:“生意上的事情,你叫李管事应付他吧。”

沐天澜道:“李管事不知应该如何应付,才叫我请示总镖头的。”

韩威武道:“哦,那你说吧,他提出什么苛刻的条件?”

沐天澜道:“条件并不苛刻,只是有点古怪。他指名要我们镖局两位镖师替他保镖。”

镖行的规矩,客人是可以指名请除了总镖头之外的任何镖师保镖的。这种人必定是熟悉镖局的情形,知道哪个镖师武功最好或交游最广,方始慕名而来。

不过镖行虽然有这条规矩,震远镖局却从未有过这种客人,这是因为一来震远镖局卖的是“京师第一大镖局”的金漆老招牌,只须打出震远镖局的旗号,任何一个镖师都可以在大江南北通行无阻,二来照镖行规矩,指定镖师保镖,镖银最少就得加倍。

韩威武道:“他想请哪两位镖师?”

沐天澜道:“就是宋胡两位老弟。”

此言一出,宋鹏举与胡联奎都吃了一惊,说道:“这个客人一定是来找我们开心的!”

要知他们二人在江湖上尚未混出字号,在镖行里也只是新进的后辈,论武功,论名气,震远镖局里怎样数也数不到他们!

杨大姑道:“怪不得你说有点古怪,果然真是古怪!哼,莫非这个客人是因为你们师父的缘故才看重你们的?”

韩威武问道：“是怎样的一个人，他要保的是什么？”

怪客来求保暗镖

沐天澜道：“是个贵公子模样的人，年纪很轻，看来似还未到二十岁。他要保的乃是暗镖，愿意出镖银黄金千两。”

保镖有“明镖”“暗镖”之分，明镖把货物当面交给镖局管事的人，看货议价而定镖银。“暗镖”则是不让镖局知道货物是什么的，通常“暗镖”保的乃是奇珍异宝一类的“红货”，火漆密封在匣子里，根据客人愿出的镖银而定货价，以一赔十作为“例规”。黄金千两的镖银，假如这支“暗镖”在途中被劫，镖局就要赔一万两金子。韩威武吃一惊道：“我们震远镖局，总共也值不到一万两金子。”

沐天澜道：“那么我去对他说，不接这支镖，好吗？”

韩威武摇了摇头，说道：“震远镖局从来没有把送上门的生意推掉的！这不是赚镖银的问题，是我们要维持这面金漆招牌，你懂不懂？”

沐天澜道：“我懂，李管事和我也正是为了咱们镖局的面子为难。不过，他指名要宋兄和胡兄保镖，这个这个……”

杨大姑道：“不必吞吞吐吐，要是你们当真让我这两个师侄保镖，别说你们不放心，我也放心不下。”

韩威武道：“李管事有没有与他商量，请他许可咱们另派一位镖师？”

沐天澜道：“说过了，我也已经碰了钉子了。”

韩威武道：“碰了怎样的钉子？”

沐天澜道：“李管事向他提出由我保镖，说明我是副总镖头。哪知却给他冷言冷语说了一顿。”

韩威武道：“哦，他竟敢看不起你吗？”这句话不假思索地冲口而出，显得他对这位爱婿十分看重。

沐天澜道：“他说我要的是真才实学不是虚名。贵局的副总镖头或许不是浪得虚名之辈，但我未曾见过，我只相信我所要选择的宋胡两位镖师。”

韩威武道："当时你在场吗？"

沐天澜道："我在后堂，他说的话都听见。"

韩威武笑道："你听了一定很不服气？"

沐天澜道："是呀，李管事后来进来和我说，我说倘若镖局不是有严禁得罪客人的规定，我真想试他有多少斤两。但李管事说千万不可试他功夫。"

韩威武道："李管事为何这样说？"

沐天澜道："他说这少年的武功莫测高深，我身为镖局的副总镖头，万一吃了这少年的亏，镖局的面子可丢不起。"

杨大姑心中一动，问道："他怎么知道这少年的武功莫测高深？"

沐天澜道："我们这位李管事武功虽然不能算是第一流，眼光却是第一流的。"

说至此处，听得有人在外面说道："我有事禀报总镖头。"

他在院子外面说话，声音却如在耳边。杨大姑心想："这人的武功倒也不弱，不知是谁？"

韩威武笑道："又是一个刚说曹操，曹操便到的'曹操'来了。李管事，请进来吧。"

只见一个麻子走了进来，先向杨大姑施了一礼，说道："许久不见，大姑，你好。"

杨大姑道："李麻子，原来是你。你怎的不做小偷，做起镖局的管事来了？"

李麻子笑嘻嘻地说道："我给快活张比了下去，没办法只好改邪归正了。"

原来这个李麻子乃是早已享有盛名的"天下第二神偷"，他不但有妙手空空的本领，更精于改容易貌之术。十多年前，快活张曾与他比试，在施展妙手空空的绝技上胜过了他，改容易貌之术则是他的手下败将。两人惺惺相惜，交换功夫，成为好友。杨大姑曾经给快活张捉弄过，当时幸得李麻子给她解窘，故此她对李麻子较有好感。

韩威武道："哦，原来你们是早就相识，那就更好了。李管事，那个客人还没走吧？是不是要我亲自出去应付？”

李麻子道：“那客人还在外面，我已经将他稳住了，暂时大概不至闹事。我想先禀告另一件急事。”

韩威武道：“又有什么急事？”

李麻子道：“闵成龙派人来，请宋胡两位镖师立即去他家里。”

宋鹏举苦着脸道：“大师兄不知又要给我们出什么难题，师姑你说，我们是去呢还是不去？”

杨大姑道：“去，怎么不去？我和你们一起去！”

沐天澜道：“但那个客人要他们保镖，如何发付？”

杨大姑道：“我替你们打发他！”

韩威武连忙说道：“老大姐盛情可感，不过这是我们镖局的事情，这个，这个……”

杨大姑道：“哦，你不愿意我插手你们镖局的事？”

韩威武道：“老大姐请莫误会，我们只是不想得罪客人而已，除非他是存心闹事，那又另当别论。”

杨大姑道：“这小子放着多少镖局里别的成名镖师不请，偏偏要请我这两个刚刚出道的师侄，难道还不是存心叵测，有意生事？”

韩威武道：“他的存心当然是可疑的了，不过他是依照镖行的规矩礼聘我们的镖师，我们也只能以礼相待，想个法子，将他送走。”

杨大姑有点不大高兴，说道：“好，那你就慢慢想法吧。但只怕闵成龙不能久候了。”

韩威武回过头来，问李麻子道：“老李，你是不是试过那客人的武功？”

李麻子道：“我怎敢破坏镖行的规矩？”

韩威武道：“但听天澜所说，你好像已经知道他身负上乘武功？”

李麻子道：“我是凭着一双眼睛看出来的，只不知看得对是不对，还是请老镖头法眼鉴辨。”

韩威武道：“待会儿我是要亲自去会会他的。你先说说你的看法。”

李麻子道："观其人观其眸子，这小子的眼神光华内蕴，大异常人。"

韩威武道："不错，身具上乘武功的人，多半神采奕奕，但只凭这一点还不能断定。"

李麻子道："但若加上另一样特别之处，那就似乎可以断定了。"

韩威武道："还有什么特别之处？"

李麻子道："他并不是用本来的面目和我们相见，这一点我相信决不会看错。"

韩威武笑道："你是当今之世最精于改容易貌的人，这小子隐瞒庐山真貌，当然是骗不过你了。"

李麻子道："依我猜想，他多半不是无名之辈，恐怕给人家认出他是谁，才改容易貌的。"

杨大姑忽地问道："依你看，他本来的年纪是不是要比现在的模样大些？据天澜世兄说，他似乎只有二十岁左右。"

韩威武道："是呀，要是当真已是成名之辈，那就不应该这样年轻了。"

不料李麻子却道："依我看他本来的岁数恐怕更轻，可能还未到二十。但这就正是我觉得奇怪的地方了，假如我看得不错的话，他却要比一般练过二三十年内功的人功力更深！"

沐天澜说道："哦，竟有这样的事，难道他在娘胎里就练武功？"

李麻子道："我也觉得奇怪，或许我看得不准。请老镖头法眼鉴定。"

韩威武沉吟半晌，说道："你的眼力我是绝对相信的，但如此说来，这个少年的来意就更令人难测了。这样吧，鹏举、联奎，你们还是按照原定的计划去见大师兄吧。这个少年由我应付好了。"

宋胡二人答应之后，向杨大姑问道："师姑，你是准备和我们一起去呢，还是让我们先去。"

杨大姑忽道："我倒想请你们稍待片刻。老韩，我想看一看那小子是何等样人方始决定，可有地方让我偷窥，那小子不会发觉的。”

韩威武道：“有倒是有，不过老大姐，不知你是决定什么?”

杨大姑笑道：“你放心，我不会得罪你的贵客的。待我看清楚后，说不定我会让我这两个师侄给那小子保镖。”

韩威武怔了一怔，说道：“你的意思，是你有把握可以看出这小子的来历?”

杨大姑道：“我没有把握，我也并不是要在确实知道他是好人之后，才让鹏举、联奎给他保镖。但我希望你把这件事情由我决定!”

韩威武莫测高深，思疑不定。但想杨大姑虽然是著名的“辣手观音”，但在江湖上有几十年阅历，决不会胡闹一气。便道：“震远镖局全靠老大姐维持，这件小事，我们岂能不听你的吩咐?好，你说怎样办就怎样办好了。”

杨大姑道：“多谢你给我面子，那么咱们先商量妥定，待会儿你按照我的决定去做。”

商量定妥，杨大姑与宋鹏举、胡联奎二人躲在那间专为会见贵客的小花厅后面的一座楼房，楼房对着花厅的后窗，上面有特殊设备，可以居高临下地看得清清楚楚，而不至于给客人发现。

韩威武则由李麻子陪同他走进那间小客厅。

那个穿着一身华贵衣裳，模样十足十像是个贵公子的少年正自等得心焦，一见李麻子进来，不禁便是眉头一皱，说道：“为什么还不请宋胡两位镖师进来见我?”韩威武心想：“他这样说，显然他是早已认识宋鹏举与胡联奎二人的了。”故意装作有点儿惶恐的神气，不作声。

李麻子赔笑道：“这位韩大爷是我们镖局的总镖头!”

震远镖局是京师第一大镖局，第一大镖局的总镖头身份岂比寻常?即使是各大帮派的帮主、掌门见到韩威武也不能不尊敬几分的。

哪知这少年却是视若等闲，淡淡说道：“韩总镖头亲自接见，可真是令我这个无名小卒受宠若惊了。但我只是想请贵局的宋胡两位镖师保镖，不敢有劳总镖头大驾。”

他口里说的是“受宠若惊”，其实却是一副拒人于千里之外的态度。

韩威武不觉心中有气，故意微笑说道：“哦，倘若是由我亲自出马替你保镖，也不行么？”

那少年道：“不敢劳烦总镖头，只是想请总镖头照镖行的行规办事。”

韩威武道：“不错，镖行的规矩是可以由客人指定镖师的，但那也并非没有例外。”

那少年道：“我知道，只是在两种情形之下不可能。第一种是指定的镖师不在镖局；第二种是总镖头坚决不许他们保镖。但若是后一种情形，总镖头必须要镖行有头面的人，当众说出足够的理由。否则只有总镖头和客人所指定的镖师一同离开镖局！”

韩威武道：“阁下对镖行规矩倒是打听得很清楚。”

那少年道：“贵局的李管事已经告诉我，宋胡两位镖师是在镖局的！”

韩威武道：“不错！”

那少年道：“那么是你不许他们接我这支镖了？”

韩威武道：“我没有这样说。不过……”

那少年道：“既然总镖头可以允许他们，那就不必拖延时刻了。请他们出来和我商量保镖的事。别要那许多‘不过’了。”

韩威武笑道：“阁下也未免太心急了。请坐下来喝一杯茶，我慢慢告诉你。”

此时镖行的人已经换过一壶热茶送来。镖头亲自接见客人，按规矩是要另外敬茶。

韩威武提起茶壶，提得高高地斟茶，他眼睛不看茶杯，说道：“这是江西来的云雾茶，喝一杯可以解解燥气。”

斟了满满一杯，他还在斟。“水面”已经高出杯口了，但奇怪的是，并没溅出半点。

茶壶在距离杯口一尺开外的高处斟下，若非内力用得均匀之极，“水面”高出杯口，那是绝不会不满泻的。但现在居然没有溅出半点，谁也可以看得出来，韩威武乃是借斟茶敬客为名，显示自己精纯的内功了。

镖行的规矩，严禁试客人的武功。但自己炫露武功，却是非但没有明文禁止，而且在某些场合还是受到鼓励的。因为这可以坚定客人对镖师的信心。获得信心，才可以做成生意。

但韩威武之炫露武功，目的当然不是为了做成这宗买卖。

他以京师第一大镖局总镖头的身份，本来也无须自炫武功。

他的目的恰好和一般镖师自炫武功的目的相反，是要推掉这宗买卖，是要这少年知难而退。

李麻子看得出这少年身具武功，韩威武当然也看得出。

他虽然未能确定这少年的武功究竟有多深，但最少可以确定，是要比宋鹏举和胡联奎高明得多。

确定了这一点，自然而然，他凭经验判断，断定这少年十九是来生事的了。否则为何指名要请两个本事远不如自己的镖师?

现在他炫露了这手精纯的内功，等于向这少年暗示：你若想闹事，请先称称自己的斤两。要这少年知所顾忌。

李麻子道："总镖头，杯已满了!"

韩威武这才装作霍然一省的模样，说道："糟糕，我只顾说话，斟得太满了。客官，你小心点接。"

他正想端起茶杯，那少年已经出手，说道："不敢当!"双指在茶杯边轻轻一擦，斟满了的茶杯已是滴溜溜地贴着他的手掌转动，"拿"起来了。

韩威武和李麻子都是见多识广的人，但这样子的拿起斟满的茶杯，看得他们也不禁睁大了眼睛。

水面本来已经高出杯口，好像覆钟形的，杯子贴着他的手掌滴溜溜地转，茶水居然也没溅出半点。

这手功夫可比韩威武炫露的更难了。

那少年张口一吸，杯子还未"拿"到面前，茶水已被吸进他的口中。

少年喝了半杯，赞道："好茶!"又吮吮舌头，说道："苦而不涩，苦中有甘，果然可解心头燥气。但佳茗不宜牛饮，留下半杯慢慢品尝吧。"

镖行禁止试客人武功，但这少年的武功却已是给试出来。

这少年接着说道：“多谢赐茶，总镖头现在可以告诉我，为什么不能让宋胡两位镖师出来的原因了吧？”

韩威武道：“他们恐怕不能接你这支镖，因为恰巧他们今天有别的事情，这件事情尚未知要耽搁他们多久。”

但刚说到这里，宋鹏举与胡联奎却已走进来了。

那少年道：“这两位想必就是宋镖师与胡镖师吧？”

韩威武道：“不错，保镖的事情，你和他们当面说吧。”

宋胡二人仔细打量，但觉这少年似曾相识，但究竟在哪里见过，却是怎样也想不起来。两人心里想道：“好在师姑已有指示，我们也不必管他是谁了。”

宋鹏举是师兄，于是由他先开口：“请恕来迟，阁下贵姓？”

那少年道：“小姓唐。”他只说了一个姓，名字却不肯说。韩威武益增疑惧，寻思：“莫非是四川唐家的人？”四川唐家是一个被人认为十分神秘的武林世家。唐家擅于制炼喂毒暗器，武功也甚怪异，唐家子弟素来独往独来，不与江湖人物来往的。

宋鹏举道：“我们与唐兄似乎素昧平生，不知唐兄何以如此独垂青眼？”

那自称姓唐的少年道：“人的名儿，树的影儿。我是仰慕两位大名，特来请两位保镖的。”

宋鹏举苦笑道：“唐兄给我们脸上贴金，我们可没有这样厚的脸皮。实不相瞒，我们在震远镖局只是摇旗呐喊的角色，从来没有独挑大梁走过镖的。像我们这样的镖师，只能算是无名小卒。”

那少年道：“我不管你们是无名小卒也好，是成名人物也好，我知道你们的本事就行了。我敢相信你们，你们就不必客气。”

宋鹏举道：“我们实是本事低微！唐兄，你恐怕是误听人言了。”

胡联奎年纪较轻，忍不住好奇心，说道：“唐兄与我们从来没有见过，又怎知我们有什么本事？”

那少年道：“我是来请镖师的，不是来接受盘问的。你不必管我从何得知，我只问你们，你们愿不愿意替我保镖？镖银是一千两金子！”

宋鹏举道：“阁下如此看得起我们，按说我们就是赴汤蹈火，也该为阁下效劳，不过，恰巧我们今天有别的事情，马上就要动身的，也不知什么时候才能办妥这件事情。所以只好辜负阁下的美意了。”

那少年道：“可以告诉我是什么事情吗？”

胡联奎道：“可以，是我们的大师兄说有急事相召。”

那少年道：“你们的大师兄是闵成龙吗？”

胡联奎道：“正是。”

胡联奎毫不遮瞒地告诉这个来历不明的少年，倒是大出韩威武意料之外。

宋鹏举继续说道：“论镖行的规矩我们不能拒绝客官，但本门师兄的召唤我们也不能抗命。此去不知耽搁多久，只怕误了阁下之事。还是请阁下另聘镖师吧。”

那少年沉吟半晌说道：“我一心想请两位，别的镖师我是决计不请的。”

宋鹏举道：“但我们实是左右为难，阁下若是非要我们不可，那就请阁下替我们出个好主意吧。”

那少年把剩下的半杯茶喝完，忽地说道：“我知道你们的大师兄是个官儿，俗语说得好：贫不与富斗，富不与官争。好，算我倒霉，这件事情作罢！”

“作罢”二字从他口中说了出来，亦是大出宋胡二人意料之外。

原来他们这番对答乃是依照杨大姑所教的。但杨大姑却以为这少年还会纠缠的。

这番话的口气其实已有商量余地，例如这少年可以说我可以等待你们几天，等你们给师兄办妥事情才给我保镖，或者说你们二人是否可以分头办事，一个去听你们的师兄有什么吩咐，另外一位暂且留下与我商量保暗镖一事。

要是这少年当真如此坚持非要他们保镖不可的话，杨大姑是许可他们应承的。

没想到的是，雷声大，雨点小，这少年给他们抬出了闵成龙一吓，就吓退了。

他给吓退，韩威武倒是如释重负了。

“多谢客官这样看得起我们的镖师，生意虽然做不成，我们还是一样感激的。”韩威武站起来，摆出送客的姿态。

那少年掏出一锭金光灿烂的元宝，说道：“可惜请不动两位镖师，耽搁了你们的时间，抱歉之至。这五十两金子，不敢云酬，聊表敬意。”

宋鹏举连忙说道：“我们不能替阁下效劳，岂可无功受禄？请阁下收回。”

那少年道：“你在震远镖局也有两年了吧，怎的还不知道镖行规矩？”

韩威武道：“就是按规矩也无须付这许多，非分钱财，我们不想妄取。”

原来按镖行习惯，指名聘请镖师，要是谈不妥的话，客人为了尊重自己所要礼聘的镖师，多少付点钱作为“茶敬”，这点钱大约相当于他愿意出的镖银百分之一就行了。亦即是说，这少年只须付出十两黄金便已足够。而且这也只是不成文的“习惯”，并非真正白纸黑字所订的“规矩”。

那少年道：“我身上没有零碎金锭，无法调换。你一定要计算得那样清楚，就麻烦你把金元宝擘开吧。”

韩威武心头一凛：“原来他又来较考我的武功！”

原来那少年把金元宝在桌一搁，元宝已经嵌入桌子，与桌面刚好相平，好似巧手匠人的镶嵌。

韩威武的功力要把这锭元宝取出来或许不难，但要费一些时候，擘开来那是根本做不到的。

那少年笑道：“我没工夫等了，多下的寄存你这里吧，其实做人又何必这样认真！”

他已经走出去了。

韩威武用力一拍檀木桌，金元宝跳了出来，他追出镖局大门，那少年的影子早已不见。

大门外只见停着一辆马车，他的女婿沐天澜站在马车旁边。

韩威武认得是镖局一辆装配特别的马车，心中一动，问道：“天澜，是谁叫你准备这辆马车的？”

沐天澜尚未回答，宋鹏举胡联奎二人亦已跟着出来了。

他们也是迫不及待地问沐天澜道：“我们的师姑哪里去了？”

沐天澜道：“她已经离开镖局，叫你们不必等她了，这辆马车，就是她叫我给你们准备的。”

宋鹏举道：“要马车做什么？”

沐天澜道：“给你们乘坐到闵成龙的家里去呀。”

宋鹏举怔了一怔，说道：“为何要乘坐马车？”

闵成龙家在城西，是比较僻静的富贵人家的住宅区，和镖局的距离约有七八里路，但却无需乘坐马车的。

韩威武也觉得有点奇怪，心里想道：“若是要赶时间的话，让他们骑马不是更快得多？”

沐天澜道：“我不知道。我只是听你们师姑的吩咐。你们见了她再问她吧。”

韩威武心中一动，问道：“杨大姑还说了些什么？”

沐天澜道：“她说那少年的来历她已经猜到几分，但要待她明天回来方始可以和总镖头细说，另外，她还叫我向宋胡二兄转达几句她的叮嘱，她说，不管你们碰上什么事情，都不必惊慌。见着了闵成龙，也不必提起她已经到了京师。”

韩威武笑道：“她既然这样说，那你们就放心去吧。嗯，天澜，咱们这次恐怕也是沾了杨大姑的光，倒发了一笔不大不小的横财呢。”

宋胡二人驾驶马车不疾不徐地前往闵家，走了约莫一支香时刻，已是远离闹市，到了僻静处所了。

天色渐近黄昏，马车从一个苇塘旁边经过，苇塘不远处有座亭子，是北京名胜之一的陶然亭，有两个人从亭子那边走来。

宋鹏举凝眸看去，摇了摇头，说道：“不对，不对。”

胡联奎道：“什么不对？”

宋鹏举道：“是两个上了年纪的人。”说话之间，那两个人已经从另一条小路走了。

胡联奎道："那姓唐的少年恐怕当真是给闵师哥的名号吓退了，师姑这次料得不准，……"

话犹未了，忽见陶然亭畔人影一闪。宋鹏举笑道："师弟，这次恐怕是你料得不准！"

那人来得快极，宋鹏举刚刚把马车转过方向，向着陶然亭走，那人已是来到车前，出掌一按车辕，马车竟是不能向前移动。

宋鹏举虽然早有准备，但由于尚未能够断定此人来历，不禁也是有点惊慌。当下勒住马车，勉强笑道："唐兄，你是来请保镖的还是来劫镖的，我们这辆车上可没有红货。"

那少年笑道："实不相瞒，我既不是来请保镖，更不是来劫镖的。不过，有件事情，却想求你们帮忙，请稍歇片刻，容我细说如何？"

宋胡二人下了马车，宋鹏举道："阁下武功比我们高明十倍，何须我们帮忙？"

那少年道："你放心，我不是求你们助拳。"

胡联奎道："但我们与阁下素不相识，……"

那少年哈哈一笑，截断他的话道："今日我到镖局来找你们，你们一定是疑团满腹了？"

胡联奎道："是呀，我奇怪你怎的会知道我们这两个无名小卒？"

那少年似笑非笑地望着他道："你仔细瞧瞧，你当真不认识我么？"

胡联奎道："不认识！咦，又好像在哪里见过，你到底是谁？"

那少年笑道："你们还记得在回疆山神庙碰上的那个小叫花吗？"

宋胡二人不约而同地瞿然一省，说道："哦，原来你是那个小叫花？那么你，你敢情是我们从未见过面的那个小师弟杨，杨……"

那少年道："不错，我就是杨炎。不过却并没见过面。"杨炎正是他们的师父杨牧之子。

胡联奎恍然大悟，笑道："这可真是对面不相识了。不过当时我们亦已怀疑是你暗中出手相助我们，只不知你何以不愿表明身份，你可知道你的姑姑找得你好苦，那次她到回疆，就是特地为了找寻你的。"那次他们在那座山神庙中碰上独脚大盗郑雄图，正在危急之际，郑雄图却不知怎的摔了一跤，他们这才逃脱性命。如今说起，方知是杨炎所助。后来杨大姑来到，把郑雄图打得重伤而逃。杨炎仍然是在场的，但始终没有表露身份。

杨炎说道："我知道姑姑找我，但过去的事我不想谈了。目前我有一件对我十分重要的事情，要请你们帮忙。"

宋鹏举道："师弟，你曾经救过我们的性命，即使你不是我们的师弟，我们也该帮你的忙的。不必客气，你说吧。"

杨炎说道："我想寻找、寻找你们的师父，你们可以替我设法，怎样才能见着他呢?"

要知杨牧乃是大内侍卫，他是住在宫中的。在外面虽然也有住所，那住所也是保密的。

杨炎和女友龙灵珠入京寻父，一到京城，首先就碰上这个难题。

他从齐世杰口中，早已知道宋胡二人比较可靠。因此他想来想去，只有走他们这条门路。他们在京师第一大镖局当镖师，一找就可以找到。为了借口请他们保镖，杨炎和龙灵珠还做了几件盗案，偷了几个贪官的几千两金子。

宋胡二人听杨炎说要找他们的师父，此事虽是在他们意料之中，却也有些出乎他们意料。

要知他们的师父就是杨炎的父亲，杨炎不说要找父亲，显然是他目前还不愿意承认杨牧是他父亲了。

宋胡二人俱是心里想道："听他的口气，不但对师姑心存芥蒂，对他自己的父亲也好像有所不满，不过，无论如何，以父子之亲，料想他也不会对师父不利的。"

他们虽然因为不知道杨炎打的是什么主意，有点忐忑不安。但如今他们是和师姑站在一条线上，想要帮韩威武的忙，阻止闵成龙把震远镖局夺为己有的。而闵成龙背后的大靠山正是他们的师父。

因此假如杨炎和父亲是一条心，他们反而有所顾忌。杨炎这么说法，他们倒是可以放心把他真的当作“自己人”了。

宋鹏举想了一想，说道：“我们也不知道师父在外面的住处。我们无官无职，也不敢到宫里找他。实不相瞒，我们在京师两年，也只是在镖局里见过两次师父。”

杨炎大失所望，说道：“这么说，你们也是没法找到他了。”

宋鹏举道：“办法不是没有，不过，不过……”

杨炎道：“不过什么？”

宋鹏举没有直截了当地说出来，却道：“师弟，你已经知道我们奉闵师兄之召，前往他家的了？”

杨炎恍然大悟，说道：“哦，你的意思是可以着落在闵成龙的身上，帮我约会你们的师父？”

宋鹏举道：“不错。大师兄是御林军军官，又是师父最宠爱的掌门弟子，他是可以随时见得着师父的。”

杨炎说道：“不瞒你说，当我知道你们去闵家的时候，我也曾经想过找闵成龙帮忙的，但闵成龙这个人我信他不过！”

宋鹏举道：“是呀，我顾忌的也正是这个。要是他问：你找师父为了何事，我该不该把受你之托说出来呢？”

杨炎说道：“不能。”

宋鹏举道：“那只有碰运气了。镖局目前正有一件大事，这件事是由师父策划，叫闵师兄替他出头办事的。闵师兄要我们为他略效微劳，这次叫我们去，说不定会带我们去见师父。”

杨炎说道：“我可不耐烦等候你们回音，不如这样吧，我也跟你们一起到闵家去，我会见机而为，不连累你们就是。”

宋鹏举道：“但你又不愿表露身份，怎么进得了闵家。”

杨炎说道：“我当作是随同你们前往的镖局里一个镖师好了。”

宋鹏举道：“不行，震远镖局的镖师他都认识。”

杨炎说道：“好，那我干脆自己进去。只须你们带我到闵家门前。”

宋鹏举摇了摇头，说道：“还是有点不妥！”

杨炎说道：“什么不妥？”

宋鹏举道："闵师兄的官虽然不算很大，但他是御林军中得势的红人，家中也有许多护院的，你既不愿对闵师兄表露身份，当然更不能打进去。而且，既使你能够偷偷进去，但要找到闵师兄，也一定得见着他家里的人的。你准备怎样应付他们？"

杨炎搔了搔头，说道："我不管，进入闵家再说。"

胡联奎忽道："若是只求进入闵家，又可以躲过盘查的话，我倒有一个办法。"

宋鹏举道："哦，你想到了什么好办法？"要知胡联奎乃是杨牧门下最小的一个徒弟，一向不会出什么主意。如今他的口气却说得似乎有把握，故此宋鹏举感觉有点诧异。

胡联奎说道："其实这办法也不是我想出来的，但我想师姑给咱们准备这辆镖车，想必有她用意。很可能她早已料到此刻之事。"

宋鹏举霍然一省，说道："不错，师弟，请上车吧。"

天色忽转阴沉，此时正在开始下着细雨。杨炎笑道："这辆车子正好避雨。姑姑给你们想得倒是很周到。"

宋鹏举道："这辆车子虽然和普通的马车似乎一样，但却是我们镖局走镖用的镖车，它的功用不是仅仅为了避雨。"

杨炎说道："好，那我更要见识见识了。"

胡联奎道："我说的办法，就是要靠这辆镖车。不过师弟，你可要受点委屈。"

在他说话的当儿，宋鹏举已经揭起一块木板，原来这辆车子是有夹层的。

"这是我们用来收藏红货的，装有巧手匠人安置的机关，要懂得机关的用法才能开闭，寻常人是看不出内有夹层的。不过中空甚窄，你可得屈曲身躯才能躺下。"宋鹏举说道。

杨炎笑道："受点闷气，那也算不了什么。这笔账我记在闵成龙头上好了。"

闵成龙的野心

闵成龙在密室中正在等待他的两个师弟。

每逢阴雨天，他就感觉不大舒服。脸上发痒，肩膊酸痛。

这也正是他平生的两大恨事。这两件事情都是和他以前的师母云紫萝有关的。

第一件恨事是：少年时候，他虽然算不得美少年，相貌也生得很端正的，但后来却变成了个大麻子。

并不是由于出天花，他的麻脸是人为的。

那年云紫萝被杨大姑赶出家门，正逢宋腾霄受孟元超之托，从小金川回来探她。宋腾霄是她和孟元超共同的朋友。

来探访她的宋腾霄刚好碰上这件事情，忍不住和杨大姑动了手。他给师姑呐喊助阵，也受了池鱼之殃，杨大姑发出一把铁莲子本是用来打宋腾霄的，被宋腾霄的掌力反震回来，都嵌在他的脸上。挖出了铁莲子，他的脸也变成了蜂窝也似的大麻子了。

变成大麻子也还罢了，另一个他吃的更大的亏几乎令他变成废人。

这件事发生在云紫萝去世那年，他因公事前往大理，在滇南路上，碰上了云紫萝和缪长风。

缪长风恨他帮师父屡次陷害云紫萝，更恨他做清廷的鹰爪，出手捏碎了他左肩的琵琶骨。要不是云紫萝替他说情，他的武功当时就要给全都毁掉。

这件事发生之后没有多久，云紫萝就在小金川的一次战役之中阵亡。

他回到京师，用大内珍藏的续断膏治伤，方始免于残废，但武功却已受了很大的影响。虽然他当御林军的军官是靠师父的情面。但武功不济，自也不免影响了他的“前程”。最少他自己是这样想。（他这两件恨事，事详拙著《游剑江湖》。）

缪长风和宋腾霄这两个人，是他的师父都要闻风远避的，他当然无法自己报仇。

是以云紫萝虽然死了，他还在恨她。尤其在阴天的时候。他脸上发痒，肩膊酸痛，他认为都是受云紫萝所累的。

今天他的肩痛似乎比往常更甚，不过好在有一件即将来临的喜事，冲淡他的恨意。

“我就要成为京师第一大镖局的总镖头了，这可要比当一个不大不小的军官好得多。要是我能够替师父多做几件可令他称心如意的事，我的地位就更巩固了。”他想。

正在他胡思乱想的时候，听得敲门的声音了。

“爹爹，宋叔叔和胡叔叔已经来了。”

给宋胡二人通报的是他的儿子闵腾蛟。闵腾蛟今年二十岁，与胡联奎的年纪相差不了多少。

闵成龙打开房门，说道：“两位师弟，我正在等你们呢。”跟着吩咐儿子：“你在外面留神瞧着点儿，一要小心门户，二要不许任何人来骚扰我。”

他关上房门，请宋胡二人坐下。

宋鹏举道：“师兄见召，不知为了何事？”

闵成龙笑道：“别忙，别忙。我倒想先问你们，镖局近来可有什么特别的事情没有？”

宋鹏举道：“没什么。师兄，你不必担心，韩总镖头虽然喜欢他的女婿，但直到今天为止，我们也从没听见他说要提拔他的女婿继承他的职位。”这是闵成龙最关心的事情，曾经叮嘱宋胡二人替他留心镖局的动态的。所以宋鹏举不待他开口查问就先说。

不料闵成龙却笑了起来，说道：“师弟，你错了！”

宋鹏举怔了怔，惴惴不安地问道：“师兄，我说错了什么？”只怕闵成龙已经知道他是说谎。

闵成龙笑道：“我不是问你这件事。有师父给我撑腰，区区一个震远镖局的总镖头我还怕当不上吗？谅那沐天澜也不敢和我争的。”

宋鹏举松了口气，说道：“是，是。小弟会错意了。师兄想要知道的是……”

闵成龙道：“第一件事我想要知道的是，最近这两天可有什么陌生的客人，或者是虽不陌生，但却是外地的成名江湖人物来过镖局？”

他这么一问，宋胡二人不禁又是心头卜卜地跳了。“难道他已经知道师姑和杨炎师弟到了镖局？”

“没有，没有。”两人齐声答道。

“不知师兄何以有此一问？”宋鹏举大着胆子，加多一句。

闵成龙说道：“你们知不知道京师最近发生的大新闻？”

宋鹏举道：“我们交游不广，外面的事情知道很少。什么新闻，师兄可以说给我们听吗？”

闵成龙道：“是几宗离奇的盗窃案件。失主都是大官贵人，有郑国公，有刑部的史侍郎。只须举出这两个失主，你就知道那窃贼是如何大胆了。”

宋鹏举吃了一惊，说道：“刑部是管犯人的，史侍郎是在刑部坐第二把交椅的掌权人物，素有活阎罗之称。他的家里也居然失窃，这真是太岁头上动土了。失了很多财物吧？”

闵成龙道：“不能算少，也不算多。几个失主，总共大概给偷了值十多万两银子的财物。不过，失主都是大有来头的贵人，他们有关的衙门不能不尽心竭力为他们破案。我们御林军的统领虽然不是管盗案的，但受了请托，情面难却，不能不协助有关衙门侦查。统领交代下来，我也是奉命侦查此案的人员之一。”

宋鹏举道：“盗案和镖局有什么相干？”他可真是有点害怕，害怕闵成龙借这盗案陷害韩威武。

闵成龙道：“我知道与镖局无关。韩威武胆子再大谅他也不敢勾结大盗的。不过，他做了几十年总镖头，交游广阔，有什么名人到了京师，他可能知道。甚至那些人物还有可能先去拜会他的。因此我向你们打听一下。”

宋鹏举道：“没有。韩总镖头这两天非但没有客人来访，言谈之间，也没见他提及有甚名人来到京师。”

闵成龙道：“好吧，那么盗案暂且搁过一边。不过，仍要请你们替我继续留意。”

宋胡二人放下了心，齐声说道：“大师兄有命，小弟自当紧记。”

闵成龙似乎知道他们心思，笑道：“我只是要韩威武把总镖头的位子让给我，无需借盗案来扳倒他，但要是他不识相的话，那又另当别论了。”

宋胡二人不敢作声，闵成龙继续说道：“关于那几宗盗案，有一点值得注意的我忘记告诉你们。几宗盗案是同一个人所为，这是我们从他的手法便可以断定的。他最喜欢偷的是金元宝，好像郑王府的失窃一案，有许多价值连城的古董他都不拿，只拿了几十个金元宝。你们镖局耳目灵通，要是在京师发现有人挥金如土的话，你们就告诉我。”

宋胡二人此时方始恍然大悟，心里想道：“原来这个妙手空空的神偷就是杨炎师弟。”当然他们不会将心里的思虑说出来，只是对师兄的吩咐唯唯诺诺。

闵成龙继续说道：“另一件事可比这几宗盗案更重要了。世杰师弟在保定做的事情你们已经知道了吧？”

宋鹏举道：“听说他在方师兄家里打败了关东大盗尉迟炯，大师兄说的是这件事吧？”这件事情早已震动江湖，宋胡二人自是不能推说不知。

闵成龙道：“不错，但恐怕你们还是只知其一，不知其二。”

宋鹏举道：“什么其二？”

闵成龙道：“虽然他曾经和尉迟炯交手，暗地里他们却是一路！”

宋鹏举大吃一惊，说道：“这怎么会？”

闵成龙道：“你不相信我的话？”

宋鹏举道：“不是不信，但不知师兄有什么凭据？”

闵成龙道：“真凭实据尚未到手，不过蛛丝马迹却是在在可疑。我不想和你们细说，我只要你们帮忙我做一件事！”

宋鹏举惊疑不定，说道：“请师兄吩咐。”

闵成龙道：“齐世杰在方家出事之后，没多久他就失了踪。我们只知道他已离开保定，却不知他去了何处。”

宋鹏举道：“大师兄可是要我们侦查他的下落，但只怕我们目前不能离开镖局。”

闵成龙道：“镖局正有大事，你们即使想要离开，我也不允许你们离开的。不过在同门之中，齐世杰和你们的交情最好，因此你们得有个准备！”

宋鹏举惴惴不安问道：“什么准备？”

闵成龙道："齐世杰到了京师，可能偷偷来找你们。"

宋鹏举道："齐师弟已经来了京师吗？"

闵成龙道："我不是说他已经来了，但也难保他如今不在京师。总而言之，他来京师可能性是非常大的。"

宋胡二人不约而同地问道："为什么？"

闵成龙道："我们怀疑在保定劫狱的那个人就是他，在方豪家中抢走方亮的那个人也是他。……"

胡联奎与齐世杰交情最好，忍不住替他分辩："不会吧。齐师弟那次冒了很大的危险和尉迟炯交手，就是为了帮二师兄（方豪）的忙的，他又怎会暗中和二师兄作对？而且据我所知，师姑对他的管束极严，他又怎敢在救了三师兄（方亮）之后，再去劫狱？和二师兄暗中作对还不打紧，劫狱就是公然和朝廷作对了。咱们的师父是皇上身边的人，师姑也不肯让他这样胡作非为的。"

闵成龙的说话被他打断，很不高兴，冷冷说道："你说完没有？"

胡联奎道："小弟愚昧，心里想什么就说什么，我想得到的都已说了，请大师兄指点。"

闵成龙冷冷说道："你说的似乎很有道理，但世事常常出乎常理之外，为什么我们会怀疑世杰，目前我还不能详详细细地告诉你，但我可以告诉你，怀疑他的不是我，还有咱们的师父！"

胡联奎大吃一惊，说道："师父也怀疑他？师父可是他的嫡亲舅舅呀！"

闵成龙道："不错，师父正是认为他的嫡亲外甥嫌疑最大！你们是不是对师父的怀疑也表怀疑？"

胡联奎不敢作声了。

闵成龙继续说道："我们已经得到确实的消息，他从保定狱中劫走的那个犯人名叫解洪，是替柴达木叛军来京师办事的，咱们那两个不肖的师弟方亮和范魁是他的助手。这三个人料想是早已到了京师，但如今我们尚未能缉拿他们归案。我们估计，齐世杰的突然失踪，说不定就是为了要瞒住他的母亲，跟在解洪等人之后也来京师协助他们。

“齐世杰在京师没有别的熟人，只你们两位是自小和他一同长大的好朋友。他乍到京师，总得找个凭借，悄悄来会你们，也就不是什么稀奇的事了。”

宋鹏举不敢驳他，只好试探他的口风：“大师兄有这个顾虑是应当的。假如齐师弟当真来找我们，我们应该如何处置？”

闵成龙拿出一个个小玉瓶，瓶子里有薄薄一层淡红色的药粉，说道：“我早已替你们准备好了。要是齐世杰来到你们的镖局，你们只须挑少许药粉，溶在茶酒之中，给他服下就行。”

宋鹏举道：“这是什么药？”

闵成龙道：“这是大内秘制的酥骨散。只须指甲蘸上一点，功效便足以令得一个武功极好的人骨软筋酥，任凭你的摆布。但你们可以放心，酥骨散并非害人性命的。”

宋鹏举道：“然后怎样？”

闵成龙道：“待他昏迷之后，把他装入袋中，立即送来给我。我也已经给你们准备好一个坚韧异常利刃也刺不破的皮袋了。”说罢指一指壁上挂的特制皮袋。

胡联奎道：“然后又怎样？”

闵成龙眉头一皱，说道：“以后的事情，就用不着你们管了！”

胡联奎道：“大师兄，兹事体大，请恕小弟不能不多问一句，要是把齐师弟送到你们御林军中，大师兄，你是不是可以保障他的安全？”

闵成龙道：“他会得到什么待遇，那要看他自己。假如他肯供出解洪、方亮这些人下落，我们当然不会将他难为。”

胡联奎道：“假如他不肯呢？”

闵成龙道：“那就难说了！”

胡联奎道：“如此说来，岂非齐师弟仍是难保会有性命之忧！”

闵成龙哼了一声说道：“你们是愿意忠于我呢？还是不管齐世杰这小子怎样，你们都要袒护于他？你们可得知道，他是有私通叛逆的嫌疑的！”语气变得越来越严峻了。

宋鹏举较为圆滑，连忙出来打圆场道：“我知道胡师弟的意思，他不是不肯为师兄效劳，而是害怕师姑。万一给师姑知道，我们都担当不起!”

闵成龙道:“咱们做得这样秘密，她还在保定，怎会知道？而且，即使她知道了，也自会有人出头担待的，用不着你们担心!”

胡联奎摇了摇头说道:“师姑只有一个儿子，咱们的师父只有一个姐姐，师父曾受师姑抚养之恩，非寻常姐弟可比。俗语说得好，切肉不离皮。咱们若是做了对不起师姑的事情，师父恐怕也不能庇护咱们吧?”

闵成龙哈哈笑了起来。

胡联奎莫名其妙，说道:“大师兄，你笑什么?”

闵成龙道:“我笑你虽然当了两年镖师，却好像还是小孩子一样的不懂事!”

胡联奎道:“请大师兄指点。”

闵成龙皮笑肉不笑地说道:“你可知道这是谁出的主意?”

胡联奎心头一凛说道:“这，这主意难道不是大师兄想出的么?”

闵成龙道:“我还不够资格使用这个手段，你再猜猜。”

胡联奎颤声说道:“我猜不着。”其实他心中已是明白的了。

闵成龙哈哈一笑，说道:“我老实告诉你，这个主意是咱们师父出的！否则我哪里来的这大内秘制的酥骨散?”

胡联奎虽然早就猜到几分，但从他的口中得到证实，还是禁不住骇然失色，讷讷说道:“师父，他、他……真的是他，他要我们到这样对付他的外甥?”

闵成龙哈哈笑道:“所以我说你小孩子不懂事，官场讲的只是利害，何况师父是皇上身边的人，岂能为了亲情而犯欺君之罪!”

胡联奎面色雪白，不敢开口了。

闵成龙大为得意，继续说道:“莫说齐世杰这小子只是他的外甥，即使是他亲生的儿子，假如犯了和齐世杰同样的嫌疑，他老人家恐怕也要用同样的手段对付!”

宋鹏举极力保持镇定，但亦已禁不住有点心惊肉跳了。心里想道:“小师弟可正是远在天边，近在眼前!”

闵成龙看出他的神色，却只道他是不信自己所言，于是“嘿、嘿、嘿”地几声冷笑，继续说道：“你们不相信我的话吗？我这句话可不是胡乱说的！

“我可以透露一点消息给你们知道，保定这件案子，咱们那位从未见过面的小师弟恐怕也有份的。

“不错，他是师父唯一亲生的儿子，师父当然希望他能改邪归正，不过他自小就跟缪长风这个老贼，俗语说近朱者赤，近墨者黑，依我看来，师父对他的期望，只怕十九都会落空。

“师父他老人家也曾作了最坏的打算，所以我说这句话，用意亦是想提醒你们，假如杨炎到了京师，他要找到他亲生的父亲，可能也要先找你们的。你们千万不能一见面就把他当作自己人看待！”

宋鹏举道：“是不是也要我们用酥骨散来对付他？”

闵成龙道：“这是将来的事情，估计他目前还不会就到京师的。过两天你再听我的指示。

“但为了预防万一，假如他出乎我们所料，在你们还未得到我的指示之前，他就来到镖局来找你们的话，你们可以用对付齐世杰同样的手段对付他。反正我给你们的酥骨散足够对付十个武功高强的人有余！你们放心，你们这样做，师父只有赞许你们懂得办事，绝不会责怪你们。

“嘿！你们怎的还是一副失魂落魄的样子，你们听清楚没有？”

宋鹏举道：“听清楚了。”心里则在想道：“小师弟此刻想必已在外面偷听，听清楚了。”

闵成龙道：“好，听清楚了，那你们就回去吧。目前最紧要的事情是对付齐世杰这小子，因为我们已经得到消息，这一两天内，他可能就要来到京师的了。”

宋胡二人如释重负，正要出去，忽听得噼啪声响，好像是瓦片碎裂的声音。

闵成龙大吃一惊喝道：“是谁？”

话犹未了，那个人已是推开房门，走进来了。

“是我！”杨大姑冷冷说道。

原来杨大姑算准杨炎要来闵家，她预先在外面守候，等候那辆马车来到之后，她跟着便即径自闯进闵家。

守门的卫士不但知道她是姑奶奶的身份，而且知道她是著名的“辣手观音”，自是不敢挡驾。

她到了里面，闵府的管家本来要把小主人请出来招呼她的，不料立即给她斥责：“你又不是不认识我，闵成龙的官做得多大，他也是靠我杨家栽培出来的，他对我难道还能摆官架子不成。我见他，也用得着你们通报？”管家没有阻拦，只能让她穿堂入室。

本来第三重门户，是闵成龙儿子闵腾蛟亲自把守的，那个管家也正是因为有小主人最后把关，才敢硬着头皮放她进去。

哪知闵腾蛟此时早已受制于人，被人抛到阴沟里面。此事管家不知道，杨大姑也不知道。

内进无人拦阻，她一直走到闵成龙这间室外边。她没发现杨炎，却刚好听见了闵成龙吩咐宋胡二人如何对付她的儿子。

虽然她的脾气已是比壮年时候收敛许多，但这是强自抑制而已，并非她这“辣手观音”的本来性格改了。听得闵成龙要害她的儿子，郁积在她心头多时的怒火，突然就爆发起来！

闵成龙大惊失色，连忙赔笑说道：“师姑，什么风把你老人家吹来的？”

杨大姑冷冷说道：“是你刮起的一股妖风把我吹来的！”

闵成龙道：“师姑，你，你这话是什么意思？”

杨大姑道：“你别装蒜了，我问你，你为什么要害我的杰儿？”

闵成龙暗暗叫苦，硬着头皮抵赖：“这话从何说起？我刚才还在夸世杰师弟在方家把关东大盗尉迟炯打跑这件事呢，不信你问他们。”他只盼宋胡二人替他掩饰，连连对他们使眼色。

宋鹏举与胡联奎都不说话。

杨大姑冷笑道：“你刚才说的话我都已听见了，鹏举，你身上是不是有一瓶酥骨散？”

宋鹏举道：“是！”一面回答，一面把那瓶酥骨散拿出来。

杨大姑道：“是谁给你的？”

宋鹏举道：“是大师兄。”

杨大姑道：“他要你拿去做什么用的？”

闵成龙一咬牙根，情知无可抵赖，不待宋鹏举招供，便即说道："师姑，你既然都知道了，那就不应怪我。要捉世杰这是师父的主意，你要怪只能怪你的弟弟。"

杨大姑道："我不信我的弟弟会是这样忘恩负义！"其实她是相信的，但因此时她正是满腔怒气，必须找个人泄愤，因此不肯让闵成龙把责任都推到师父身上。另一方面，她又是个要顾全杨家体面的人，因此她也不愿意在晚辈跟前，毫无掩饰地暴露他们姐弟的冲突。有理无理，只好先拿闵成龙开刀了。

闵成龙不懂她的心理，只知大叫冤枉："我怎敢假传师父之命，不信，你可以自己问他！"

"噼啪"声响，闵成龙先着了一记耳光。杨大姑打得他半边面颊红肿起来，骂道："姑不论是否你的师父主意，我一向待你犹如子侄，你就不该这样害我的儿子！"

闵成龙怕她再打，慌忙跪下来道："师姑，我知罪了。你、你饶了我吧！"

杨大姑道："好，你要我饶你性命，那你马上跟我走！"

闵成龙颤声问道："你老人家要上哪儿？"

杨大姑道："让你们师徒对质去！"原来她准备借这机会，索性和弟弟说破，看弟弟敢不敢承认。她抱着几分幻想，说不定经此一闹，弟弟有了顾忌，也就不敢害她儿子了。

闵成龙城府甚深，杨大姑想得到的，他当然也已经想到了。这件事情，杨大姑既然拼了和弟弟翻脸，那么不管他的师父认账也好，不认账也好，总之最后必定是他倒霉。他如何敢跟杨大姑去和师父对质。

"师姑，其实这是一个误会。请你稍息雷霆之怒，容弟子解释……"闵成龙想用缓兵之计。

杨大姑不待他把话说完，便即喝道："我可没工夫听你编造谎言，有话当面和你师父说去。"

闵成龙苦笑道："那么总得让弟子换过一套衣裳吧？"

杨大姑道："又不是请你赴宴，要换什么衣服？"

闵成龙叫道："腾蛟，腾蛟！"

杨大姑道："你干什么？"

闵成龙道："我有点事情要吩咐他。"

杨大姑冷笑道："你是想叫你的儿子来对付我吗？好，我把他一并揪了去！"

闵成龙道："师姑，你多疑了。腾蛟，你不要上来，给我准备一辆车子，还有我未办完的事情，你要……"

俗语说知子莫若父，他的儿子年纪虽然不大，人却甚为精灵，而且颇有应变之才，他是知道得很清楚的，他这么叫喊，料想儿子一定会听得懂他已是身在危险之中。他的家里说多不多，说少不少，也有几十名家丁护院，要是预有布置，在外面设下埋伏，杨大姑的本领虽然高强，但孤掌难鸣，也未必就能够将他劫去。

不料就在此时，忽听得有人叫道："少爷不好了，你们快来呀！"

原来闵腾蛟给杨炎点了穴道，抛进阴沟，此时方始给人发现。

闵成龙这一惊非同小可，立即夺门。杨大姑喝道："你想跑么？哪能跑得那么容易？"一抓向他抓下。

眼看闵成龙就要给她抓着，忽然有暗器从窗口打进来，暗器破空之声，刺耳异常。

杨大姑大吃一惊，情知碰上高手。饶是她应变迅速，也着了道儿。

只听得嗤的一声，那人打进来的三枚铜钱，给她闪过一枚，弹开一枚，但还是有一枚铜钱打着了她的曲池穴。她的右臂登时软绵绵地垂下来了。

杨大姑喝道："哪里来的小贼，敢暗算你的姑奶奶！"说时迟，那时快，那人已是穿窗而入，来得有如闪电。杨大姑尚未看得清楚，只觉劲风飒然，业已扑到。

杨大姑喝道："小贼，我与你拼了！"呼地一掌拍出。她虽然只能运用左臂，但这一掌之力亦是非同小可。闵成龙并非首当其冲，被劈空掌力一震，亦已受了池鱼之殃，登时跌倒。

那人首当其冲，身形却是晃也不晃一下。他好像漫不经意地只是随手一挥，就把杨大姑这一招极为凌厉的杨家六阳手化解了。

六阳手每一招都蕴藏着六种变化，杨大姑早已练到刚柔合济的境界，此际她情急拼命，这一掌可说业已尽展平生所学。对方的各种应着，都已在她所算之中。

不料对方随手一挥，用的竟然也是杨家六阳手的手法，内力圆转如流，火候之深，竟然好像还胜于她。

杨大姑发觉自己发出的内力，受了对方控制，不禁心头大骇，暗自叫道："我命休矣。"哪知对方只是把她的内力牵引开去，并不反震回来。显然乃是手下留情，不愿伤及杨大姑毫发。

双方闪电般地交了一招，杨大姑方始刚刚看清楚对方面貌。

杨大姑蓦地一呆，失声叫道："什么，是……"一个"你"字未曾吐出口中，已是被对方点了穴道。知觉未失，但已是不能说话，也不能动弹了。

原来这个突如其来的人不是别个，正是她刚才在镖局所见的那个少年。

杨大姑心头一凉，暗自想道："这个人我不会看错的，他一定是杨炎无疑。唉，姑侄之亲，究竟不如父子之亲。到了紧要关头，他还是帮他的父亲。"

杨大姑哪里知道，不错，她是没有看差，这个少年确是杨炎。但杨炎出手点她的穴道，目的却并非如她所想那样。

闵成龙这一跤可摔得不轻，此时还未爬得起来。但杨炎把杨大姑制伏，他已是看见了。虽然尚未看得十分清楚，不知杨大姑是给点了穴道。

他喜出望外，只道这个少年是他的救命恩人，连忙叫道："这老虔婆厉害得很，快补她一掌！"他平生最害怕的就是这个号称辣手观音的师姑，杨大姑未曾倒下，他心里还在发慌。

哪知杨炎是"补"上一掌，但却并非打在杨大姑身上。他一出手就把闵成龙抓了起来，掌心只在闵成龙的背心轻轻一按，闵成龙就失了知觉。

宋胡二人被这突如其来的变化吓得呆了。此时他们认出杨炎，惊魂稍定。

哪知两人刚叫出一个"师"字，杨炎突然一个左右开弓，把他们的穴道也都点了。

杨炎哼了一声，斥道："师兄，哼，你们还想倚仗师兄？可惜你们这个师兄只会做官，打架可是一点不行！嘿嘿哈哈，如今你们识得我的厉害了吧，你们叫师姑也没有用，何况你们这个脓包师兄！"

他一面厉声斥责，一面向宋胡二人挤眉弄眼，同时拳打足踢，把房间里的家私打得稀巴烂。

宋胡二人刚才本来是想叫"师弟"的，到他的口里，却变成了是他们要向师兄求助了。在这间房间里，他们只有一个师兄，就是闵成龙。

闵成龙重金礼聘的几个护院，大着胆子，开始跑上楼了。

宋胡二人并非笨蛋，一听杨炎这么说，就知他的用意乃是要使闵家的人仍然把他们当作自己人。

杨炎把挂在墙上的那个皮袋取下。哈哈笑道："这个袋子正合我。"立即把给他点了穴道、业已失了知觉的闵成龙装入袋中。

他眼光一瞥，看见宋鹏举手中还拿着的那瓶酥骨散，便即拿了过去，笑道："这个也合我用。"

接着一声长笑，说道："对不住，我可要把你们的师兄请去啦！你们还不够资格做陪客，留在这儿躺一会吧。"说罢，背起皮袋，"乒"的一脚踢开房门，就冲出去了。

那几个护院刚刚走上楼来，给杨炎抡起皮袋，把他们都扫下去。

杨大姑等只听得"咕咚、咕咚……哎哟、哎哟……"的滚下楼梯的声音，给打得筋断骨折的号叫声，不绝于耳。过了几乎半支香的时候，方始平静下来。

杨大姑发觉杨炎是用最轻的一种手法点她的穴道，她运气冲关，此时已经自行解了穴道。

她疑团满腹，料想杨炎这样做作，内里必有缘由。但当着两个师侄面前，给人点了穴道，纵然这个人是她的侄儿，她还是羞怒难禁的。她一声喝道："岂有此理，我非把这小贼找回来不可！"立即穿窗而出。

经过杨炎这番做作，她知道宋胡二人必定是不会受到牵连的了，自可放心而去。

果然不出她的所料，那些人见楼上似乎早已风平浪静之后，过了一支香时刻，方始有两个受伤较轻的护院，大着胆子上来。

宋胡二人也是给杨炎用最轻的手法点穴的，此时穴道虽未解开，已经能够说话。

那两个护院也是行家，一看就知他们是给点了穴道，不禁相视苦笑。

宋鹏举佯作满脸羞惭，说道："说来惭愧，只恨我们本事不济，一点也帮不了大师兄的忙，反而着了那小贼的道儿。那小贼呢，不知你们可抓着他没有？"

护院苦笑道："我们更是惭愧，伤了七八个人，还是对付不了那个小贼，我们的主人也给他掳去了。"他还以为宋胡二人被点穴道在先，未知闵成龙已给绑架之事。

宋鹏举道："好在我们的师姑已追出去了，或许可以把大师兄救出来的。你们的少主人怎么样了？"

护院说道："少主人也是给那小贼点了穴道的，他目前尚未恢复知觉呢，我们没办法给他解开穴道，本来是想……"说至此处，这两个护院不觉又是相对苦笑，说不下去了。

原来他们是想请宋胡二人给他们的少主人解穴的，如今见他们二人亦遭此难，如何还能说出口来。

不过宋鹏举亦已知道他们的心意，说道："我的穴道大约还要半个时辰方能自己解开，要是你们能够帮我解穴，我们可以试试替闵师侄解穴的。"

那两个护院懂得这个道理，宋鹏举的穴道是他本人运气冲关，差不多可以解开了的，故此只须有点外力相助就行。不过他们还是不懂怎样解穴。

他们只好实话实说："宋爷，你给那小贼点的是哪个穴道，我们都看不出来。他点穴手法，我们也是一点摸不着头脑，如何能够为你效劳？"

宋鹏举也不客气，说道："你不懂，我可以教你。那小贼似乎也没有什么独门手法，你用这个法子试试吧。"果然一试之下，宋鹏举的穴道就解开了。跟着宋鹏举给胡联奎也解了穴道。

此时闵家另外的家人亦已把闵腾蛟抬上来了。

宋鹏举一看，知道闵腾蛟是给杨炎用“六阳手”的手法点了穴道的，心想：“原来杨师弟是有意让我们做这个人情，要是他用另外的独门手法，我们可就要给难倒了。”当下故意装作吃惊的样子道：“好在还未过一个时辰，若是再耽搁一些时候，穴道纵然能够解开，你们的少主人恐怕也得大病一场。”

他给闵腾蛟解开穴道，闵腾蛟自是感激不尽。他因行动尚未方便，又信不过他自己那些护院，只能把杨牧的地址悄悄告诉宋鹏举，托这两个师叔向师祖报讯。

他做梦也料想不到，那个小贼就是师祖的儿子，而且正是要到他的师祖家里去的。

天色早已黑了，月亮也已升起来了，月光倒很明亮。

但杨炎的心头却是一片阴暗。

那瓶酥骨散在他的身上，闵成龙在他所背的皮袋中。闵成龙再重一些，也不会影响他的轻功，但闵成龙加上那小小的一瓶酥骨散，却构成他心头的重压。

“如果闵成龙说的话都是真的，我爹爹岂不是要比号称辣手观音的姑姑更为阴狠毒辣？

“爹爹曾经对我说过，他是为了避仇，不得已才当大内侍卫的。

“但如果闵成龙说的是真，他就死心塌地地要当鞑子皇帝的奴才了！

“我真不敢相信，爹爹竟然会是这么一个连骨肉之情都丝毫不顾的人！

“姑姑不论是好是歹，爹爹都曾受过她的养育之恩，他怎么可以指使徒弟用酥骨散去对付世杰表哥！

“甚至他还要用同样的手段来对我？”

俗语说虎毒不食儿，他不敢相信他的生身之父，对他也有这样毒辣心肠。

但爹爹的阴谋是从他最宠爱的弟子口中说出来的，他又不能不信几分。

其实已经不只是相信几分的了，但因这件事情太过伤害他的感情，他的潜意识在强迫自己“不愿意”完全相信而已。

他想到了一个主意，他要亲自去试探他的父亲。但要见得到父亲，就必须着落在闵成龙身上。

这就是他为什么把闵成龙“救”出来的缘故。

他在苇塘旁边解开皮袋，把闵成龙放了出来，解开他的穴道。

闵成龙好像做了一个恶梦，睁大眼睛看杨炎。

“闵大人，你受惊了。不过，你还认得我吧？”杨炎笑道。

“你是什么人？这里是什么地方？”闵成龙问道。

杨炎说道：“刚刚发生的事情，你还不至于吓得完全忘记吧？我就是那个从辣手观音的手中把你抢救出来的人。你是老北京，也应该熟悉这个地方，这里是陶然亭畔的苇塘，闵大人，你不必害怕啦，现在你已经是脱险了。”

闵成龙当然还认得他，心神稍定之后，也认得这个地方了。但他不懂的是这个他从未见过的陌生人为什么要救他，救了他为什么又要点了他穴道，将他带到这个僻静的地方来？

他疑团满腹，只好向杨炎道谢：“多谢兄台救命之恩，但不知小弟的家人怎么样了？”

杨炎说道：“我也不知道啊。但依我推想，你那师姑虽然号称辣手观音，但她恨的只是你，想必还不至于滥杀你的家人的。”

闵成龙道：“话虽如此，但小弟不在家中，总是放心不下。”

杨炎说道：“你是怪我不该用这个手段，‘强逼’你离开你的家吗？”

闵成龙道：“不敢。但我有一事不明，想向兄台请教。”

杨炎道：“请说。”

闵成龙道：“那恶婆娘不是兄台对手，不知兄台何以反要避她？”

杨炎说道：“你恐怕不只这个疑问，还有别的疑问吧。比如说为什么我要点了你的穴道，把你装入袋中？为什么我会知道你今日有难，跑到你的家里救你？又为什么只是救了你，不救你的公子等等……对么？”

闵成龙最忧虑的就是他的儿子安危，连忙说道："是啊，在那恶婆娘对我动手的时候，我听得家人呼叫，小儿似乎也不知是出了什么事的。兄台要是知道，请告诉我。"

杨炎说道："我会一件件告诉你的。首先我要说的是：你错了！"

闵成龙吃了一惊，说道："兄台认为我是哪桩事情做得错了？"

杨炎说道："你忠于师父，忠于朝廷，事情做得很好。我不是说你做错了事，是说你刚才的猜想错了。你以为辣手观音不是我的对手，这可把你的师姑看得太轻了！"

闵成龙这才放下了心，想道："听他的口气，他若然不是新来的大内高手，也一定是师父的朋友。"于是说道："我知道我那师姑号称辣手观音，绝非浪得虚名。但兄台的武功更在她上，我虽然只看见一招，但只一招就已占了她的上风，我想我不至于看错吧。"

杨炎心里暗暗好笑："我点了她的穴道，你都未能看得出来呢。"当下笑道："多谢你给我脸上贴金，但我可以老实告诉你，要是打下去，我虽然未必会输给辣手观音，但是要胜她也是实在不容易。那一招我不过出其不意，方始能够拦阻对你续施杀手而已。我为什么立即要逃，那是因为她还有同党！"

闵成龙问道："你说的是我那两个师弟吗？"

杨炎说道："宋胡二人一心想做震远镖局的副总镖头，要做副总镖头，就得依靠你的提拔，他们岂会不忠于你。他们不过只是害怕师姑而已，'同党'二字还谈不上。何况以他们这点本事，即使他们都站在辣手观音这边，我也无须顾忌。"

闵成龙暗暗奇怪："怎的他对我所安排的事情知道这样清楚？"但他以小人之心度君子之腹，只道他这两个师弟也是和他一样，唯名利是图的。故此杨炎给宋胡二人开脱的这番说话，他倒是觉得言之成理，并没怀疑。

"那么你说的那个恶婆娘的同党，却又是谁？"闵成龙问道。

杨炎笑道："你猜不着？这人是非帮你的师姑不可的，你应该猜想得到。"

闵成龙道："这人能令兄台也要避他，武功想必还在我那师姑之上。”

杨炎说道：“不错。”

闵成龙惊疑不定，说道：“不会是韩威武吧，韩威武料想不敢这样大胆。”

杨炎说道：“当然不是。这个人的武功比韩威武还要高明得多。”

闵成龙道：“我猜不着。”

杨炎笑道：“就是她的儿子。”

闵成龙怔了一怔，说道：“齐世杰已经到了京师？”

杨炎说道：“点了令郎穴道的就是他。他们母子是一同来到贵府的。”

闵成龙恍然大悟，心里想：“怪不得蛟儿叫也未能叫得出声，就着了人家道儿，原来是这小子，这小子是连尉迟炯都忌他几分的，武功是要比他母亲高明得多。”对杨炎的谎话不敢不相信了。

杨炎继续说道：“我打不过齐世杰，只好趁他尚未上楼，赶快和你逃走。但急切间无暇向你解释，怕你叫嚷，只好点了你的穴道。盼你切莫见怪。”

他解释得合情合理，闵成龙当然不敢怪他，还要再次向他道谢。

杨炎说道：“或许他们母子现在已经离开了贵府，但做事谨慎一点的好，你不急于回家吧？”

闵成龙心中犹有余悸，如何敢冒这个危险，说道：“不错，暂时还是不要回去的好。不知兄台准备何往？”他的穴道虽然解开，气力尚未恢复，生怕杨炎抛开他不理。

杨炎说道：“你想去什么地方，我就和你去什么地方。”

闵成龙没有开腔。

杨炎又再说道：“你的师姑找你麻烦，你应付不了，那么第一个你想找的人是谁，难道你都未曾想好？”

这是明知故问，闵成龙当然是要去禀报他的师父杨牧的。

可是杨牧身为大内侍卫，他的住处是不能让外人知道的。闵成龙也不敢未得他同意，就把一个陌生人带去。

闵成龙道："我、我……"

杨炎笑道："这个地方是你不方便带我去的，是么？"

闵成龙道："也不是绝对不能去。不过，阁下的高姓大名，我都未曾知道。"

杨炎说道："我的名字你无需知道。但我可以告诉你，我和令师颇有渊源，咱们可以说是自己人的。"这话倒是不假，闵成龙好歹总是他父亲的弟子。

闵成龙道："不知兄台是在哪里办事？请恕小弟冒昧多问，因为、因为……"

杨炎笑道："你不必解释，我也明白，我的身份和来历，要是不让你多少知道一些，你自是放心不下。"

闵成龙松了口气的说道："兄台是明白人。"

杨炎说道："对啦，有几个问题我还未曾答复你，现在一并答复你吧。首先我要告诉你的是，我的身份和令师有点相似。"

闵成龙吃了一惊，说道："你是侍卫大人？"

杨炎说道："我虽然不是大内侍卫，但却是受了大内总管的委托，替他办事的。

"我还可以告诉你，是彭大遒奉了大内总管之命来请我的。一个月前我在张掖与彭大遒会面，他本来要与我一起回京的，可惜他受伤了，目前恐怕还在养病。彭大遒是什么人，料想你一定知道。"

彭大遒是身份不公开的大内侍卫，闵成龙当然知道。他见杨炎说得出彭大遒的名字，不禁信了几分。

杨炎继续说道："震远镖局的事情，总管大人也很关心。他给我的第一个任务，就是要我暗中注意震远镖局的动静。"

闵成龙出了一身冷汗，想道："莫非总管大人也想插手震远镖局？怪不得这个人对镖局的事情如此熟悉。我必须提醒师父，别忘记分一点好处给总管大人了。"

杨炎继续说道："我在暗中监视震远镖局，进出镖局的人都逃不过我的眼睛，像辣手观音这样有名人物，当然是更引起我的注意了。"

闵成龙哼了一声道："原来是韩威武瞒着我把她请来的。这一招我倒没有料到。”

杨炎说道：“我也知道她是韩威武的老朋友，而且她有两个师侄在韩威武手下做镖师，她来震远镖局访友本来事属平常，但恰恰在这个时候来，却是不能不令我有点怀疑了。听你的口气，你似乎也在怀疑他们有甚图谋?”

闵成龙恨恨说道：“我知道韩威武不愿意让我当总镖头，他把我的师姑请来，不用说自是要用来对付我的了。你可听见他们的谈话吗?”

杨炎说道：“我可还没有这样大的胆子跑进镖局去偷听他们说话。我只能暗地里跟踪他们。

“杨大姑母子进入镖局不久，你派人来请你那两位师弟。韩威武给你那两位师弟准备一辆马车，我发现了一个秘密。”

闵成龙道：“什么秘密?”

杨炎说道：“在你那位师弟未出来之前，齐世杰这小子就先上车，他的母亲更是比他早一步就离开镖局的。

“我明明看见齐世杰上了车，但后来马车跑出来的时候，我只看见车上有宋鹏举和胡联奎两个人。”

闵成龙道：“这是因为车上装有机关，齐世杰这小子躲起来了。看这情形，韩威武请他们母子前来镖局一事，是连我那两个师弟都瞒过的。宋胡二人一向得不到韩威武重用，镖车的秘密，恐怕他们也不知道。”

杨炎编造谎言，把自己所做的事情说成是齐世杰做的，非但消除了闵成龙对宋胡二人的怀疑，而且编造得他完全相信了的谎话。

杨炎说道：“这件事情太过古怪，于是我就暗中跟踪那辆车子，一直到了你的府上，现在你可以明白我为什么会突然而来，来得正是时候了吧？这不是凑巧，也不是我有未卜先知之能。”

闵成龙看他一眼，如有所思，忽地说道：“我明白了。你是从很远的地方来的吧？我是说在你未到张掖之前，你本来是住在一个远离中原的地方的!”

杨炎心头一跳，微笑说道：“你怎么知道的?”

闵成龙道：“假如我猜得不错的话，兄台是从白驼山来的吧?”

杨炎既不承认，也不否认，双眼朝天，反问他道：“哦，你知道有白驼山?”

闵成龙心想：“果然给我一猜就着。”洋洋得意，说道：“家师还勉强算得上是总管大人的亲信，总管大人是时常和他提及白驼山的宇文山主的。”

杨炎说道：“原来如此。你是令师最宠信的大弟子，怪不得你也知道了。”

闵成龙更为得意，说道：“我知道贵山主和总管大人有深厚的交情是个秘密，一般的大内侍卫都不可能知道这个秘密的。但请你放心，我绝不会泄漏这个秘密。”

杨炎说道：“看来你倒像是个很谨慎的人。”

闵成龙道：“多谢夸奖，我当了几年差，早已养成了保守秘密的习惯了。我懂得什么话是不该说的，就不会在人前多说半句。”

杨炎说道：“很好。但我倒想知道，你是因何猜想我与白驼山有关?”

闵成龙道：“兄台年纪轻轻，武功如此了得，除了是宇文山主的门下，其他各派，岂能有兄台这样的人物。”另一个原因他未说出来的是，他已经知道彭大遒是替大内总管和白驼山主联络的，白驼山有人来参加张掖之会的事情他也知道。杨炎既然曾在张掖见到彭大遒，而且是由彭大遒向他转达大内总管的邀请的，那还能不是白驼山主的门下吗?

杨炎想不到他信口编造的谎言竟然造成这个误会，心中暗暗好笑，当下也就将错就错地说道：“不知兄台与宇文山主怎样称呼?”

杨炎说道：“唔，你以为我是他的什么人?”

闵成龙道：“兄台本领惊人，敢情就是白驼山的少山主宇文公子宇文……”原来他只道白驼山少主宇文雷是山主宇文博的侄儿，却不知宇文雷有多大年纪。其实宇文雷已经是三十岁开外的中年人了。

杨炎心想：“我可不能让宇文博这老贼做我的长辈，要冒充也不能冒充宇文雷。”于是不待他把话说完，便即双眼一翻，冷冷说道：“你既然懂得什么是不该说的就不能说，那你也该懂得，不该问的就不能问！”

闵成龙吓得连忙应道：“是，是。”果然不敢多问，就将杨炎带领到他的师父家中。

杨炎跟随闵成龙踏进他父亲的密室之时，几乎听得见自己心跳的声音。

他的父亲究竟是怎样一个人，片刻之后，就会知道了。

龙灵珠给他的那封康熙遗诏藏在他的身上，他心里在想：“为了使得爹爹能够平安辞官，我们已经煞费苦心，帮他筹划了。假如他仍然醉心利禄，连骨肉之情都不顾的话，这我怎么办，怎么办呢？”他不敢想下去了。

杨大姑已经回到震远镖局。

韩威武告诉她，那个奇怪的客人并没再次来过。

宋鹏举与胡联奎也未回来。

她并不知道宋胡二人已经去找她的弟弟，但她知道经过杨炎那番做作，闵家的人一定还是把他们当作自己人的。用不着为他们的安危担心。

可是韩威武听了她说的在闵家发生的事情，却是不能不大大吃惊了。

杨大姑恢复了当年巾帼须眉的英气，说道：“老韩，你不必担心。事情是我干出来的，你都推在我的身上好啦！我那不肖的弟弟要是来找你的麻烦，我会出去对付他的！”

韩威武苦笑道：“我拼着把震远镖局全都送给他，谅他也不敢杀我。不过有一句话却不知该不该对你说？”

杨大姑道：“以咱们这样的交情，还有什么话不能说的！”

韩威武道：“虽然俗语说疏不间亲，但在令弟的心目中，姐弟之亲，恐怕、恐怕……”

杨大姑立即接下去道：“我懂得你的意思。在他的心中，我这个姐姐恐怕还不如闵成龙和他亲。”

韩威武道：“他心目中最重视的恐怕还是功名利禄！”

杨大姑道：“我知道。所以你怕他未必念姐弟之情，甚至可能对我不利！”

韩威武道："我可不敢这样说，但多加一点提防总是好的。老大姐，你莫怪我以疏间亲才好。"

杨大姑笑道："这话是我说的，我怎会怪你。不过有一件事情你却未曾知道。"

韩威武道："什么事情？"

杨大姑道："牵涉在这件事情中的一个人，和他的关系比我更亲！"

韩威武吃了一惊，问道："谁？"

杨大姑道："就是那个指名要鹏举和联奎保镖的古怪客人。"

韩威武越发惊诧问道："那人是令弟的……"

杨大姑缓缓说道："他是我弟弟的儿子，你说是不是儿子要比姐姐更亲！"

韩威武道："你们已经姑侄相认了吗？"

杨大姑苦笑道："非但没有认亲，他还点了我的穴道。"

韩威武道："那你怎么知道一定是他？"

杨大姑道："他用的是杨家六阳手。而且我以前曾经和他见过一面，这次他虽然业已改容易貌，多少也还能够看出一些轮廓。"

杨大姑有一种特殊的本领，只要是她见过一次面的人，无论隔了多久，她都能够认得那个人的声音和相貌。那个人纵然经过改容易貌，但只要露出一点破绽，就逃不过她的眼睛。

韩威武恍然大悟，说道："怪不得你肯让你的师侄把实话告诉他，又给他准备了那辆镖车。敢情以后发生的事，都已在你所算之中。"

杨大姑苦笑道："他要跟着鹏举、联奎去找闵成龙，我是料准了的。但他竟然会帮闵成龙和我作对，却是我完全意想不到的了。"

韩威武道："但听你所说，他虽然和你动手，似乎也还是手下留情的。"

杨大姑道："是呀，假如他是用重手法点穴，我就不能回到镖局来了。所以他到底是友是敌，我现在还摸不清楚。我也只能说这个人极有可能就是杨炎，还不敢说他一定就是杨炎。"

韩威武道："依我猜想，他在闵家所做的事情虽然令人莫测高深，却一定是有他自己的原因的。过后他也一定会向你解释的。”

杨大姑道：“我赶回镖局，就是希望他会再来。但如今天色已晚，尚未见到他的踪迹，我这希望恐怕是落空了。”

韩威武忽道：“有一件事情我刚才未有机会和你说，那个古怪的少年虽然没有再来，他的朋友却曾来过。”

杨大姑道：“他的朋友，是怎么样的人？”

韩威武道：“是一个年纪和他差不多的少年，跑到镖局来打听他走了没有。”

杨大姑诧道：“是个少年？”

韩威武不觉也是一怔，说道：“老大姐，你已经知道了这个人是谁了吗？”

杨大姑道：“我不知道。”

韩威武道：“但最少你也知道他是隐藏本来的面目了吧？否则你不会这样发问。”

杨大姑眼睛一亮，说道：“他不是少年？”

韩威武笑道：“他非但不是少年，而且根本不是男子！”

杨大姑道：“她是个女扮男装的假少年？”

韩威武道：“不错。但她改容易貌之术委实太过巧妙，要不是有李麻子帮眼，我一点也看不出来。”

杨大姑道：“李麻子是当今之世最精于易容术的人，而且懂得的各地方言之多亦是无人能及。这个女扮男装的‘小子’自是瞒不过他的眼睛，但不知他另外还看出了一些什么？”

韩威武道：“他说那位姑娘的本来面目他是看不出来的，不过据他推测，年纪恐怕要比她假扮的少年还小一些，可能还不到十八岁。还有她说的虽是河南口音，但却可以判断她是西域长大的汉人。”

杨大姑喜道：“我已经知道她是谁了。”

韩威武道：“她是谁？”

杨大姑道：“她就是和杨炎同在一起的那小妖女。老韩，你有没有办法打听她的下落？”

韩威武道：“我已经打听到了，那‘小子’一走，李麻子就告我她是女扮男装，我也就立即派人跟踪她了。我派去跟踪她的那两个人刚刚回来。”

杨炎试父

杨大姑去找龙灵珠时候，杨炎已经见着他的父亲了。

不过杨牧却似乎一点也看不出来，站在他面前的就是他的儿子。

他愕了一愕，说道：“这位是……”

闵成龙道：“他是总管大人从白驼山请来的朋友。”

杨牧吃了一惊，说道：“是总管大人有事吩咐我么？”

杨炎说道：“我不是总管大人差遣来的。”

杨牧更是吃惊，说道：“那么是阁下自己的事情了？不知有何事要我效劳？”

杨炎说道：“不是我的事情，是令徒的事情。我不过是无意之中碰上这桩事情的。”

杨牧惊疑不定，双眼瞪着闵成龙。

闵成龙道：“禀师父，师姑、她、她……”

杨牧道：“她怎么样？”

闵成龙道：“师姑，她，她突然来到弟子家中，要取弟子性命。是这位白驼山朋友救了我。”

杨牧打量一下杨炎，回过头来对闵成龙道：“哦，有这样的事，你仔细说！”

闵成龙惴惴不安，说道：“弟子是依照师父的吩咐做的，却不知做得对是不对，特来向师父请罪。”

杨牧说道：“对，对。你做得很对。咱们是皇上的奴才，自当忠于皇上，哪能只顾亲情！”

闵成龙放下心上的一块石头，说道：“多谢师父不加怪责。”

杨炎听得父亲这样答复，心里却是如坠铅块，沉重异常了。

杨牧面向儿子，说道：“朋友，多谢你帮了小徒这个大忙。”

杨炎心中悲痛，脸上却是不露神色，说道：“咱们是自己人，何须这个谢字？”他决意再试一试父亲。

杨牧说道："朋友，你是总管大人的亲信，还得你在总管大人面前美言几句，表明我的心迹，免我受到牵连。"

杨炎勉强笑道："杨大人赤胆忠心，早就有了大义灭亲的打算，我自当把所见所闻回报总管大人的。令姐和令甥所做的事情，绝对不会牵连到大人身上。"

杨牧说道："那我就先多谢阁下了。但我想阁下不仅仅是因为这件事情而来的吧？我这个徒弟不是外人，有什么话你都可以说的。"他以为杨炎是奉了总管之命，要分沾他从震远镖局取得的利益的。在发生这件事情之后，说不定这人还要另外勒索他一份财帛。

杨炎说道："大人猜对了。实不相瞒，我此来固然是为了拜会大人，却也还有另外一件事情，要向大人请示！"

杨牧连忙说道："阁下言重了，请示二字我怎么敢当。有何吩咐，尽管说吧。"

杨炎忽地说道："大人对令姐和外甥可以不顾亲情，但不知对大人亲生的儿子又怎么样？"

杨牧吃了一惊，说道："阁下这话是什么意思，恕我愚鲁，可否请阁下说得明白一些。"

杨炎说道："杨炎是你的儿子吧？我要说的这件事情，正是和杨炎有关的！"

杨炎是捏着嗓子改变了原来的口音说话的，说到自己的名字，不觉声音微颤。

杨牧又再冷静地注视他一会儿，好像是知道瞒不过他了，只好说道："不错，杨炎是我的亲生儿，但我们父子却是从未见过面的。他出了什么事情？"说话仍然是真假各半。

但这假的一半，却是假得恰到好处，杨炎心里想道："他只道我当真是大内总管的心腹，自是不敢供出他曾经见过我了。"

他故意问道："你虽然没有见过这个儿子，但骨肉之情总是有的，是不是？"

杨牧说道："骨肉之情，谁能没有？何况我只有这一个儿子呢。不过假如是为了皇上和总管大人的缘故，我当然不能只顾骨肉之情。”

杨炎心头更为沉重，却装作漫不经意地淡淡说道：“也没什么事情，不过我知道令郎已经到了京师，而且知道他不愿意你充当朝廷的‘鹰爪’，嘿嘿，我是用令郎的口气说的，不是骂你！”

杨牧颤声道：“他、他是叛逆？”

杨炎说道：“他是否朝廷的叛逆我不知道，但我知道他和他的表哥齐世杰是一路的。怎么，你认为他的罪犹可恕，是吗？”

杨牧连忙说道：“不是，不是。他心存反叛朝廷之念，已经是该死，该死了！”

杨炎说道：“好，既然你也认为令郎该死，那你可肯帮我一点忙吗？”

杨牧颤声说道：“帮什么忙？”

杨炎说道：“帮我对付你的儿子。我已经知道他的所在，但我赶不及回去禀告总管大人。”

杨牧说道：“你要我帮忙动手，杀、杀这个小畜生？”声音颤抖得更厉害了。

杨炎心想：“总算他多少还有点不忍之心，可惜是太少了。”当下眼珠一转，缓缓说道：“用不着你出手，我也不一定非杀他不可。”

杨牧好像松了口气，说道：“你要我怎样帮忙？”

杨炎说道：“我的武功不及令郎，又来不及回去向总管大人求助。但我知道你也是有大内秘制的酥骨散的，请你给我一点，我自有办法下毒！不过事情我可要说在前头，我拿了令郎是要献给总管大人的，总管大人倘将他处死，这可与我无关！你想清楚，酥骨散你给不给我？”

他冷冷地盯着父亲，等待父亲的回答。

杨牧讷讷说道：“这个……”

杨炎冷冷说道：“什么这个那个？干脆一句话：酥骨散你到底给不给我？”

他已伤心到了极点，只待杨牧一把酥骨散给他，他就要立即露出自己的本来面目，从此斩断父子之情。杨牧说道：“给，给。不过请你稍待一会。我有几句话和小徒说。”

杨炎说道：“好，我可以等你。但请快一些。”

杨牧回过头来，说道：“成龙，你是我的好徒弟，你给我立了这件大功，我可要好好赏你。”闵成龙受宠若惊，连忙说道：“有事弟子服其劳，成龙不敢领赏。”

杨牧说道：“我一向赏罚分明，你替我办事，正合我的心意，我是要重重赏你不可的！”

说至此处，突然一掌劈下，喝道：“我要你死！”

他使出的竟是杨家六阳手的杀手绝招！这一突如其来的变化，杨炎固然是始料之所不及，闵成龙更是做梦也没想到。即使他有防备也抵挡不了，何况毫无防备！

只听得呼的一声，闵成龙的身子被他一掌打得飞出门外，哼也哼不出来，骨碌碌地就从楼梯滚下去了。

杨炎诧异之极，问道：“杨牧，你为什么要杀徒弟？”

杨牧喝道：“我不但要杀他，还要杀你！”

声出招发，接连三招，都是六阳手的杀招。

杨炎出手招架，他的功力远胜父亲，轻描淡写地化解父亲的攻势，但内功却用得恰到好处，不至于伤及父亲。

“杨牧，你疯了吗？难道你不相信我是你们总管大人派来的？”他还要试一试父亲。

杨牧喝道：“就因为你是总管的心腹，我非杀你不可！”

杨炎笑道：“为什么？”

杨牧喝道：“为什么？难道你以为我真的愿意帮你害我自己的亲生儿子吗？我不杀你，你就要杀害我的儿子！”

杨炎说道：“哦，原来你是要杀我灭口。但你也应该知道你这点本领是杀不了我的！”

杨牧咬牙说道：“我知道打不过你，但我宁可死在你的手下，也要和你拼个死活！”他果然是说得到做得到，就像疯了一般，丝毫不顾自己的性命，猛扑杨炎。

父亲打得越凶，儿子越是欢喜。杨牧并未打着杨炎的身体，却把压在他心上的一块石头打落了。

杨炎轻轻使了个粘字劲，四掌一交，把父亲的手掌粘住。

杨牧红了眼睛，喝道："宇文小贼，你把我杀了向总管领功吧！"

杨炎这才笑起来道："爹爹，请恕孩子无礼！"

杨牧大吃一惊，叫道："什么，你、你是谁？"

杨炎笑道："爹爹，你认不出我了吗？我不是宇文雷，我是你的炎儿！"双掌松开，解了杨牧之困。

杨牧好像仍是半信半疑，重复说道："你、你、你真是我的炎儿？"

杨炎不说话，拿起桌上的茶壶，以茶洗脸，恢复了本来面目。

"啊，你果然是炎儿。为何不早说，刚才把我吓死了。"

杨炎说道："爹爹，我听见闵成龙说，你要他害世杰表哥……"

杨牧一皱眉头，截断他的话道："炎儿，你到现在还未相信我？"

杨炎说道："爹爹，你为了我而不惜把大师兄杀掉，我岂能对你还有怀疑。不过，表哥……"

杨牧道："炎儿，也怪不得你对我还有怀疑的。但你要明白，知道我的心事只有你。我一日做大内侍卫，一日就不能对外人表明心迹，即使是对闵成龙也不例外。不错，我是曾把酥骨散给他，叫他对付世杰。但我的用意却是为了世杰的好的。我怕他一到京师就落在鹰爪手里，是以只能如此安排。世杰倘若中计，闵成龙也只是将他送来我这里，我自会悄悄将他放走。但成龙另有野心，我今天方始看出。我知道他纵然听我命令，也一定会向大内总管告密，所以我才不惜杀他。倒不是完全为了你的缘故，另外一半原因是为了世杰的。你明白了么？"

杨炎是个很易激动的人，经过这番试探，他已经对父亲没有半点怀疑，再听父亲这么一说，不觉眼泪夺眶而出，投入父亲怀中，说道："爹爹，我误会了你，他们也误会了你！"

杨牧微笑道："你明白我的苦心就好，待我先出去了结成龙的事情，回头再和你说话。你不可离开房间。"

杨炎瞿然一省，说道："对，你底下的人要是发现闵师兄的尸体……”

杨牧微笑道：“这你倒可以放心，底下人未得我的允许，是不能踏进这座内院的。我做的事情，料想他们也没有这个胆子敢在外面乱说。不过当然还是小心一点的好，你等我一会儿。”

过了一会，他回到房间，说道：“成龙的尸体我已经抛进山洞里用化骨散化得毛发无存了，好啦，你现在可以放心在这里住下去。”

杨炎虽然对闵成龙甚为憎恶，听得他这样惨死，也是不禁毛骨悚然。不过父亲是为了他而杀闵成龙的，他自是不能怪责他的父亲。

杨牧问道：“炎儿，你在想什么？”

杨炎道：“没什么，只是孩儿恐怕不能住在这里。”

杨牧道：“为什么？”

杨炎道：“孩儿还要回去。”

杨牧道：“回去，回哪里去？”

杨炎道：“孩儿是和一位朋友同来京师的，住在西郊的一处地方，我想在天亮之前赶回去。”

杨牧一皱眉头，说道：“你我父子重逢，我有许多话要和你说，你也应该有许多话要和我说吧？”

杨炎说道：“我正是要把一件最重要的事情告诉你，当然我要把这件事说完才走。”心里暗暗奇怪，爹爹为什么不急于知道他往柴达木的结果。原来杨牧本是要他到柴达木去把义军首领孟元超的首级取回来的。

杨牧这才作出此际方始想起的神气道：“对啦，我见了你几乎欢喜得忘记了这件最紧要的事情了。其实，对我来说，还有什么事情比咱们父子能够互相谅解更紧要呢？比起来孟元超的首级倒是次要的了。不过虽是次要，没有这颗首级，咱们父子恐怕仍是不能长相聚的。”

杨炎说道：“爹爹，孟元超的首级孩儿并未取回。”

杨牧怔了一怔，说道：“为什么？你说过……”

杨炎说道：“不错，孩儿说过要是取不到孟元超的首级孩儿就不回来。不过……”

杨牧刚才那句话一说出口就发觉有点不妥，连忙设法挽救，不待杨炎说完，便即打断他的话道：“炎儿，你莫误会。只要你回到我的身边，即使我不能摆脱目前的处境我也是很高兴的了。孟元超的快刀天下第一，我本来就不指望你能够把他杀掉的。”

杨炎趁机说道：“不错，孟元超的武功实在太强，孩儿打不过他，只好以后再说。不过孩儿另有一件东西，这件东西，对爹爹来说，恐怕比孟元超的首级更有用！”

要知杨炎尽管同情他的父亲，但经过这一次他在柴达木耳闻目睹的事实，他对孟元超的误解亦已消除了许多。他不愿意对父亲直言他是不能替他去杀孟元超了。

他知道父亲对孟元超的仇恨极深，这不是他所能化解的了。因此他只能说谎，只能隐瞒了他在柴达木的遭遇。

杨牧却哪里知道儿子有这么复杂的心思，听了儿子的说话，不觉又惊又喜，连忙问道：“什么东西比孟元超的首级更有价值?”

杨炎说道：“是七十年前康熙的一封遗诏，爹爹，你做了十多年大内侍卫，想必知道这封遗诏的故事，懂得它的价值?”说罢，把贴身收藏的这封遗诏拿了出来，交给父亲。

杨牧接了过来，仔细一看，看出这封遗诏的确不假，不觉欢喜得双手都发抖了。

杨炎笑道：“爹爹，你拿稳一些。这封遗诏是不是对你有用?”

杨牧说道：“我懂，我懂，有用，有用！事情虽然隔了七十年，但我知道当今皇上还是在找这封遗诏的。”

杨炎说道：“那么，你替鞑子皇帝，立了这件大功，你要求什么，想必鞑子皇帝也会答应了。”

杨牧笑道：“我想他一定会答应的！”

杨炎说道：“那么，你准备向皇帝要求什么?”

杨牧欢喜得几乎发昏的脑袋此时方始清醒，他缓缓说道：“当然是求他准我辞官归里，从此咱们父子就可以永远在一起了。”

杨炎放了心上的一块石头，想道：“爹爹果然没有忘记他对我许下的诺言。”

“爹爹，那么你就尽快去办妥这件事吧。”杨炎说道。

“不必你替我着急，我会的了。”笑过之后，忽地问道：“炎儿，这封遗诏，你是怎样得来的?”

杨炎说道：“就是我刚才所说的那位朋友给我的。至于这位朋友是谁，她又如何取得这封遗诏，我希望你暂时不要发问。待你辞官之后，咱们一起离开京师之时，我再慢慢告诉你。”

杨牧说道：“好，这个秘密既然你目前还不能说，我也无须知道，对皇上我自会编造一个故事的。”其实他也不用仔细去问杨炎，亦已知道杨炎的这位朋友是谁了。杨炎和“小妖女”在祁连山上拒捕的事，他早已知道，而“小妖女”的祖父是年羹尧的后人。不久之前，他亦已从大内总管口中得知了。

杨炎说道：“爹爹，你去办这件事，孩儿告辞了。”

杨牧说道：“你急着回去，就是为了你这位朋友么?”

杨炎说道：“不错，我一早出来，已经是过了一个白天又半个晚上了。要是还不回去，她不知要等得如何心焦了。”

杨牧叹口气道：“你和她分手不过一天，就这样急着回去见她！我和你却是在你未出世的时候，就分开了的。如今咱们父子刚刚相认，你就舍得离开我吗?”

杨炎说道：“爹爹，我还可以再来的。”

杨牧说道：“你可知道在这里的几户人家，都是和我一样身份的大内侍卫，所以这地方不能让外人随便进来?”

杨炎说道：“闵成龙已经对孩儿说过。”

杨牧说道：“你既然知道，那么你可曾想到，你是和闵成龙一起来的，如今一个人出去，会不会引起人家的注意?”

杨炎说道：“就是有人跟踪，我也不怕他们。”

杨牧说道：“我知道你对付得了他们，但要是闹出事情，岂不破坏了咱们原定的计划？不如等待皇上准我辞官之后，咱们再光明正大地离开这儿，然后和你的朋友一起出京？那时同僚都已知道我为皇上立了大功，即使知道你的来历，知道咱们的父子关系，谅他们也不敢多事了。”

杨炎听父亲说得有理，不由得感到进退为难了。心里想道：

"我目前就急于回去，只怕是会连累爹爹。但爹爹不知什么时候才能办妥这件事情，倘若要我在这里待十天八天，灵珠必定会以为我出了意外，她会急成什么样子，我可真是不敢想象!"

心念未已，只听得父亲又是叹了口气，说道："你未出世，咱们父子就分开，我日盼夜盼，就是盼望有今天这个父子团圆的日子。你从出生到现在，经历过一些什么，我一点都不知道，我多么渴望知道你的事情！我也有许多话要和你说，难道你在这里住宿一宵，好让我和你多少叙叙亲情，你都不肯吗?"

杨炎是个感情容易激动的人，听了父亲这番话，不觉热泪盈眶。

杨牧也假惺惺地挤出几滴眼泪，说道："这也怪不得你，孩子大了，在孩子的心目中，朋友的地位往往是比父母更重要的。何况你和我又从来未曾在过一起，父亲其实也是像陌生人一样。"

杨炎涩声说道："爹爹，你不要说了，孩儿不走就是。但爹爹说只要留我一宵，难道明天我就可以走了么?"

杨牧说道："明天一早我就入宫求见皇上。要是事情进行得顺利的话，明天咱们父子就可以离开京师。你的朋友多等一天总可以吧?"

杨炎笑道："但愿能够像爹爹说的这样顺利。我那朋友今天晚上不见我回去，焦急当然是免不了的，但这也是值得的了。"

杨牧忽地问道："你刚才好像说过，你和那位朋友是住在靠近西城郊的一处地方，不知那是什么地方？那里客店很少，我想不会是客店吧?"

杨炎说道："是我们租下来的民房。"

杨牧故意一皱眉头，说道："你们也太不小心了，以你们的身份，怎么可以租房子住？那户人家是可靠的吗?"

杨炎说道："那是空房子，没有人和我们同住的。说是民房，其实户主的父亲是做过官的，只因他的父亲去世之后，他花天酒地，如今业已变成破落户，所以才肯把房子租给我们。"

杨牧说道："你可以把地址告诉我吗，我是怕你的朋友等得心焦，想派个人给他捎个口信。"

杨炎说道："这位朋友脾气有点古怪，她不愿意见陌生人的。"

杨牧心里想道："你已经供给我寻人的线索，像这样的破落户在西城并不多，你不告诉我我也可以找得到。"于是说道："好吧，既然如此，那就算了。如今我倒是应该派遣一个人到闵成龙家里，捏造一个今晚他不能回家的借口，好稳住他的儿子，不要闹出事来。"

杨炎听得父亲这样处理，倒是不禁有点为闵成龙父子难过。心想："闵成龙虽然罪有应得。罪还不至于死。他的儿子被蒙在鼓里更是可怜。"

他哪知道闵成龙非但没有死，而且早已离开了杨家了。不过他也并未回到自己的家中，而是去向大内总管报讯。

原来杨牧打他那掌，力度用得恰到好处，虽然把他抛下楼去，却未令他受伤。杨牧打他之时，早已向他递了一个眼色。闵成龙是最懂师父心意的弟子，登时心领神会，当然不会叫嚷出来。后来杨牧下楼一次，对儿子说是去毁尸灭迹，其实却是给了徒弟一个秘密的任务。

杨大姑从韩威武口中打听到龙灵珠的住处，她倒是先杨炎而去了。正是：

捐弃旧嫌访妖女，同胞不及外人亲。

欲知后事如何？请听下回分解。

第二回　颠倒是非施诡计
洞穿黑白仗良朋

以德报怨

杨大姑的脾气虽然比少年的时候收敛许多，但吃了自己嫡亲侄儿的亏，这口气还是咽不下的。

为了找寻这个侄儿，她不知费了多少心力，想不到侄儿非但不肯认她，还点了她穴道。

但也正因为杨炎是她的亲侄子，是杨家独一无二的继承香烟的人，她对杨炎虽然生气，却还是可以原谅他的。

她对侄儿的气最多不过三分，对“小妖女”的气则最少也在七分以上。

不仅仅是因为“小妖女”曾经冒犯过她，那次几乎打了她的耳光。而是因为她认为杨炎之所以有如此乖谬的行为，都是因为误交了这个“小妖女”之过。是“小妖女”使得她的侄儿变坏了的。

她要把受到侄儿的气，发泄在这“小妖女”龙灵珠的身上。

等了整整一个白天又半个晚上，现在三更都已过了，还是未见杨炎回来。龙灵珠好像热锅上的蚂蚁似的，非但没法睡觉，而且坐立不安。

“他早已离开震远镖局，怎的现在还不回来？”

这晚无星无月，她独倚窗前，看出去是黑漆一片。她心里疑团莫释，也是有如坠入黑漆的深渊。

杨炎出了什么事呢？

正在她疑虑重重之际，忽听得好似有风吹落叶的声音。

“啊，炎哥，你、你回来……”话未说完，她听出了不是杨炎的轻功身法。

“什么人？”龙灵珠登时警觉起来，解下缠腰的软鞭。

“龙姑娘，你莫慌，我们虽然不是杨炎，却是杨炎派来给你送信的！”

龙灵珠技高胆大，心想：“即使是假冒的我也不怕，好歹问个明白。”便即打开房门。

两个人同时出现在她的面前。一个青衣，一个黄衣。

龙灵珠道：“你们说是杨炎托你们来的，有什么凭据？”

那个青衣汉子压低声音说道：“龙姑娘，你送给杨炎的那件礼物，他已经妥交他的亲生之父了。”

龙灵珠道：“什么礼物？”

青衣汉子声音更低：“姑娘，你是明知故问。我说的就是那封康熙遗诏呀！”

来人说得出这个秘密，龙灵珠不敢疑他说谎，问道：“他的信呢？”

青衣汉子道：“杨公子托我们捎的是口信。”改称“公子”，已是自居于杨炎父亲的僚属之列。遗诏的秘密胜于任何凭证，龙灵珠自是用不着非见到杨炎的亲笔信不可了，何况在这种情况之下，不着文字痕迹，也正是情理之常。

“他怎么说？”龙灵珠道。

“杨公子请姑娘前去与他相会。他托我们捎的只是一个平安口讯，其他事情，见了面他自会告诉姑娘。”

龙灵珠道：“由你们带路？”

黄衣汉子觉得她问得有点奇怪，说道：“不错，请姑娘立即动身吧。”

龙灵珠忽道：“你们一共来了几个人？”

她暗中留意，这刹那间，只见那两个汉子都是不约而同地怔了一怔的模样，黄衣汉子的面色甚至都有点变了。

青衣汉子答道：“就只我们两个人。”故意装出十分平淡的态度。但正因为他过于做作，龙灵珠不觉又是心头一动。

龙灵珠道：“真的吗？”突然从窗口跃出。

这两个人同声喝道：“小妖女还想逃吗？”一个飞出暗器，一个挥出软鞭。

这么一来，他们冒充是杨炎使者的身份，当然也是立即就暴露了。

其实龙灵珠虽然起了一丝疑心，但还有七八分相信他们的。她也并不是想要逃走。

原来龙灵珠的武学造诣在这些人估计之上，当她和这两个人说话，已经听出了窗外有人埋伏。

初时她还不敢疑心在外面埋伏的这个人是这两个人的同党，待至见到他们的面色有异，方始起了疑心。

“炎哥叫人接我，何须要两个一起来呢？假如路上有人和我为难，我打发不了的话，多一个人也帮不了什么大忙。但我的秘密却是多一个人知道了。”

她对这两个人起了疑心，于是也就不把她业已察觉外面有埋伏的事告诉他们。心想管他是友是敌，躲在外面，鬼鬼祟祟就多半不是好东西，且把他揪进来再说。

这两个人却只道是已经给她看破了。

青衣汉子飞出一蓬梅花针，黄衣汉子挥出软鞭卷她双足。

幸亏龙灵珠此时亦已有了准备，软鞭早已握在手中。

龙灵珠反手一挥，两条软鞭缠个正着。

与此同时，她左手的衣袖一拂，把那丛梅花针全都荡开了。

本来她的功力是要比那黄衣汉子胜过一筹的，但因一心二用，却给他拉了回来。

龙灵珠喝道：“好呀，你这两个奸细敢来骗我，快说，你们究竟是什么人？否则可休怪我手下无情！”

青衣汉子笑道：“小姑娘莫说大话，你就是要逃也逃不出我们的掌心了。不过我倒可以老实告诉你，我们的确是杨炎的朋友，绝不骗你。”

龙灵珠怒道：“你以为我是三岁小孩，还能相信你的鬼话？好吧，且看是我逃不出你们的掌心，还是你们命丧我的鞭下。嘿嘿，你这家伙也是使鞭的，你先吃我一鞭！”

她用的是银丝软鞭，夭矫如龙，不但招数精奇，劲道也在那黄衣汉子之上。黄衣汉子的软鞭已是不敢给她缠上。

青衣汉子横掌如刀，滚斫而进，掌风呼呼，虽然劈不断龙灵珠的软鞭，龙灵珠却也无法缠上他的手腕。看来他的功力要比同伴高得多，而且不仅仅是个暗器高手，在掌法上也有过人造诣。

龙灵珠以一敌二，打得难分难解。

忽听得“叮”的一声，埋伏在外面的那第三个人，虽然没有进来帮手，却把一枚透骨钉从窗外打进来了。

他并不露面，眼睛却能够看穿墙壁似的，暗器打得很准。原来他精于听风辨器之术，虽然他的一个同伴使的也是软鞭，但他这同伴的软鞭比龙灵珠这条银丝软鞭重得多，轻重不同，发出的声音也就两样。至于他另一个同伴的掌风呼响声，那是更容易分辨了。

龙灵珠以一敌二，堪堪可以打成平手，被那第三个人用的暗器和她捣乱，可就有点应付不下了。那人的暗器功夫也不是很高，不过准头却是十足。龙灵珠一挥衣袖，就可以把他的透骨钉打落，但总是被分了心神。

那个人始终只是在窗外把暗器射进来，龙灵珠的年纪不大，江湖经验却是甚为丰富，一见如此情形，就知这个人定然是兼有替同伴把风的任务的。倘非逼不得已，他决计不会进来。

龙灵珠眉头一皱，计上心来。忽地身形好像水蛇游走，觑个正着，呼的一鞭，把房间里唯一的那盏油灯打灭。那两个汉子情知单打独斗，他们是绝对打不过这“小妖女”的，灯火突然熄灭，伸手不见五指，他们吓得不敢动了。

龙灵珠伏在角落里也是屏息呼吸，等待可以突然出手袭击对方的机会。

外面那个汉子在这样的情形下亦是不敢进入屋内。要知他一进来，那就是他在明处，敌在暗处。“明枪易躲，暗箭难防”，这是必须避忌的，纵然三人联手，稳操胜算，他也不愿意自己首先吃这个亏。

杨大姑来到了龙灵珠的住所。

无星无月，屋子里也没灯光。杨大姑艺高胆大，使出了六阳手的防身招数，踢开房门，闯进屋内。

可惜她只顾防备屋内的敌人，却不知屋子外面也有人埋伏。

她双掌一招“推窗望月”，扫荡青衣汉子射来的一丛梅花针，就在此时忽觉背后微风飒然，知有暗器打来，躲避不及，中了一枚透骨钉。

杨大姑大怒喝道：“好呀，你这小贼敢暗算我！”反身飞扑，外面的那个人给她的掌力震得从屋檐上跌了下来。

这人也好生了得，一个鲤鱼打挺跳起，立即又飞出了三枚透骨钉。

这一次杨大姑当然不会让他打着，双掌齐飞，掌力尽发，透骨钉倒飞回去。

那人连忙叫道：“杨大姑，对不住，我打错你了。咱们是……”

杨大姑冷笑道：“你已听出是我，为何还要再发三枚？你是什么人？”

那人本来想说是“自己人”的，但蓦地想起，如今连杨牧和他的姐姐也不能算是“自己人”了，他如何还敢吐露自己的身份。他在发出那三枚透骨钉之时，其实亦已早就知道是杨大姑，但心里却压根儿没有把杨大姑当作自己人的。

“辣手观音”的厉害江湖上谁人不知？这个人料想自己纵然说出杨牧的关系，杨大姑也不会饶他，只好使出最后一招。

他一面续发透骨钉，一面叫道：“杨大姑，你已经中了我的喂毒暗器，我打错了你，不想取你性命，但你也必须立即静坐运功，否则一动手的话，你的毒就会发作得更快了。”一面叫，一面逃。

岂知杨大姑竟然不理会他的威胁，他话声未了，杨大姑已是飞身掠过假山，拦住他的去路。

“就算我中了毒，也能毙你！”杨大姑喝道。大喝声中，俨如饥鹰扑兔，从假山上飞扑下来。

那人的武功本来不弱，若然他沉着应付，单打独斗，杨大姑在十招之内，也未必能够胜他。但此际他给杨大姑这股拼了一死的气势所慑，却是一招都抵挡不了。

只听得“咔嚓”一声，双掌相交，那人的左臂登时脱臼，厉声叫道：“你们还不快来，先毙这个……”

杨大姑冷笑道：“你现在才请救兵，已经迟了。看是谁毙谁吧？”双掌齐挥，又是一招六阳手最厉害的杀着，这一招是她平生功力之所聚，那人话犹未了，还是给她打得胸骨碎裂，陡地发出一声撕心裂肺的惨呼，终于倒在血泊之中。

杨大姑一掌击毙此人，只觉好似大病一场过后，目眩头昏，浑身无力。

气力不继那还罢了，被透骨钉打中那条手臂也麻木不灵了，这麻木之感，片刻之间，蔓延了半个身子。

透骨钉果然是淬了剧毒的！

杨大姑连忙吸一口气，强运内功，抑制毒气的蔓延。但她知道，这只能抵御片时，她的功力如今剩下来的还不到三成，即使没有外敌侵犯，她也无法只凭本身的功力祛毒自疗的。

她是个老江湖，明知此际凶险之极，只好行险以收阻吓之效。

她放弃运功御毒，提一口气，喝道：“还有几个兔崽子。都给我滚出来！姑奶奶非把你们一个个都杀掉不可！嘿嘿，好、好，你们滚出来啦，有胆的莫逃！”

屋子里那两个汉子听得同伴那声撕心裂肺的惨呼，一面固然是吓得魂不附体，一面也是不约而同地想到了他们自身所处的险境。

他们并不知道龙灵珠和杨大姑之间是有“过节”的，他们只知道龙灵珠是杨炎的情人，而杨炎则是这个“老女魔”辣手观音的亲侄儿。辣手观音料理了他们的“大哥”之后，一进屋内，内外夹攻，他们就要变成了瓮中之鳖。

这两个人只好冒险逃出来了。正是在杨大姑喝令他们出来的时候。

杨大姑拿捏不准他们是否气怯而逃，只能续施恫吓。她作势扑过去，一面喝道：“有胆的你们莫逃！”

也不知是紧张还是气力不继，她飞身一扑，脚尖刚刚沾地，就站立不稳，好似风中杨柳，几乎摔了一跤。

那两个人也是作了死里逃生的打算的。一见这个情形，喜出望外，立即出手。

杨大姑挥掌拍出，掌势变幻无方，佯攻黄衣汉子，中途一转，却拍到了青衣汉子的胸膛。

青衣汉子沉肩坐马，喝道：“老贼婆不是你死，便是我亡！”长拳捣出，他握拳的势，五指参差不齐，生出三片棱角，拳势之威猛，宛如巨斧开山，铁锤击石。

这一招名为“五丁开山”，乃是不计成败的硬碰硬打法，力强者胜，力弱者败，殊难取巧，要是不知对方虚实，那是决计不敢使用这种打法的。

原来青衣汉子情急拼命，他欺负杨大姑中了毒钉，刚刚又见她险些摔倒，料想她已是气力不加。只盼能够将她一拳击倒，自己便可以逃命。

杨大姑的“六阳手”刚中带柔，若在平时，这青衣汉子用硬功和她硬拼，那是自取灭亡。纵然他的气力较大，只要双掌一交，杨大姑就可以卸去他的一半掌力，然后从容取他性命。

但此际杨大姑业已毒发，剩下来的功力还不到三成，却是毫无把握可以克敌制胜。内功运用不灵，要想卸力打力亦是不能。

杨大姑眼见不敌，陡然间自掌化指，倏向前一刺，用的竟是判官笔的刺穴招数，刺那青衣汉子手背的阳泽穴。这一招的变化突兀之极，青衣汉子给她刺个正着。

青衣汉子只觉穴道好似给蚂蚁叮了一口似的，虽然略感酸麻，拳势仍然可以向前捣出，不过稍微缓慢而已。原来他皮粗肉厚，杨大姑内力不足，使不出重手法点穴，是以无法封闭他的穴道。

青衣汉子大喜叫道：“快上，不用惊慌，这老贼婆果然是毒发了。”他一面催促同伴，一面化拳为掌，横掌如刀，削杨大姑的中指。

杨大姑沉声说道：“好，你要拼，就和你拼了吧！”这次轮到她变掌为拳了，一拳打出，居然劲风呼呼。

青衣汉子大吃一惊：“莫非这老贼婆乃是使诈！”此际变招已来不及，只好张开蒲扇般的大手，抓她拳头。

杨大姑把残余的功力付之孤注一掷，全都用在这一招之中。青衣汉子给她击退三步，几乎掌握不牢。刚刚站稳，第二重力道又接续而来，但这一次只是给击退两步。

青衣汉子怯意登时去掉，叫道："老贼婆确是气力不济了，你还怕她作甚，快、快用绝招锁喉鞭！"原来他是杨牧的同僚，对杨家六阳手虽未学过，却是懂的。他识得杨大姑这一招名为"龙门三叠浪"，"龙门三叠浪"蕴藏三重力道，本来应该是前一重力道后一重力更强的。

那黄衣汉子的武功虽然较弱，但此际亦已看得出来，杨大姑的确是后劲不继了。

他果然就使出了锁喉鞭的绝招。

杨大姑岂能让他锁着咽喉，霍地一个凤点头，腾出左手，挥袖拂去。

可惜气力不济，这一招流云飞袖的功夫已是不生效了。咽喉虽没锁住，手腕却给对方缠上。

杨大姑虎口欲裂，黄衣汉子也没能将她拉倒。她咬破舌尖，把残存的功力发挥得点滴无存，还是难以抵御。

那两个汉子一个抓着她的拳头，一个与她各握软鞭一端，都是变成了僵持的局面。

杨大姑固然是冷意直透心头，殊不知道两个汉子也是吃惊不小。

他们感觉杨大姑的内力好像是源源而来，不会衰竭似的。并不知道这不过是杨大姑的勉强施为，其实她已是差不多到油尽灯枯的地步的。这两个都不敢放手，因为双方好像拉紧了弓弦，谁先松手，对方的内力立即就会打倒自己的身上。

杨大姑正自暗暗叫苦，忽听得有人格格笑道："辣手观音，对付两个鼠辈，为何还不施展你的辣手？"

不是别人，正是龙灵珠站在一旁，笑吟吟地袖手旁观，好像是特别来看她倒霉似的。

杨大姑气得双眼翻白，喝道："小妖女你……"

话犹未了，只听得龙灵珠冷笑道："你还敢骂我？看鞭！"

黄衣汉子大喜叫道："对啦，龙姑娘，你还是帮我们的好！老实告诉你吧，我们和杨炎的爹爹才是自己人，我们都是大内侍卫。杨炎，他，他……哎哟，你，你……"他以为龙灵珠是叫杨大姑"看鞭"，不料龙灵珠的银丝软鞭打出，却缠上了他的脖子。龙灵珠笑道："你使不出锁喉鞭的招数，我替你使。怎么样，锁喉的滋味不错吧？"软鞭收紧，黄衣汉子登时给她勒毙。他平生最喜欢用锁喉鞭来勒毙犯人，想不到如今也给别人以其人之道还治其人之身。不过锁喉的滋味如何，他可是永远说不出来了。

杨大姑松了一半压力，一拳捣出，把那青衣汉子打得胸骨碎裂，一声惨呼，倒了下去，显然也是活不成了。

杨大姑已用尽残余功力，好似"虚脱"一样，抚着胸口嘶叫："小，小妖女，你，你杀了我吧！"

龙灵珠道："我为什么要杀你？"

杨大姑道："难道你不知道我是因何而来？"

龙灵珠道："你是来找杨炎的，是不是？"

杨大姑道："不错，我是来找侄儿，但并不是单单为了找他回去。"

龙灵珠道："我知道，你是不许他和我一起。"

杨大姑道："你既然知道我不喜欢你，倘若你想嫁给杨炎，不受阻挠，那为什么还不杀我！"

龙灵珠笑道："老实告诉你，我也很讨厌你！"

杨大姑道："你不说我也知道，赶快动手吧！"

龙灵珠道："我和你不一样，我讨厌一个人，不一定就要杀他的。"

杨大姑道："你不想嫁给杨炎吗？"

龙灵珠道："我还没有好好想过。不过，假如我想嫁给他的话，即使你要阻挠，炎哥也不会听你的话的。"

杨大姑气得双眼翻白，嘶声骂道："炎儿着了你这小妖女的迷，怪不得他变得这么坏！"

龙灵珠笑道："你的性命都是我救的，你还骂我？"

杨大姑嘶声叫道："我不领你的情，我宁愿死在你的手上！"

龙灵珠忽然也板起面孔，说道：“好，你既然是狗咬吕洞宾，不识好人心，那我就成全你吧！”

一面说话，一面劈开杨大姑的嘴巴，将一颗药丸塞进去。杨大姑已是毫无气力抗拒。

她只道这是一颗毒药，毒上加毒，自必死得更快。哪知药丸咽下，只觉一股暖气，转瞬流遍全身，已经麻木的四肢，居然能够活动了。

杨大姑诧道：“你，你给我这颗药丸是、是……”

龙灵珠笑道：“你不要我救助，我偏偏要你领我的情。这是用天山雪莲作主药的碧灵丹，功能驱除百毒。你的侄儿当年离开天山的时候，他师父给了他三颗碧灵丹，如今只剩下这一颗了。他把这颗剩下来的唯一的碧灵丹送给我，我就拿来救你的性命。你假如不愿领我的情，也可以当作是我替你的侄儿做的人情！”

杨大姑听了这话，做声不得。

龙灵珠继续笑道：“假如你还是一定要死，那也由你。你可以自己将头撞墙，可以拾起地上这条软鞭勒自己的咽喉。要是怕痛的话，你还可以上吊，可以投河。总之你现在已经有气力可以自杀了，用不着求我杀你！”

杨大姑给她说得气又不是，骂又不是，当真啼笑皆非。但中的毒已解，当然她是不想死了。

杨大姑只好自我解嘲：“你想我死，我就偏偏不死！”

龙灵珠笑道：“其实咱们也有共通之处，何必如此势不两立！”

杨大姑气道：“我和你有什么共通之处？”虽然生气，却是不再骂她“小妖女”了。

龙灵珠道：“最少有一点你和我是相同的，咱们是同样的关心杨炎，希望他能够平安回来，是吗？”

杨大姑不能不承认了，说道：“不错。我正想问你，他有没有回过这里？”

龙灵珠道：“我也正想问你，他曾经去过震远镖局，你没见着他吗？”

杨大姑心头卜卜地跳，说道：“如此说来，你尚未得知他的消息。好，那我告诉你吧，我非但在镖局里见到他，在闵成龙的家里也见到他！”

龙灵珠吃一惊，说道：“哦，他去了闵成龙家里。这个人他和我说过的，是他父亲的六个徒弟之中，最坏的一个！”

杨大姑继续说道：“我见到了他，我也知道是他了，他却不肯认我这个姑姑！”

龙灵珠急不及待地问道：“你见到他在闵成龙的家里怎样？”

杨大姑不觉又气起来，说道：“他帮闵成龙和我作对。”

龙灵珠道：“他怎样和你作对？”

杨大姑本来是不愿意说的，但为了有求于龙灵珠，只好说道：“总之是我吃了他的亏，我要杀闵成龙，他却点了我的穴道，带了闵成龙跑了。”

龙灵珠笑道：“你疑心是我唆使他吧？”

杨大姑说道：“要不是你唆使他，那就一定是他只知有生身之父，不知道有我这个姑姑了。”

龙灵珠道：“你这话是什么意思？”

杨大姑道：“他的父亲虽然是我唯一的弟弟，但为了贪图富贵，我这弟弟却是在许多事情上嫌我妨碍他的前程的。所以我想问你，他是不是早已打算跟他的父亲走一条路？”

龙灵珠道：“刚刚相反，他这次来，是要劝他的父亲不再充当清廷鹰爪的。”

杨大姑诧道：“那他为什么会这样对我？又为什么明知闵成龙是个坏蛋，都去帮他？”

龙灵珠忽道：“我明白了！”

杨大姑道：“你明白什么？”

龙灵珠道：“炎哥，他，他一定是在他的父亲家里！唉，可惜，可惜！”

她这么一嚷，杨大姑亦已恍然大悟，说道：“不错，他并不是帮闵成龙，而是要骗闵成龙带他去见父亲。他到镖局找宋鹏举与胡联奎二人，恐怕也是这个用意。不过我却不懂你说的可惜是什么意思。”

龙灵珠道："那两个家伙刚才冒充炎哥的使者来找我的时候，也曾对我说过炎哥已经与他的父亲见了面，我不敢相信他们的说话。"

杨大姑道："你不上他们的当是对的，他们纵然真的带你到他父亲家里，恐怕也并不是为了让你们见面，而是要害你的。"不知不觉之间，杨大姑已是站在龙灵珠这面。

龙灵珠道："我说的可惜，是早知如此，我们好歹也该留下一个活口，我不该出手就杀人。"

说至此处，忽地又笑了起来，一拍脑袋，笑道："我真糊涂，你是杨牧的姐姐，当然知道他家住何方。你快点告诉我你弟弟的地址，我偷进他家里去找杨炎。"

杨大姑道："我不知道！"

龙灵珠诧道："你竟然不知道你弟弟的地址？"

杨大姑道："难道你不知道我的弟弟是大内侍卫，他的地址是连我也瞒住的。"

龙灵珠笑不出来了。

杨大姑却稍为安心一点，说道："他的父亲或许想杀你，甚至可能对我这个姐姐也不讲亲情，但总不至于害自己亲生的儿子。"

龙灵珠道："啊，不对、不对！"

杨大姑道："什么不对？常言道得好，虎毒不食儿，难道你以为……"

龙灵珠道："我不是说他的父亲就会将他置之死地，不过他的原意是想劝他父亲不做鹰爪的，如今看来，他的父亲非但决计不会听从他的劝告，而且还要利用他的！我如何还能放心让炎哥留在他的父亲家里？"

杨大姑一时没有想到这层，被龙灵珠一言惊醒，不禁暗自想道："牧弟如今利禄熏心，要是炎侄不受他的利用，也难保完全没有危险。即使他的父亲不害他，那些大内侍卫得知消息，恐怕不会放过他的！"

杨大姑也着急了，说道："龙姑娘，我求你一件事情。"

这个脾气倔强的"辣手观音"，居然会说出一个"求"字，倒是大出龙灵珠意料之外。

“多谢你不再骂我小妖女，”龙灵珠笑道：“就凭你不再骂我这点情分，只要是我做得到的事情，我都愿意帮你的忙，你说吧。”

杨大姑道：“我求你赶快去救我的侄儿！”

龙灵珠怔了一怔，大笑起来，说道：“这句话也正是我想和你说的。可是咱们都不知道他的爹爹住在哪儿，你求我没用，我求你也是没用！”

杨大姑道：“你听我说，别人不知道我弟弟的地址，闵成龙父子是知道的。闵成龙给杨炎带走了，他的儿子可还留在家中！”

龙灵珠眼睛一亮，说道：“你要我去找闵成龙的儿子，逼他带路？”

杨大姑说道：“不错。我的功力尚未恢复，只好偏劳你走这一趟。我把闵家的地址告诉……”

她话犹未了，忽听得有人说道：“用不着这样麻烦……”

龙灵珠应变快极，一抖银丝软鞭，立即就扫出去。

她是上过一次当的，只道这个人也是像刚才那两个汉子一样，来骗她的。而且她的这个地址，杨炎已经泄漏给他父亲知道，这人能够找到这个地址，料想多半也是杨牧的同僚。

这人声到人到，龙灵珠知道他的武功比刚才那两个汉子高得多，因此一出手就是她家传的神鞭绝技。

那人一招“拂云手”，双掌一圈一转破了龙灵珠打出去的三个鞭圈，余力未尽，将她的软鞭荡了回来。赞道：“好鞭法！”

杨大姑又喜又惊，失声叫道：“老韩，是你！”

龙灵珠定睛一瞧，原来正是她日间曾经见过的那个震远镖局的总镖头韩威武。

韩威武道：“老大姐，我是放心不下你，特地赶来的。咦，你怎么啦？”他看出杨大姑似是受了伤了。

杨大姑说道：“没什么，中了一枚小小的毒青子，这位龙姑娘已经给了我解药，早没事了。你快说，你是不是已经知道我那不肖弟弟的地址？”

韩威武道：“不错，我是刚刚知道的。”

杨大姑大喜道："你是怎么知道的？"

韩威武道："宋鹏举已经回来了。"

杨大姑一时间未曾想到其中关联，怔了一怔，问道："宋鹏举回来又怎么样？他和我一样，都是只知道闵成龙的地址，不知道他师父的地址的。"

韩威武道："他已经知道了，他正是从他的师父家中回来的。"

杨大姑诧道："怎的他会跑去师父家中？他见着杨炎没有？"

韩威武道："是闵成龙的儿子把地址告诉他们的，为的是要他们代他前去给师祖报讯。闵成龙的儿子给杨炎用重手法点了穴道，刚刚解开，心里又害怕得紧，故而只好劳烦两位师叔了。……"

杨大姑道："且慢，且慢。你说的是'两位师叔'，那么胡联奎呢？"

韩威武道："胡联奎留在他的师父家中，只宋鹏举一个人回到镖局。胡联奎有没有见到杨炎，我不知道，宋鹏举则是还没有见着的。"

杨大姑道："宋鹏举呢？何以他不和你同来见我？"

韩威武道："他已经受了伤了！"

杨大姑大吃一惊，连忙问道："这是怎么回事？"

韩威武道："他们到了师父家中，令弟的管家接见他们。这个管家是和他们早就相识的，不过看见他们突如其来，当然也是有点诧异，便问他们：'是令师和你们约好的吗，怎的我不知道？'他只知道主人这个秘密住所，在主人的徒弟之中，是只有大弟子闵成龙知道的。

"胡宋二人说出是受闵成龙儿子之托，有紧要的事情来禀告师父。

"那管家更为诧异，说道：'闵大爷早已来了这儿，怎的他的儿子还要你们前来报讯？好吧，你们稍待一会，我进去请你们的闵师兄出来和你们相见。你们的师父目前正有别的客人，恐怕暂时还未能够出来的。'

"幸亏那个管家一时口疏，透露了闵成龙已经是在令弟家中的消息。宋鹏举起了疑心，立即改变主意。为了慎重起见，他让师弟留下，自己先赶回镖局。”

杨大姑道：“他是在路上给他师父派来的人追上？”

韩威武道：“他是给两个陌生人打伤的，即使不是他师父派来的人，也是清廷的鹰爪了。在那个地方的人家，本来就十居八九是令弟那号人物的。”

杨大姑更是吃惊，说道：“闵成龙到了师父家里，我那不肖的弟弟又忍心派人追杀自己的徒弟，如此看来，只怕到了利害关头，他连自己的儿子也会忍心舍弃的。快把他的地址告诉我！”

韩威武道：“老大姐，你的功力尚未恢复，怎能去得？不、不如……”

他本来想说：“不如我去吧？”但想到自己这一去，就等于是把身家性命都押上去了，赔了自己的身家性命还不打紧，甚至还可能毁了震远镖局，连累镖局所有的人。

他一咬牙根，正想不顾一切，说出“由我去吧”这四个字，杨大姑已是打断他的说话，说道：“不是我去，是这位龙姑娘替我去！”

韩威武呆了一呆，说道：“龙姑娘替你去？”显然是出乎他的意料，但也松了口气了。

龙灵珠笑道：“我不是替她去。是我本来就要自己去的，不过要是由我来求你韩总镖头说出杨牧的地址，你恐怕不会相信我。”

韩威武哈哈笑道：“这倒不然，今天你一到镖局，我已经知道你对杨炎的关心，决计不在我们这位老大姐对她的侄儿之下。”

杨大姑道：“闲话少说，你快告诉她吧。”

韩威武知道龙灵珠不大熟悉京师的道路，一面说一面在地上画出地图。龙灵珠聚精会神地看他画图，牢牢记在心中。

龙灵珠抹去地图，说道：“我已经记牢了。韩总镖头，有你照料杨大哥的姑姑，我也放心了。咱们就各干各的吧。少陪了！”

杨大姑叫道：“找到杨炎，请你和他回镖局见一见我。”

龙灵珠道：“我知道。”声音远远传来，说了三个字，背影亦已不见。

韩威武叹道：“长江后浪推前浪，世上新人换旧人。这两句老话当真说得不错。就这小丫头的轻功，已是非我老韩可及。”

杨大姑笑道：“所以说她去比我去更好。你可以放心了吧？”

韩威武笑道：“你不是要找这小妖女算账的吗？现在看来，你倒似乎愿意要这小妖女做侄媳妇了？”

杨大姑道：“你觉得奇怪是不是？事情会变出了如此结果，连我也是始料不及的。不过，若说我就愿意她做我的侄媳妇，则是言之尚早。”

韩威武道：“我虽然感到奇怪，但这样的结果，却是令我欢喜无限。但不知你们怎的会这样要好起来？”

杨大姑笑道：“你也知道她对杨炎的关心绝不在我之下，那么这样的结果也没什么稀奇了。”此时她方始有空把事情的经过说给韩威武知道。

边走边说，不知不觉，回到震远镖局。

第一件事情，当然是去看受了伤的宋鹏举。

宋鹏举受的伤不算很重，也不算很轻。在敷了镖局上好的金创药和吃了一株老山参之后，此时已经可以坐起来说话了。

他一见杨大姑就道：“师姑，可惜你回来迟了一步。”

杨大姑吃了一惊，说道：“发生什么事？”

宋鹏举道：“是喜事，不是坏事。”

杨大姑吃下定心丸，这才松了口气，说道：“你身上有伤，别和我拘礼，躺下来说吧。什么喜事？”

宋鹏举道：“世杰师弟刚刚来过，要是你们早半个时辰回来，还可以见得着他。”

杨大姑又惊又喜，说道：“他来京师做什么？”

宋鹏举道：“他到过柴达木……对啦，他要我代求你的原谅，他知道你不喜欢他到那个地方的。”

杨大姑急于知道儿子的消息，摆摆手道：“算了，算了，他不去也已去了。你赶快说下去吧，他来京师为了何事？”

宋鹏举道：“他是来找杨炎的。据他说，他早已知道杨炎是来了京师。但他没空和我说他是怎样知道。”

杨大姑道：“我也没空问你其他的事了，我只问你，你已经把你知道的杨炎的消息告诉了他么?”

宋鹏举道:“我已经说了。师父的地址我也告诉了他。他一听就立即走了。师姑，我做错了么?”

杨大姑道:“你没有错。我以前做的倒是错了。”宋鹏举从未见过师姑会认错的，不觉愕然，不敢问她是什么错了。

倘若没有经过昨晚的事情，她是绝不愿意儿子跑到她的弟弟家中，冒这个险，弄得必将舅甥翻面的。但现在莫说她禁止不了儿子和弟弟闹翻，她自己也拼着和弟弟闹翻了。

“老韩，你给我一间静室，我要静坐运功，勿让任何人骚扰。”杨大姑说道。她只恨自己功力未复，不能立即赶到弟弟的家中。

真相大白

杨炎在父亲家里可是获得有生以来从未获过的喜悦。

已经四更了，他还是欢喜得睡不着。

他的父亲已经许下诺言，明天就会把好消息带回来他。

在父亲未回来之前，他必须遵守父亲的吩咐，不能到外面走动，只能被关在这小小的房间之内。

但他的一颗心却早已飞向远方了!

他的心头洋溢着太多的喜悦，他要把喜悦和亲人分享，和好友分享，和关心他的人、和爱护他的人分享。

他第一个想到的是要把这“喜讯”告诉冷冰儿。

“我要告诉冷姐姐，爹爹并不像她说的那样坏。当然冷姐姐也不是故意造谣，她只是听得别人这样说的。她把听来的话都信以为真了。

“我要告诉她，不错，爹爹是做过坏事，但爹爹是有苦衷的。那些人说他坏话，或者是加油添酱，或者是由于对爹爹的误解。唉，这也怪不得那些人，我不是也曾误解爹爹吗?

“人和人之间，本来就不容易彼此了解的，我和冷姐姐目前不正是就受着别人误解么?对，我就拿我们的例子来和冷姐姐说，相信一定可以说得她消除对爹爹的成见!

“但可惜冷姐姐和我订下七年的禁约，她不肯见我，那怎么办？爹爹和灵珠恐怕也不会让我们到处找她吧？唉，纵然见不着她，也总有办法把喜讯传到她的耳中吧？”

第二个想到的是义父缪长风。

要取得义父的谅解，倒似乎比较“简单”得多了。“义父曾经和我说过，只要爹爹能够改邪归正，他也希望我和爹爹恢复父子感情，他还保证孟元超也和他一样，不再追究爹爹既往。问题只是，爹爹可还把孟元超当作仇人，爹爹也绝不会同意我去见他们，除非我是去取孟元超首级。要说服爹爹，恐怕就得浪费很长的时间了，甚至永远都不能够。”

跟着他想到的是“爷爷”和龙灵珠。

“要是必须有所取舍的话，那我只能暂时舍弃义父了。爹爹说过，希望和我们在深山隐居，从此父子相依，与世无争过这一生的。那不正好吗？我可以和他一起到大吉岭去和爷爷同住。灵珠亦已答应和我一起回去了。这么样，最少是两家人得到团圆了。”

美好的幻想正在连绵不断之时，忽听得窗外似有轻微的声息。

“难道是爹爹回来了？但爹爹的轻功可没有这个高明呀？”他正想出声喝问，便听得那人说话了，那人用的是一等一的传音入密功夫，就像在他耳边说话一般！

传音入密的功夫，可以声音凝一线，透过几重墙壁，送到对方耳中。不过必须对方的功力与自己约略相当，方始能够听见。

用这种上乘内功说话，本来是甚为耗损内力的，但这人说得不疾不徐，就像寻常对话一般，显见他的功力之深，已是足以和当世的一流高手并列。

那人说道：“别声张，是我！”

这五个字听进杨炎的耳朵，杨炎欢喜得几乎跳了起来。

这个人不是别人，正是他盼望的齐世杰！

杨炎强抑自己激动的心情，轻轻打开房门，让他进来，也用传音入密的功夫问他：

“咦，怎的你也会找到这里？”

“我已经到过震远镖局，见过宋鹏举了。”齐世杰说道。

杨炎正想问他，宋鹏举又是怎样知道他已经到了这里的，齐世杰已在抢先说了："我知道你有许多疑问，但说来话长，此际还未是咱们从容叙话之时。我带你去看一些古怪的物事，你跟我来！"

杨炎好奇之心大起，忍不住还是问道："去哪里？古怪之事又是什么？"

齐世杰道："我只会知道有古怪的事情发生，那个地方也还有待咱们寻找的。古怪的事情，咱们要是去得及时，或许碰得上。"

这样的回答，本来也是极为奇怪的。但齐世杰加上一句："你相信我，你就跟我来吧！"

杨炎当然相信他，于是不再发问，便跟他走了。

走没多远，杨炎在月色朦胧之下，发现花树丛中躲着一个人，好像石像一般，呆呆站着，动也不动。

齐世杰说道："这个人大概是奉命监视你的，我已经点了他的穴道了。附近几间房屋内睡着的人，我也点了他们的晕睡穴，让他们睡得更甜，非到明天日上三竿，他们决计不会醒来。不过说不定还有外来的高手，也会找到这里，轮班守夜的人也不知什么时候换班，所以咱们还是谨慎一点妙！"

齐世杰点了这个人的穴道，杨炎并不觉得奇怪，他可以依理推测，齐世杰不愿意给别人知道他来和自己会面。但点了这许多人的穴道，杨炎可就禁不住奇怪了。

他的父亲亦即是齐世杰的舅舅。为什么齐世杰到了舅舅家里，竟是如临深渊，如临大敌呢？

尤其齐世杰说的两句话令他有点反感："他说这个人是奉命监视我的，奉谁之命？难道我的爹爹也要派人监视我吗？"

他已经确信父亲已经"改邪归正"，倘若说这个话的人不是齐世杰，他一定怀疑这个人是有意离间他们父子。但是齐世杰说的，他可不能不保持半信半疑的态度了。他知道齐世杰是个稳重的人，倘若不是有所见而发，想必也不会这样胡乱猜测。

不知不觉，齐世杰已经和他来到一座假山旁边的凉亭，这座凉亭有假山遮掩，不是杨家的熟客，是根本不会知道这个地方有凉亭的。

"你是来过这里的吗？"杨炎忍不住又问他了。

"没有来过。"齐世杰答道。

杨炎更加觉得奇怪了。但齐世杰已经一马当先，走入这座凉亭。

杨炎问道："你说的秘密地方就是这里吗？"

齐世杰说道："不错，从这里开始，咱们一步步探寻秘密。"

杨炎不明白他说的是什么意思。仔细一看，凉亭中间有一个石桌，桌上摆着一个围棋的残局。构成棋盘的横直十九道线路，是石桌上凿出来的，凉亭的地面也是一块块的大青石，石桌的四脚好像生根似的，陷在石内。

杨炎猜疑不定，说道："这里鬼影也没一个，只有一局残棋，你的葫芦里卖甚玄虚？"

齐世杰道："待会儿你就知道，现在请你仔细看这棋局，记牢棋子的位置。"

虽是残局，也有将近百子之多。好在杨炎记忆力超越常人，凝眸片刻，已是牢牢记着。

凉亭里还有一样比较"古怪"的物事，一根石柱上挂着两只铁环，不知是作什么用的。杨炎由于要记牢棋局，倒并不怎样注意它。

齐世杰道："你记牢了？"

杨炎迅速再看一遍，说道："大概我已经可以重摆出来。"

齐世杰笑道："也用不着重摆，可能只是弄乱几枚棋子。"

杨炎正自莫名其妙，他到底是在说什么？心念未已，只见齐世杰把石柱上左面那只铁环拉了三下。右面那只铁环拉了四下。石桌连着桌子下面的那块大青石突然移开，出现一个洞口。

原来这是一条地道的进口。

杨炎又惊又喜，又有几分惶惑，问道："你怎么知道这个秘密机关？"

齐世杰笑而不答，却道："你看那局残棋。"

杨炎仔细一瞧，石桌移过一边之后，果然有几枚棋子乱了位置，杨炎很容易就把原来的棋局摆好了。他是个绝顶聪明的人，至此亦已恍然大悟。

凉亭中间有一个石桌，桌上摆着一个围棋的残局。构成棋盘的横直十九道线路，是石桌上凿出来的，凉亭的地面也是一块块的大青石，石桌的四脚好像生根似的，陷在石内。

石桌上摆着一局残棋，那是预防有人识破这个机关的秘密的。而齐世杰懂得如此打开地道的入口，想必是曾经暗中偷窥秘密。

心念未已，果然便听得齐世杰说道：“说来也真凑巧，给我看见一个人如此这般打开机关。不过那个人打开机关进入地道之后，石桌便即转回原来的位置，棋盘上的棋子也没一枚错乱。我虽然依画葫芦，却不知道他在拉铁环的时候，每一次所用的力度都是各各不同的。石桌移动，可就不能像他那样的恰到好处了。”

说至此处，那个石桌又在慢慢移动了。齐世杰道：“你跟我跳下去，小心一点，提防下面还有机关！”

其实下面倘若真的还有机关的话，他们怎样小心提防，也是提防不来的。

齐世杰的警告，不过是要杨炎作好最好的准备。倘若下面当真有不测的灾祸，也可以减轻灾祸的程度。

杨炎默运玄功，跳下去时，一招“夜战八方”，双掌拍出。掌风碰着石壁只听得“卜”的一声，声音并不响亮，也没有暗箭之类射出来。

他们已经脚踏实地了。齐世杰松了口气，说道：“看来似乎并没机关埋伏。”

杨炎也松了口气，心想：“爹爹造这条地道，大概只是为了自己临时避难之用的。那个棋局，假如有人瞒着他偷偷进入地道，或者来过而又走了的话，他一看棋子乱了位置，就知道这里面有人，或者是有人来过了。”

想至此处，他禁不住再问表哥：“那个人是谁？是不是我的爹爹？”

齐世杰道：“不是。不过也是你熟识的人。”

杨炎问道：“是谁？”

齐世杰道：“你别着急，待会儿你自然就会知道。我是要让你亲眼看见事情的真相！”

上面的石桌已经回到原来位置，地道里恢复漆黑一片。前面到底还有没有机关，齐世杰可是摸不透了。

两人小心翼翼地在黑暗中摸索前进，走过一条长长的甬道，幸喜没有碰上机关。

齐世杰仍用传音入密功夫和他说道："待会儿不论你看见什么，听见什么，千万沉得住气，不可声张！"

话犹未了，他们已经发现前面有间地下室，隐隐有灯光透出，而且开始听见有人说话的声音了！

杨炎这一惊非同小可，这个人是他父亲最小的徒弟胡联奎！

再听下去，他更吃惊了！

"哦，我看你是装作老实，其实乃是奸细！"

竟然是闵成龙的声音！

闵成龙不是已经给父亲打死了么，怎的又复活了？

齐世杰在他耳边说道："我就是在暗中看见闵成龙把胡联奎押入地道，才发现那个秘密机关的。"

杨炎隐隐感觉得到这里面定然有个阴谋，他的父亲很可能就是策划这个阴谋的人，闵成龙是和他的父亲串通了来欺骗他的。他强摄心神，再听下去。

胡联奎叫起撞天屈来："奸细，我做谁的奸细？"

闵成龙没有正面答复这个问题，却道："好，那我问你，宋鹏举是和你一起来的，为什么你们知道我在这里之后，宋鹏举马上就赶回去？"

胡联奎道："师兄，我不是已经告诉了你吗，我们懂得到这里来找师父，是令郎托我们来报讯的。"

闵成龙道："那又怎样？"

胡联奎道："令郎托我们赶来报讯之时，是尚未曾知道你已经到了师父这儿的。我们为了免他担心，所以宋师兄先回去向他报个平安喜讯。"其实宋鹏举是回镖局报讯，不过胡联奎料想闵成龙不会知道这么快，为了好汉不吃眼前亏，只能打着瞒得过一时就是一时的主意了。

闵成龙哼了一声，说道："如此说来，倒是我多疑了？"口气稍见缓和。

胡联奎道："师兄办事小心是应该的。但请师兄明鉴，我和宋师兄都是靠师父和大师兄的提拔才有今日，今后也还要师父、师兄做我们大靠山，我们怎能稍萌异志?”

闵成龙道:“如此说来，你对师父是忠心耿耿的了?”

胡联奎道:“对大师兄我也是一样忠心。”说了这话，心里暗暗羞愧。但想到处境的危险，言不由衷的谎话也只好不怕面红地说了。

闵成龙点了点头，说道:“人不为己，天诛地灭。你的前程捏在师父手里，你若是聪明的话，是应该对师父忠心的。好，我姑且相信你的说话。”

胡联奎道:“多谢大师兄相信小弟。”

闵成龙忽地面色一沉，说道:“好，你既然对师父忠心，那么我替师父吩咐你做一件事情。”

胡联奎道:“请师兄代传训示。”心中惴惴不安，不知师兄将出什么难题。

闵成龙道:“师姑最宠你和鹏举，对你们是不会防范的，你回镖局之后，设法把这酥骨散混在茶水之中，让师姑服下。”

胡联奎吃一惊道:“我，我不敢!”

闵成龙冷冷说道:“你不愿意替师父做事，是不是你认为师姑比师父更亲?”

胡联奎道:“师父和师姑是一家人，我不懂师兄你这话意思!”

闵成龙冷笑道:“你是假装不懂!师姑这次跑来京师，是和师父作对的!她在我的家中亦已公然说出来了，难道你没有听见?哼、哼，当时你装作帮我的忙，恐怕也是和师姑做戏的吧?”

胡联奎心道:“原来闵成龙是疑心我做师姑的‘奸细’。”当下只好苦笑道:“这是师父的家事，我不敢多嘴。”

闵成龙好似知道他的心思，说道:“你若要表明你不做师姑的奸细，你就该帮师父的忙!”

胡联奎道:“师父真的要我这样对付师姑?”

闵成龙怒道:“你以为我是假传‘圣旨’?”

胡联奎道:“不敢。但我想见一见师父，不知可不可以?”

刚说到这里，只见一扇暗门打开，走出来的正是他的师父杨牧。

杨牧说道："成龙，你对联奎说清楚没有？"

闵成龙道："说了。但他还在起疑。"

杨牧说道："联奎刚刚说的话我已经听见了。我想恐怕你还没对他解释清楚吧。我只有一个亲姐姐，也怪不得他起疑。"

在外面偷听的杨炎，听了父亲说的这几句话，不觉又生了一线希望，希望父亲不至于真的这样坏。

胡联奎的一颗心却是沉了下去，说道："师父，那么你是真的要我用酥骨散来对付师姑么？"

杨牧说道："不错，这是我的主意。我是为了你的师姑好。"

他顿了一顿继续说道："她是我唯一的姐姐，我当然不会害她。但她和柴达木的人有来往，这次又来震远镖局替韩威武多管闲事，我怕她惹祸上身，所以要用这个法子让她回家。你懂吗？"

胡联奎道："师姑脾气倔强，恐怕她不肯回家，那怎么办？"

杨牧说道："所以我才要你用酥骨散来对付她。这酥骨散不但可令她的武功暂时消失，而且还加有麻药，可以令她一服之后就不省人事。要过两天才能醒来，那时你也差不多可以回到保定了。"

胡联奎道："师姑醒来之后，她一定要责怪我的。说不定还会大发雷霆，废我武功！"

杨牧说道："她醒来之后也还要三天才能恢复功力。你把我的话告诉她，劝她从此不再多理闲事。不过她的脾气我也知道，要是她不听从劝告，那么，那么……"

胡联奎道："那么怎样？"

杨牧沉吟片刻，说道："那么没有别的办法了，只好令她的武功永远消失了。"

胡联奎大吃一惊，说道："师父，你要废掉师姑的武功？"

杨牧叹了口气，说道："两害相权取其轻。你师姑这副脾气，迟早会惹出大祸的。与其让她任性而为，不如令她以后就是想管闲事也有心无力为好！这枚毒针给你，要是她不听劝告，你就钉在她的身上。你可以告诉她，这是奉我之命，她要怪，怪我好了！"

胡联奎道："师父，这，这……"

杨牧说道："这，怎么样？你是不是不愿意听从我的命令！"

胡联奎暗自思量："目前最紧要的是先求脱身。"于是说道："师父叫我做什么我就做什么。我也希望师姑能够听从师父的劝告。"

杨牧说道："好，那你把毒针和酥骨散收下。我警告你，假如你阳奉阴违，我就要废你武功！"

胡联奎颤声说道："弟子不敢。"

在外面偷听的杨炎更是浑身发抖，比胡联奎还更厉害。

过了一会，只听得杨牧继续说道："成龙，待会儿你送师弟出去。那件事情，你和总管大人说好没有？"

闵成龙道："这个、这个……"

杨牧说道："联奎不是外人，你尽说无妨。"

闵成龙道："已经说了。他非常高兴，说是师父你敬他一尺，他一定要还敬师父一丈。东西也答应替师父转呈皇上。他说皇上若有赏赐，他与师父，另外震远镖局的好处全归师父。他叫我问师父，不知你满不满意？"

胡联奎不知他们说什么，杨炎则是听得懂的。闵成龙说的"东西"，不用说自是指那封由他亲手交给父亲的康熙遗诏了。

杨牧冷冷说道："这件功劳，他是不费吹灰之力便得到手，当然他是应该大大高兴了。不过我倘若不经过他，恐怕也很难独自去见皇上。就是见得到皇上，这秘密终究也会给他知道。那时我的功名富贵恐怕未有福分来享就要招杀身之祸了。成龙，我教你一个做官的诀窍，有功劳必须送给顶头上司，不要妄图自己一步登天。待根基扎稳之后，方可以取而代之。你明白么？"

闵成龙道："多谢师父指点，徒儿一生受用不尽。"

杨炎气得心里大骂："卑鄙、卑鄙！可耻、可耻！早知如此，我宁愿做个无父之人。真是后悔走这一遭！"

杨牧说道："你去告诉他，我非但满意之极，而且简直是对他感激涕零。"

闵成龙道："师父，用不着我告诉他了。他已经约了你在卫副总管家里见面。"

杨牧说道："哦，他这样心急，竟然移尊就教来了。什么时候?”

闵成龙道:“昨晚是他当值，他说一下班就到卫总管家里。”

杨牧说道:“那应该是五更将尽的时候。唔，那我也应该走了。好，你送联奎从后门出去，顺便告诉小王，要是炎儿问起我的话，就说我昨晚睡得太迟，还没起床。”小王是杨牧指定服侍杨炎的心腹家人。

交代过后，杨牧打开一扇暗门，便走进去。那是地道的另一端出口。

巧计制奸徒

他们屏息呼吸，躲在石柱后面，闵成龙和胡联奎出来了。

齐世杰在杨炎耳边悄悄说道:“别急着动手，到外面再说。”

只见闵成龙点燃火折，却把火折递给胡联奎，要胡联奎走在前面。原来他是怕胡联奎在后面暗算他。

胡联奎懂得他的用心，故意说道:“我真怕地道里藏有人，这火折不够亮，师兄你小心一点。”

闵成龙道:“这个地方，怎会有外人进来，胆子放大些，莫疑神疑鬼。”

胡联奎点了点头，说道:“师兄说得对，一个人倘若对什么人都不敢相信，终日疑神疑鬼，这样活一辈子也没什么意思。”

闵成龙知道师弟是绕着弯子刺讽他，哼了一声，嘴里不说话，心里则在想:“师父目前还要利用你，待那恶婆娘走了之后，我才叫你知道我的厉害。”

到了通道尽头，闵成龙开动机关，只听得轧轧作响，头顶上方的石头移过一面，露出洞口。

杨炎心里想道:“好在有闵成龙开路，否则我们只懂得进来的办法，不懂得出去的办法，那可要被困在地道之中了。”

闵成龙与胡联奎钻出洞口，回到那座凉亭，连着石桌的那块大青石尚未旋转回来。他看桌上的棋盘，忽地面色一变，咦了一声。

胡联奎道:“师兄，什么事?”

闵成龙道:“好像是有人来过。”

原来杨炎虽然摆好了那局残棋，但他们下去之时，却不知道在机关合拢之时，还要用点手法。故此棋局仍然有两枚棋子乱了位置。

胡联奎道："师兄，你刚刚叫我不要疑神疑鬼，怎的你自己却疑神疑鬼了!"

闵成龙惊疑不定，说道："还是小心点好!"正待大声叫人来，忽觉劲风飒然，凉亭里突然多了两个人。

齐世杰和杨炎跳上来了。他们刚一站定，机关刚好合拢。

杨炎笑道："闵师哥，你没说错，我们早已来了。"

齐世杰接着笑道："不过我们既不是神，也不是鬼，只是来揭开你的装神弄鬼的假面具的!"

闵成龙情知不妙，恶念陡生。

闵成龙深知齐世杰的厉害，以关东大侠尉迟炯的武功之强，在百招之内尚且胜不了齐世杰，他自忖和齐世杰差得太远，当然不敢惹他。

虽然他也知道杨炎曾在天山学艺，但杨炎只有十七八岁年纪，料想武功再强，也强不到哪里。于是他打着"果子拣软的食"这么一个主意，突然出手，一把抓着杨炎胸口的穴道。

他哪知道杨炎虽然年轻，武功却是比齐世杰还要高明。

他一把抓着杨炎胸口，正自欢喜，忽发出的劲力，有如泥牛入海，一去无踪。抓着的像是一团棉絮，但棉絮可没那团吸力。他的手掌被胶住了!

闵成龙用力一挣，竟然连一根小指头都不能移动。杨炎笑道："闵成龙，你这是干什么，给我抓痒吗?"

闵成龙吓得魂飞魄散，颤声说道："师弟，请看在你爹的份上，饶了我吧。"

杨炎淡淡说道："不错，你是对师父最忠心的徒弟。"

闵成龙燃起一线希望，说道："是呀，我虽然曾经骗你，但这是你爹爹的主意，你爹要我一同骗你，其实也是为了你的好，……"

杨炎说道："你不必多说。你们师徒会商于密室，所说的话，我都已听见了。"

他把生身之父与闵成龙称为“你们师徒”，闵成龙登时有如坠入冰窟之中，连说的话也被“冷结”了。

杨炎说道：“胡师兄，你先回去，叫姑姑不必为我担心。”

胡联奎走了之后，杨炎方始腹肌一挺，把闵成龙的手掌弹开。

闵成龙跪倒地上，哀求：“师弟，求你高抬贵手，放过我吧。”

杨炎说道：“我不是已经放了你吗？你不走那是你的事。”

闵成龙几乎不敢相信自己的耳朵，心想哪有这样便宜的事情，他浑身直打哆嗦，站了起来，一步一步地向后退。只怕杨炎突然发难，要像猫捉老鼠一样把自己折磨。

杨炎忽地说道：“闵成龙，对啦，你还是这样慢慢地走为妙，走得太快，于你不宜，你知道吗？”

闵成龙怔了一怔，说道：“走得快会有什么害处，请恕我莫测高深，你可否说得明白一点？”

杨炎淡淡说道：“你试一试运一口气，如果璇玑穴不觉得疼痛，那就没事。”

闵成龙依言一试，只觉璇玑穴像被利针所刺一般，疼痛那是不必说了，而且由于真气阻滞，上半身登时麻木。

闵成龙大惊之下，失声叫道：“师弟，你……”

杨炎冷笑道：“谁是你的师弟？你还有脸叫我师弟吗？嘿嘿，你刚才不是点我的璇玑穴吗？我不过是以其人之道还治其人之身而已。但我的点穴方法和你不同，我无须用指头点穴，只要你碰着我的身体，我就可以借用你的真力加上我的一点内功运用，随意制你任何一处穴道。严格说来，这不是点穴，只是你的穴道被我的内功所制。这种内功，不知你可曾学过，假如未曾学过，我恐怕就很难在一时三刻之内说得令你明白了！”

闵成龙疼痛难当，此时他哪还有心情听杨炎谈论上乘内功，他想知道的只是被制了穴道之后，有什么后患。

杨炎也似乎知道他的心思，接着便即说道：“你不用太过担忧，我制住你这个穴道，不会立即要你的性命的。以后在头一个月，每天会发作一次，第二个月每天发作两次，第三个月每天发作三次。一次比一次厉害。到了第三个月满了，你的全身筋骨将变得软如面筋，最后缩成一团而死！在这期间，假如你用气力过甚，那就将发作得更快！我叫你不要走得太快，也就是不希望你死得太快，你明白了么？”

闵成龙吓得魂不附体，双腿一软，不由自己便跪下去给杨炎叩头，哀声说道：“师、师弟，不，杨公子，杨少侠，我暗算你，我、我是该死。但盼你大人大量，大发慈悲，饶我一次。以后再也不敢了！”

杨炎笑道：“你对同门的手段可是毒辣得很，却怎的希望别人对你大发慈悲？再说我也不敢期望你从此就会改过自新，我为什么要轻易饶你？”

闵成龙听出一点口风，连忙说道：“杨少侠，那你想要什么，我做得到的，都可依你！”

杨炎笑道：“这还像一句话。好，那咱们就谈谈交易吧，把卫副总管的地址告诉我。”说罢在闵成龙身上轻轻一拍，疼痛立止。

闵成龙松了口气，心想：“让他们去自投罗网，那也无妨。”

“在这条胡同东面第一座大屋，就是卫副总管的住宅。请你给我治伤吧。”闵成龙道。

杨炎说道：“好，我可以给你治一半伤，另外一半，待我回来再说。”说罢伸手在闵成龙下巴一捏，闵成龙张开嘴巴，杨炎把一颗药丸塞进他的口中。

闵成龙惊疑不定，问道：“这颗药丸就是可以给我治一半伤的么？”

杨炎说道：“不错。”

闵成龙道：“什么叫做治一半伤？”

杨炎说道：“痛苦减轻一半，期限延长一倍。即是说假如你得不到我的另一颗药丸，你的寿命可以延长到半年，而且在头三个月，你所受痛苦大概还不至于令你痛得失去知觉，不过利针刺入穴道的感觉不大好受罢了，你可以熬得住的！”

他大惊之下，禁不住冲口而出，说道：“假如你不能回来，那、那、那……”

杨炎笑道：“所以你必须求神拜佛，保佑我能够平安回来！”

齐世杰笑道："求神拜佛是没有用的，与其求神，不如求己。炎弟，你是必须在卫副总管的家里，见过大内总管和我的舅舅，才肯回来的吧？"

杨炎说道："不错。"

齐世杰继续说道："假如他的家里也有一条秘密地道，地道里也有机关，那么，你就很可能回不来了？"

杨炎说道："是呀，但愿咱们的运气不这样坏吧。"

两人一唱一和，就算笨头笨脑的人也会听得懂的，何况是满肚皮坏主意的闵成龙？

不过闵成龙这时可不敢打什么坏主意了，连忙说道："卫家地道是没有的，卫副总管通常是在园中的一座楼房会客，楼房下面却有机关。机关我不会破，但我知道怎样可以避过机关。因为我也曾经上过那座楼房几次。是卫府的管家带我上去的。"后面两句话是他怕杨炎不肯相信，故而画蛇添足的。

杨炎笑道："你虽然骗过我一次，但这次我是相信你的。你仔细说吧，最好画个地图。"

闵成龙奉命唯谨，折下树枝代笔，画出地图，说得唯恐不够清楚。杨炎待他说完之后，笑道："好，现在我去撞撞运气。你在这里耐心等候吧。"

残星明灭，正是五更将尽的时候，曙光就快要在东边出现了。

但杨炎的心头却是有如夜正深沉。不错，真相是正在逐渐出现他的面前，但给他带来的不是光明，而是一团黑暗。

至亲莫如父子，连父亲也在欺骗他，甚至要加害他，他还往哪里寻找什么光明。

好在还有一个齐世杰在他身边。

齐世杰似乎知道他的心思，紧紧握着他的手，说道："别忘记了你还有冷姐姐，还有义父，还有龙姑娘。这些人都是真心爱护你的。不错，这世界上坏人很多，但你应该相信，好人要比坏人更多。待会儿不论你发现了什么更加可怕事情，你也无须心灰意冷。人总是要活下去的，记着真正对你好的亲人和朋友吧！"

杨炎深深吸了口气，说道："不错，为了冷姐姐，为了龙姑娘，为了义父，我会有勇气应付的。但你说漏了一个人，一个把我引出迷途的朋友。”

齐世杰说道：“谁？”

杨炎说道：“你自己。你是我的表哥，也是我的朋友。嗯，表哥，我曾经伤了你的心，你不怪我吗？”

齐世杰心中苦笑，说道：“你并没有做过对不住我的事情，过去的事也别要再提它了。重要的是目前，希望你说过的话能够做到。”

杨炎说道：“我不敢说我一点不会伤心，但我答应你，我一定能够坚强地活下去！”

他紧紧握着齐世杰的手，他感觉得到齐世杰的眼光充满鼓励。不知怎的，他忽地想起了孟元超。

孟元超从未给过他什么“教训”，但从那次“行刺”孟元超失败的事情，他却感受到了孟元超无言的鼓励。他忽地起了一个奇怪的念头：“可惜孟元超不是我的父亲。”

但这个不是父亲的“父亲”，不是比他的生身之父更像他的“父亲”吗？

只是他现在已经没有余暇仔细去想了，因为他们已经来到那个卫副总管的家门。

杨牧早已到了卫家。

不过他却没有见着卫副总管。

在那间密室里，他只见到了大内总管乌苏台。正是：

祸福无门人自召，求荣反辱最堪怜！

欲知后事如何？请听下回分解。

第三回　求荣反辱亲情断
仗义扶危友道坚

求荣反辱

杨牧又惊又喜，说道：“杨某来迟，请总管大人恕罪。”

乌苏台笑道：“不是你来得迟，是我来得早了一点。我挂着你的事情，只好拼着受皇上怪责，提早半个时辰出宫。不过，料想皇上也不会知道的。”

杨牧作出一副感激涕零的模样说道：“总管大人如此厚爱，杨某粉身碎骨亦难图报。”

乌苏台道：“咱们老兄弟，客气话不用说了。你知道我为什么急于见你吗？”

杨牧说道：“请大人明示。”

乌苏台道：“你给皇上找回这封遗诏，皇上欢喜得很。不过还有一件事情，要是你能够一并办妥，皇上会更欢喜。那时不但我许给你的好处一分也不会少你的，而且我还准备保荐你当御林军的副统领，你已经简在帝心，皇上自必照准。”

杨牧心痒难熬，说道：“请总管吩咐，杨某赴汤蹈火，不敢推辞。”

乌苏台道：“这件事情说难不难，说易不易，我要你捉拿一个人。”

杨牧听他这样说，不觉倒是有点惴惴不安，暗自想道：“难道他说的乃是炎儿？”问道：“不知这人是谁？”

乌苏台道："听说令郎是和一个女子进京的，那封遗诏本来也是那个女子的家中之物？"

杨牧松了口气说道："不错。总管大人要捉拿的是她吗？"

乌苏台没有立即回答，却道："你知道她是谁吗？"

杨牧说道："我只知道她姓龙，江湖上人称小妖女。"

乌苏台笑道："如此说来，你知道的还没有我多。你只说对了一半。不错，她就是近年来江湖上到处惹事生非的那个小妖女。但她不是姓龙，她是姓年，是年羹尧的后代！"

杨牧吃了一惊，说道："年羹尧的后代？"至此恍然大悟，说道："怪不得她藏有这封遗诏！"

乌苏台缓缓说道："当年年羹尧得罪了世宗皇帝（雍正），世宗皇帝是降旨将他满门抄斩的。不料仍然给他的一个儿子逃脱了。但世宗皇帝七十年前所下的圣旨如今仍然有效。亦即是说凡是年羹尧的后人，当今皇上也还须把他拿来杀头的！"

杨炎听到这里，手心里捏着一把冷汗，想道："原来他们要害珠妹！事情已经过了七十年，他们还要斩草除根！真是太狠毒了！不知爹爹会不会答应他？"

只听得杨牧说道："听说白驼山的宇文山主和这个小妖女也有梁子。"

乌苏台哈哈笑道："你的消息也算灵通。不错，我这次是打算为我的好朋友公报私仇。你为皇上出力，也就是帮了我的忙！你若是嫌御林军副统领这个酬劳不够，我还可以多给你一点好处！"

杨牧笑道："我怎敢和总管大人讨价还价，总管大人肯差遣我，这已经是我的光荣了。何况还是替皇上办事呢？"

乌苏台道："好说，好说，那么你是答应了？"

杨牧笑道："这件事我已经做了。卫副总管尚未禀告你吗？"乌苏台道："哦，你做了些什么？"杨牧说道："我已经从小儿口中打听到那小妖女的下落，早已知会卫副总管，派人擒拿她了。我想天亮之后，那个小妖女就会给送到这里来的。"

乌苏台忽地板起脸孔，冷冷说道："小妖女是不会送到这里来的。非但她不会来，你们派去的那三个人永远不会回来了！"

杨牧大吃一惊，说道："他们竟然都给那小妖女打、打死了么？"乌苏台道："我不知道是谁杀了他们的，总之他们是都已毙命了！"

杨牧颤声道："总管大人，你已经派人到过那里？看见了他们的尸体？"

乌苏台冷笑道："你是不是还有点不大相信？哼，卫副总管不知道那小妖女的本领也还罢了，那小妖女是令郎的好朋友，你怎的也摸不清她的底细？"

杨牧有苦说不出来，心道："炎儿连她的名字都没有和我说过，我怎能知道她有多深武功？"

乌苏台冷冷说道："如此看来，令郎和你恐怕还不是一条心吧？似乎他还有许多事情是瞒住你的！"

杨牧惶然说道："请大人明鉴，小儿自幼与我分开，我不敢担保他未曾误交匪人。只是想这次事成之后，慢慢劝导他，……"

乌苏台不待他说完，忽地又改过面色，笑道："你不必向我解释，有关令郎的事情，我知道的恐怕比你更多。当然我也知道你是真心效忠皇上，这次是骗令郎为朝廷所用的。"

杨牧转忧为喜，连忙道谢："多谢大人明察。"

杨炎在外面偷听，气得浑身发抖。

只听得乌苏台继续说道："但你们却不该打草惊蛇，胡乱派人去捉拿那小妖女！

"不错，我一得到卫副总管的报告，立即就加派人手，前往那个地点，结果，果然不出我的所料，我派去的人，只发现三具尸体，那小妖女早已不知去向！"

乌苏台恩威并用，杨牧给他说得不禁又是心头怦怦地跳了。

乌苏台哼了一声，接下去说道："杨兄，你这次本来是立功不小，可惜走了朝廷钦犯，要是那小妖女抓不回来，你的功劳恐怕要化为乌有了！没了功劳还不打紧，最怕皇上追究起来，唉、唉你是否能够将功补过，只怕、只怕也难说得很！"

杨牧好像从黄金台上跌下冰窟，颤声说道："小人还有补救之法。"

乌苏台道：“怎样补救？”

杨牧说道：“我和小儿说好与他归隐的，不妨假戏真做。一有机会，我就用酥骨散擒那小妖女。”

乌苏台冷冷说道：“令郎肯让你这样做吗？”

杨牧咬一咬牙，狠起心肠说道：“必要之时，我把那小畜生也一并弄得昏迷。但请大人责罚从宽，许小人将犬子领回去管教。”

乌苏台道：“看在你的份上，我当然可以对令郎从宽发落。不过，怎样处置他现在还谈不到。依我看来，你这个办法恐怕难用。”

他顿了一顿，继续说道：“错就错在你已经打草惊蛇，那小妖女不是笨人，她岂能不想到是令郎把她的地址告诉你，这才会有人来抓她的！如今她若与令郎会面，到时她把事情揭开，只怕令郎也不会相信你了！”

杨牧也知是有破绽，但搪塞得一时是一时，只好说道：“容小人仔细思量，或者可以编一套话编得他们相信。”

乌苏台冷冷说道：“你别以为他们年轻容易上当，我可不愿做毫无把握的事情！”

杨牧在他双眼一瞪视之下，吓得直打哆嗦，说道：“那么请大人指点，大人要小的怎样做，小的就怎样做。”

乌苏台道：“好！”说了一个好字，忽听得杨牧跟着就叫了一声“哎哟！”

杨牧突然发出这声惊呼，在外面偷听的齐世杰和杨炎都是大感意外。

杨炎尤其吃惊，只道他的父亲已经遭了乌苏台的毒手。

虽然他已耻于认贼作父，但父子之情毕竟乃是天性，这刹那间，他几乎忍不住就要冲进去救人。

齐世杰一把抓着他，在他耳边说道：“别冲动，他不会杀你爹爹的，一定是另有诡计阴谋。”

果然给齐世杰猜对了。

齐世杰话犹未了，只听得杨牧已在叫道：“总管大人，我对你一片忠心，即使你要处罚小儿，我也愿意将他献出。你饶了我吧！”

乌苏台哈哈笑道：“我知道你对我忠心，我并没降罪于你的意思。令郎虽然行为不当，看在你的份上，我也放过他的。你别胡猜。”

杨牧惊疑不定，说道：“总管大人，那你因何点了小的穴道？”

原来他只是被乌苏台点了一处麻穴，不能动弹而已。并无性命之忧，说话也如常人。不过他突然给点了穴道，当然是难免大大吃惊了。

乌苏台笑道：“杨兄，对不住，要你受点委屈了。我点你的穴道并无他意，只不过想令你所受的痛苦减轻一点。”

杨牧莫名其妙，心想：“我可并没有受到什么痛苦呀，他点了我的麻穴难道反而是好意吗？”不过他不敢率直地去问顶头上司。

只见乌苏台取下墙上挂着的一条蟒鞭道：“抱歉得很，假戏必须真做，杨兄，你忍受点儿，我可能把你打得遍体鳞伤的。不过，你已经给我点了麻穴，也不会感觉太过疼痛的。”

杨牧这才懂得他刚才说的那句话意思。

蟒鞭打人，可是非同小可之事，会伤及筋骨的。这个伤很难医治，纵然有大内秘制的金创药，可以免于残废，只怕也要一年半载，才能复原。何况乌苏台业已声明在先，要把他打得遍体鳞伤！

杨牧颤声说道：“总管大人，你这样体贴小人，小人感激不尽。但不知小人犯了何罪，大人要将小的重重责打？”

乌苏台皱眉道：“你本是聪明人，怎的糊涂起来了。我已经告诉了你，并不是因为你犯了罪将你责打的，只不过假戏真做而已。你还不懂吗？”

杨牧已经猜到了几分，心中越发惊恐，讷讷说道：“请恕小人愚昧，望大人指点。”

乌苏台缓缓说道：“你若真是不懂，我就告诉你吧，我是要拿你来交换那小妖女！”

杨牧说道：“这个、这个，……大人、你是要犬子把那小妖女拿来吗？这个、恐怕、恐怕……”心中惊恐之极，几乎话不成声。

乌苏台说道：“你怕什么？怕我将你打成残废，还是怕令郎不顾父子之情？”

杨牧说道：“为皇上效忠，为大人尽力，小的甘愿舍弃性命。

不过小儿已经上了那小妖女的迷，恐怕他未必肯做这宗交易!”

乌苏台冷冷说道：“总比你刚所想的办法有把握一些。无论如何，他也是你的亲生儿子。因此，我也必须假戏真做，让他看见你被打得遍体鳞伤的模样。俗语说不到黄河心不死，不见棺材泪不流。他只要略有父子之情，相信他就不会忍心让父亲受苦。何况天下美女很多，这宗交易，令郎不见得就不肯做！你既然甘愿舍弃性命，那么即使不成，这个办法也该一试!”

杨牧给点了穴道，动弹不得，见蟒鞭打来，大声叫道：“大人且慢，待小的再想另外更好的办法。”

乌苏台笑道：“不必想了，我已经叫卫副总管去找令郎来了。夜长梦多，待你想好办法之时，只怕那小妖女也逃出京师了。杨兄，你别害怕，我出手自有分寸，不会将你打成残废的!”

啪的一下，他的蟒鞭已经在杨牧身上用力一抽。

杨牧虽然给点了麻穴，仍然感到火辣辣地作痛。而且心理的恐惧比身受的疼痛更甚，他是知道被蟒鞭打伤的后果的，登时号叫起来。

杨炎不忍听下去，回身便走。

他本来也曾动过念头，想冲进去制止乌苏台行凶的，但转念一想，楼上的机关他不会破，而且他的父亲既已甘为清廷鹰犬，让他吃点自己人的苦头，那也是罪有应得。

此时他只有一个念头，赶快回去找龙灵珠，这个生身之父，只能当作他早已死了。

可惜他不知道，龙灵珠已经到了他的父亲家中。

杨牧的住宅和乌苏台的住宅在同一条街，中间不过隔着几户人家。

他们走出了那条胡同，齐世杰说道：“炎弟，你要不要回去一趟?”

杨炎涩声说道：“回去，回去哪里?”

齐世杰道：“我的舅舅家里。”他不说你的父亲，而说“我的舅舅”，那是因为他懂得杨炎目前的心情，避免刺激杨炎之故。

杨炎眉头一皱，说道：“事情已经了结，我还回去做什么？你

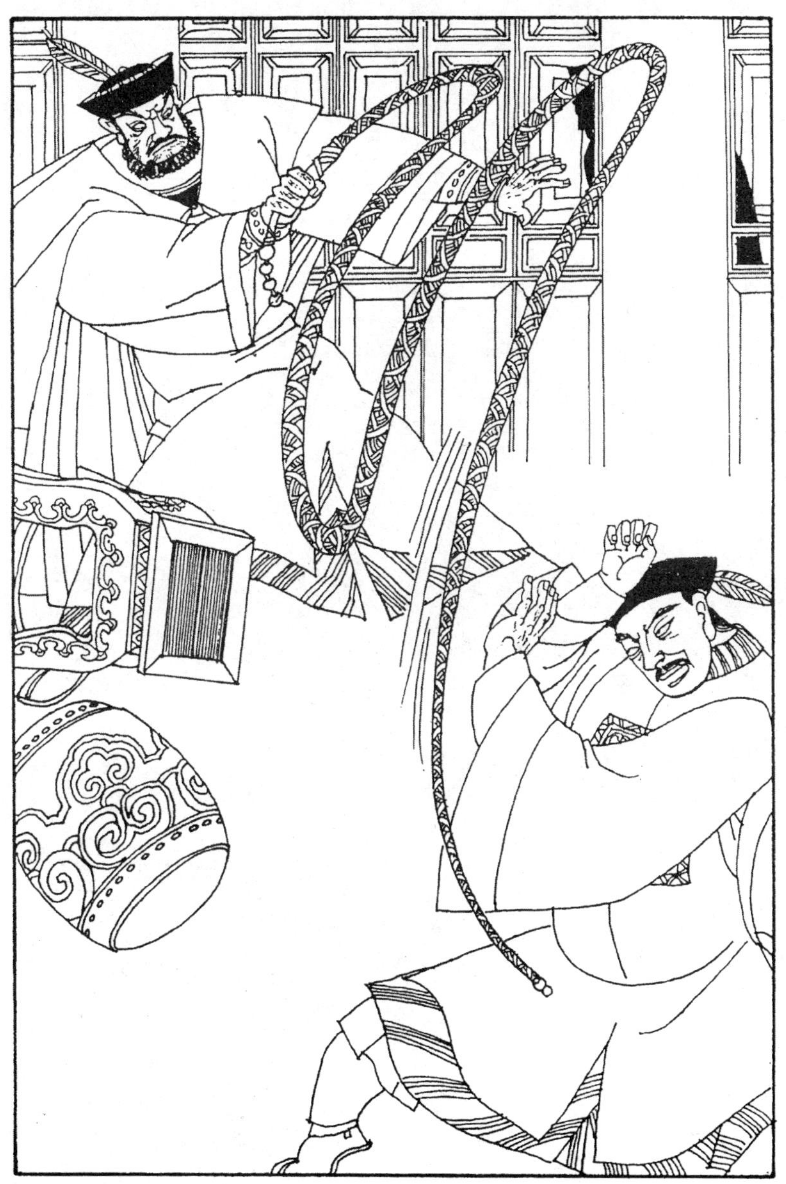

杨牧给点了穴道，动弹不得，见蟒鞭打来，大声叫道：“大人且慢，待小的再想另外更好的办法。”

说的这个地方是我最厌恶的地方，我是永远也不会再去的了。”

齐世杰道：“事情恐怕尚未完全了结呢，你虽然讨厌那个地方，但那个地方可能有一个人是你想要见的。”

杨炎心神不属，一时间听不懂齐世杰的意思，只道他说的是闵成龙。

“闵成龙的穴道用不着我替他解开，我对他说的那番话，不过是恐吓他的。那颗药丸也不过只是我在身上搓出来的老泥，当作解药来骗他的。他根本就不会死。”杨炎说道。

齐世杰不觉笑了起来，说道：“你用这个手段惩罚他，真是妙极了！他得不到你另外一半‘解药’，最少要在三个月内提心吊胆，坐卧不安了。不过……”

杨炎说道：“不过什么？”

齐世杰道：“不过我说的不是他。”

杨炎正想问他是谁，忽见齐世杰已经加快脚步，一口气跑到他父亲的门面，向他招手，接着竖起一只手指，示意叫他不要作声，便即踰墙而入。

原来齐世杰已经隐隐听到里面有叱咤之声，那是搏斗的声音。但杨炎由于心神不属，到了门前，却还未曾听见。

闵成龙被杨炎所吓，只道自己的一处穴道当真已给杨炎用上乘内功所制，只解了一半。杨炎吩咐过他不能用力的，于是也吓得只能在那座凉亭之中盘膝而坐，动也不敢一动。

忽听得有人“咦”了一声，说道：“闵成龙，你这是干什么？练内功也不必在这里练呀？”

闵成龙睁眼一瞧，又惊又喜。来的这个人是大内侍卫的副总管卫长青。

闵成龙连忙起立，行过了礼，说道：“大人光临，请恕失迎，家师已经到府上去了。”

卫长青道：“我不是来找你的师父的，我是来找他的儿子的！”

闵成龙大吃一惊，说道：“卫大人，你，你是要抓杨炎？”心想：莫非这小子已经在他的家中闹出事来，但未给当场捕获，故而卫长青追到这里。

卫长青道："不错。咦，你怎么知道我要抓他？我刚才说的是个'找'字，并非'抓'字。"

闵成龙松了口气，想道："听这口气他似乎尚未碰上杨炎。"连忙自圆其说，"我这师弟幼失家教，行为不端，因此我一直担心他早晚会闹出事来，现我听错了大人的言语了。"

卫长青笑道："你是听错，不过并没弄错。我是要抓他！嘿嘿，你先莫心慌，你这师弟虽然行为不端，我却不是抓他去治罪的。是总管大人要找他演一场戏。"

一会儿说"找"，一会儿说"抓"，倒是把闵成龙弄糊涂了，他呆了一呆，说道："请恕小的莫测高深，怎样叫做演一场戏？"

卫长青知他可靠，也不瞒他，把乌苏台所定的计谋告诉了他，然后说道："这是假戏真做，你懂不懂？戏文当然不能让杨炎知道，也不是一定要把他抓到手中。好，这件最机密的事情我已经告诉你了，你马上和我去找他吧。我可能要半真半假地和他打上一架，然后由你来和我唱双簧的。"

闵成龙不能不说实话了："大人，可惜你来迟一步，杨炎这小子……"

卫长青喝道："他怎么样？"

闵成龙道："他，他已经逃跑了。"

卫长青吃一惊道："他因何逃跑？按说他不应该怀疑他的父亲也会对他不利的呀！"

闵成龙道："他因何逃跑，我不知道。不过我已经尽了力拦阻他了，我、我给他制住了一处穴道。"他当然不敢把实话都说出来，乘机来个表功。但心里则是在患得患失。

卫长青道："哦，原来如此，怪不得你坐在这里，动也不敢动了，他制住哪一处穴道？"

闵成龙道："小人武功低微，只知有一处穴道受他所制，三个月内，随时都会发作，发作即有性命之忧！"

卫长青道："哦，有这么厉害？让我瞧瞧！"当下便即给闵成龙把脉，仔细察视。诊视过后，卫长青脸上露出似笑非笑的神情。

闵成龙心头鹿撞，问道："卫大人，依你看小的性命可、可……”心中战栗，“性命可能保全”这句话竟然没有勇气问出来。

卫长青轻轻在他肩头一按，说道：“坐下来，别烦躁，你试运一口气瞧瞧。”

闵成龙依言一试，只觉小腹的“气海穴”如受针刺，而且片刻之间，上半身已觉麻木不灵。

闵成龙这一惊非同小可，说道：“那小贼制了我的穴道，也曾叫我试运真气，那感觉和现在一模一样。不过穴道不同而已。刚才感觉受针刺的是璇玑穴，现在则是气海穴。”

有几句话他不敢说出来，他心里自思：“难道杨炎这小子给我的那一半解药也是假的，否则怎的发作得这样快？”

卫长青可在心里暗暗好笑，笑闵成龙上了杨炎的当一点也不知道。

原来卫长青的武学造诣甚深，若然只论武学的修养，他是还在大内总管乌苏台之上的，只因他是汉人，才不得不屈为乌苏台的副手。

制住对方一处穴道的内功是有的，这种制穴的功和普通点穴的功夫也确是如杨炎所说不同，但决不会在三个月之后，方始发作身亡。

他试出闵成龙是曾受人用上乘内功制穴，不过却也已经解了。由于穴道解开未久，所以他才能在脉搏中诊断出来，不过不知杨炎制的是与璇玑穴相应的穴道而已。这种制穴的功夫他也会的，但与杨炎的手法不同。

他本来要把实情告诉闵成龙的，但转念一想，不告诉他对自己更有好处。于是故作沉吟，神色凝重。

闵成龙心跳更加厉害，讷讷说道：“究竟怎么样，卫大人，请你实说。”

卫长青这才说道：“唉，那小贼的制穴功夫果然厉害，三个月内，你确是有性命之忧！不过……”

闵成龙忙问道：“不过怎样？”

卫长青缓缓说道：“你别心慌，我可以替你治好。不过要稍耗我的功力而已，你放心，在这几天之内是不会再发作的了。待这件大事过后，我替你治吧。”

闵成龙喜出望外，连忙下拜：“谢大人恩典。”

卫长青心里暗暗好笑：“杨炎这小子可以骗他，我为什么不可以骗他。嘿嘿，我变成了他的救命恩人，不怕他不为我所用。”

他哈哈一笑，说道：“自己人不必客气，我帮你的忙，也要你帮我的忙。”

闵成龙受宠若惊，说道：“大人尽管吩咐。”

卫长青压低声音道：“目前你就有一个可以立功的机会。”

闵成龙又是欢喜，又是担忧，不知卫长青要他做的是什么事。心想立功虽好，卖命可就不划算了。他患得患失，只好装作极为恭顺的模样说道：“请大人指点。”

卫长青道：“杨炎这小子虽然跑了，但那小妖女……”说至此处，突然停下来，面有异色。

闵成龙正要问他，卫长青摇了摇手，示意叫他噤声。跟着指一指凉亭中间那张摆棋盘的石桌，作了一个手势。这个手势，是叫他开动机关，诱使敌人中伏的。

闵成龙看得懂他这手势，但他却听不到一点声息，不懂卫长青何以这样紧张地忙于为他设计，“难道他算准了杨炎这小子就要回来？”

心念未已，只见卫长青已经躲到凉亭后面。

卫长青刚刚藏好身形，闵成龙的面前就突然出现一个人了。

是个年纪不过十七八岁模样的少女。

龙灵珠闯进杨家，以为会有一场厮杀的，哪知却是异样的平静。

一路无人阻拦，她发现杨家的家丁，被点了穴道。她不知这是齐世杰所为，只道是杨炎干的，心中猜疑不定。

一直到了这座凉亭，她才发现一个可以活动的人。

闵成龙没有见过她，她也没见过闵成龙。

但这一见面，彼此也都知道对方是谁了。

龙灵珠喝道：“我知道你是杨牧的大弟子闵成龙，我也知道你这个人最坏，但我不怕你敢在我的面前耍花枪，我有话问你，你必须老老实实回答!”闵成龙是个大麻子，她早就从杨炎口中知道了的。

闵成龙当然也猜想得到她就是那个“小妖女”了。不过他见龙灵珠如此年轻，却是不免有点轻视之意。

卫长青已经答允替他医治，他想:“这小妖女乳臭未干，我只须一掌便可击倒，稍稍用点气力，谅也无妨。”主意打定，一声冷笑，突然发难:“凭你这小妖女，也敢……哎哟，哟!”

话犹未了，他那一掌连龙灵珠的衣角也未沾上，就给龙灵珠抓着。龙灵珠只用了两分内力，已是捏得他杀猪般地号叫起来。

龙灵珠喝道:“你是不是刚在不久之前，给杨炎制住一处穴道?”

闵成龙想不到她抓着自己，一开口就问这件事情。“姑娘，你，你怎么知道?”他吓得慌了。

龙灵珠没答他这句话，却冷笑道:“凭你这点功夫，也想杀我?哼，即使你不是给他制住穴道，再练十年，你也不成!”

闵成龙道:“姑娘，我并无杀你之意……”

龙灵珠道:“那么你是想拿我去立功?”

闵成龙疼痛难当，呻吟道:“小人打错主意，求姑娘饶命!”

龙灵珠道:“看在杨炎不屑杀你的份上，我也可以饶你一次。但事不过三，你必须老老实实答我所问，否则可休怪我手下无情。”说罢，这才放开闵成龙。

闵成龙拾回一条性命，连忙说道:“小人不敢，姑娘你要问什么，小人知道的决不隐瞒。”

龙灵珠冷笑道:“杨炎是望你洗心革面才肯饶你的，是吧?你若不知悔改，只有自己送命。哼，我也不怕你骗我。杨炎现在何处，快说!”

龙灵珠曾与杨炎交换内功心得，杨炎的制穴功夫，龙灵珠自是熟悉。因此闵成龙虽然只和她过了一招，她已经知道闵成龙是曾给杨炎制住穴道随后又解开了的。不过时间她可未能确切判断，只能估计是未超过半个时辰的“不久之前”。

她这番话也只是由于她要问及杨炎，故而随口说出来谴责闵成龙的。

但言者无心，听者有意，闵成龙可不能不心头一凛了。他本来不敢十分相信卫长青可以替他治好，此时不禁心里想道："这小妖女既然看得出我曾被杨炎制住穴道，自必也看得出我在三个月内有性命之危。"他只道龙灵珠说的这番话，一定是这个意思，对卫长青的诺言更加不敢相信。

不过卫长青埋伏在侧，他也不敢毫无隐瞒地就对龙灵珠如实招供。

他踌躇未决，龙灵珠已是等得不耐烦了，喝道："闵成龙，你到底说还是不说？"

闵成龙暗自思量："我若不依从卫长青的吩咐，这小妖女一走，他必定杀我。但我若帮他捉拿这小妖女，杨炎怎会还给我解药？哦，有了。"

人急计生，闵成龙向龙灵珠打了一个眼色，说道："杨师弟，他，他……"

龙灵珠大感诧异："他对我挤眉弄眼，这是什么意思？"

"他怎么？"龙灵珠喝道。

"他点了我的穴道，就下去了。"闵成龙道。

"下去，这是什么意思？"

"这是说，他在这凉亭下面。"闵成龙一面说一面按动机关，石桌移开，露出地道入口。

龙灵珠道："下面是……"

闵成龙道："下面是一条地道，我的师父在地道中的一间密室。杨师弟对他的父亲已经起了怀疑，因此点了我的穴道，逼我说出这个秘密所在，他要当面问他父亲。"

龙灵珠暗暗吃惊，想道："杨大哥还想最后劝一劝他的父亲，这可真是痴心妄想。但愿杨牧稍有骨肉之情，不至于立即就害了他。"闵成龙说得入情入理，她倒不能不相信几分。

"这下面有什么机关？"她问。

"没、没有。当真没有！"闵成龙道。

其实下面虽然没有暗箭、陷阱之类的机关，但机关还是有的。龙灵珠不懂开启之法，就只能进去，不能出来了。里面没有粮食，卫长青的主意就是打算饿她几天，那时不费吹灰之力，便可手到擒来。

不过，闵成龙说这句话的时候，却是故意加重语气，引起她的疑心的。

“你此话当真?”

闵成龙怕她还不明白，说道:“小人怎敢骗你，你放心下去吧，一下去就可以找到杨炎了。”一面说话，一面用手指在空中虚写一个“走”字。心想，卫长青躲在凉亭后面，即使看见他的手势，也不会知道他是在写一个“走”字。多半以为是他是在指点地道的入口。

他患得患失，忐忑不安，不知龙灵珠明不明白他的意思。只见龙灵珠并没走开，反而向地道的入口走去了。

她作势要跳下去，却又站住。低头下望，似乎尚在踌躇。

闵成龙患得患失，心头卜卜地跳。忍不住叫道:“请你相信我的指点，我不会骗你的。”“指点”两字，加重语气，希望龙灵珠懂得他的意思。

话犹未了，只听得呼的一声，一条人影，疾如鹰隼，扑入凉亭。人未到，掌先发，一股刚猛之极的劈空掌力，向着站在洞口的龙灵珠扫去。

这个突然向龙灵珠偷袭的人，正是大内侍卫的副总管卫长青。他见龙灵珠在洞口欲跳不跳，而且似是正在低头凝思，深恐失了良机，故此立即进来偷袭。

哪知龙灵珠早已有了防备，正是要诱他出来的。

原来龙灵珠虽然尚未知道有他这样的一个高手埋伏在旁，但从闵成龙的手势与言语，却也隐隐猜想得到其中定有蹊跷的，因此她故意装作举棋不定，站在洞口，静观其变。

变化虽然突如其来，却也在她意料之中。她一觉微风飒然，反手便即一扬，早就扣在掌心的三枚透骨钉闪电射出。

叮叮两声，两枚透骨钉被掌风扫落，第三枚透骨钉拐了个弯，射着卫长青后肩。卫长青练有铁布衫的上乘内功，也觉火辣辣地作痛。但这枚透骨钉毕竟也还是给他的内力震飞了。

卫长青虽然吃了一惊，但心上的一块石头却也放下来了，他暗自想道：“这小妖女果然甚为了得，不过也还不如江湖上传说的那么厉害。早知她不及我，我其实用不着这样多费周章。”

说时迟，那时快，龙灵珠已是转过身来，手中多了一条软鞭，喝道：“你们把杨炎怎么样了，若不将他交出来，我就取你性命！”

卫长青哈哈笑道：“你跟我走吧，我倒不想取你的性命！”飞身跃起，一招“鹰击长空”，双手抓下。

“咔嚓”一声，龙灵珠的软鞭被他双指一夹，断了一截。他的小腿也着了一鞭，虽然没有受伤，可也疼痛难当。

卫长青大怒喝道：“我倒要看你这小妖女有多少斤两！”取出随身携带的一对判官笔，与龙灵珠斗在一起。

闵成龙料不到有这样结果，吓得慌了，叫道：“卫大人，你缠着这小妖女，我去替你唤人！”他是想借故暂且避开。

可惜他走迟了一步。

卫长青飞身追扑龙灵珠，正好从他身边掠过。陡地喝道：“闵成龙，你少在我面前捣鬼！”虎尾脚一撑，把闵成龙踢得飞了起来。原来他虽然没有看清楚闵成龙刚才对龙灵珠所作的手势，但闵成龙的用心，已是给他识破。

龙灵珠对闵成龙无好感，但此际却是不忍见他为自己毙命。

几乎是与卫长青飞脚的同时，龙灵珠反手一鞭。

本来她的轻功比卫长青略胜一筹，她是有机会可以逃跑的，这一下回身阻敌，反过来却令得自身受阻了。

这一鞭她用的是“枯树盘根”招数，本来是想缠上他的右脚的，结果却缠上了他的判官笔。

卫长青喝道“回来！”龙灵珠气力远不如他，给他拉近两步。“卜”的一声，银丝软鞭当中断了。

不过也幸而有她这一鞭，救了闵成龙的性命。

卫长青右腿踢出的力道减了几分，闵成龙好像皮球一般给抛了起来，刚好跌下那个地洞，虽然跌得个发昏章二十一，五脏六腑受内力所震也好像都翻了过来，但却保全了性命。

轰隆一声，那张石桌已是回到原来位置，堵住洞口。

卫长青不再理会闵成龙的死活，就收回右手判官笔，改用劈空掌力，转以左手的这支判官笔，登时困住龙灵珠。

他在武学上的造诣非同小可，虽然只是过了几招，已是知己知彼。这一下改换战术，笔中夹掌，正是克制龙灵珠的最佳打法。

掌力四方疾吐，龙灵珠犹如一叶轻舟，在狂风骇浪之中飘摇不定，他左手的判官笔便可寻瑕觅隙，笔笔指向她的要害穴道。

龙灵珠拔剑应战，但少了一根软鞭辅助，更加抵敌不住。

剧战中龙灵珠使个险招，飞身前扑，卫长青暗暗欢喜，想道："你不是这样硬拼，或许还可以多支撑一些时候。"哪知龙灵珠是以进攻掩护退却，卫长青一抓抓空，龙灵珠已是倒纵出一丈开外。她的身形从前扑改为后跃，转换之快，轻功身法之妙，大出卫长青意料之外。

不过，她这一招可惜也是用得较为迟了一些。

将计就计

要是她早点用这一招，她还有气力可以逃跑。现在，她已是强弩之末，轻功也胜不过卫长青了。

卫长青喝道："小妖女，你还想逃吗?"飞身追过一座假山，几个起落，已是到了龙灵珠背后。

眼看龙灵珠就要给抓着了。

就在此时，忽听得有个人也是喝道："小妖女，往哪里跑!"

龙灵珠听得此言，不觉一呆。

太出她的意外了！你道这个人是谁，竟然是杨炎!

龙灵珠当然绝对不会相信杨炎也要与她为敌，但"小妖女"这三个字却确确实实是从杨炎的口中骂出来的。是以她虽然绝对相信杨炎，也不禁一呆。

说时迟，那时快，卫长青已是一把将她抓着。

杨炎飞快地跑过来，叫道："你是何人，快快把这小妖女给我!"

卫长青道："为什么我要给你？"

杨炎气呼呼地道："我要用她救我爹爹的性命！你在我的爹爹家里捉她，想必是我爹爹的朋友。求你把她让给我吧！"

卫长青松了口气，心里想道："原来这小子已经中了总管大人之计。想必他刚从我的家里回来，他的父亲身受蟒鞭的毒刑，他也看见了。"乌苏台计划用杨牧来威胁杨炎交出"小妖女"，这条计策本来就是和卫长青一同想出来的。

卫长青哈哈笑道："贤侄，用不着你代劳了。我就是大内侍卫的副总管卫长青，这个小妖女我会交给总管大人的！"

杨炎摇了摇头，说道："不管你是谁人，这小妖女总须由我亲手送去和总管大人交换，我才能放心！"

卫长青道："贤侄，你有这个孝思我很欣赏，不过……"话犹未了，杨炎已是倏地向他扑来。

"废话少说，你不放人，我就和你拼命！"杨炎喝道。

卫长青喝道："别乱来，你不要小妖女的性命么？"

杨炎喝道："活的要不成，死的我也要！总管大人并没指定我非交出活的不可！"

龙灵珠乃是皇帝所要审问的钦犯，卫长青想立大功，当然是活的好。他倒是不能不有点害怕杨炎伤了这"小妖女"了。

卫长青喝道："你别胡来！"一手抱着龙灵珠，单臂迎敌。

他的武功与杨炎在伯仲之间，此时他要"保护"龙灵珠，如何再是杨炎的对手。

龙灵珠叫道："对，炎哥，我宁愿死在你的掌下，也不愿落在敌人手中。但求你父子团圆，我死也甘心了！"这几句话其实是她的气苦之言。

卫长青给杨炎攻得透不过气来，听得龙灵珠的呼叫，忽地心中一动："我且试他一试。"当下将龙灵珠当作盾牌，往前一挡。

不料杨炎真的一掌就打在龙灵珠身上。

卫长青虎口一震，心头也是一震，不由自己地把龙灵珠抛了出去。

杨炎哈哈笑道："你中计啦！"一个转身，疾如鹰隼地追上龙灵珠，刚好将她接下，立即解开她的穴道。

龙灵珠毫发无伤，喜出望外地偎着杨炎说道：“炎哥，这手功夫你可得教我。”

原来杨炎用的是一门上乘武学，名为“隔物传功”。

隔物传功可以通过隔在中间的物体，把功力传到对手身上。这种功夫练到深时，即使隔着的是人体亦可无妨。因此杨炎那一掌虽然是打在龙灵珠身上，却等于是打着了卫长青。

要知处在刚才的形势，龙灵珠已是决计难以逃脱卫长青的魔掌，杨炎刚刚来到，和他们还有一段距离，要救也来不及。因此他只能将计就计，假装是要把龙灵珠拿去交换他的父亲甚至声言不惜取龙灵珠的性命了。

假如他不是这样说，卫长青一定会把龙灵珠当作人质来要胁他。他的“隔物传功”虽然可以不伤及龙灵珠，但却无法阻止卫长青取龙灵珠的性命。

卫长青不敢伤害龙灵珠，他才有机会施展隔物传功。

卫长青此时方始知道中计，气得七窍生烟，喝道：“小贼，我与你拼了！你想和小妖女逃跑，那是做梦！”

此时杨炎刚刚替龙灵珠解开穴道，龙灵珠的功力是还未曾恢复的。卫长青自忖足可与杨炎打成平手，在杨家附近，都是他的人，只要他发出讯号，定会有人来援。

哪知他的援兵未到，杨炎的援兵先来。

齐世杰早已进了花园，此时方始现身。

卫长青正在向杨炎那边跑去，齐世杰倏地从花木丛中跃出，也是一声喝道：“你还想害人，那是做梦！”

卫长青怒道：“何方小子，胆敢猖狂！”斜身上步，左掌横挡，右掌一挥，同时使出了大摔碑手和绵掌的功夫。大摔碑手用的力道极为刚猛，招数一发，掌风呼呼；绵掌用的却是一股阴柔的力道，无声无息。但内功更胜外功，他的绵掌已是练到击石成粉的境界，威力实是在大摔碑手之上。他同时使出两种不同的掌力，以绵掌为主，以大摔碑手为辅，武功见识稍差的人一定会受他迷惑，着重于抵御他右掌所发的大摔碑功夫，那就必将受到他的绵掌所伤，而且是严重内伤。又即使武学深湛之士，能够分清主次，要同时抵御他刚柔兼济的掌力，也是极难做到的事。

卫长青的心目只把杨炎当作劲敌，对齐世杰可不怎样放在心上。要不是为了急于追赶杨炎，他绝不会对一个“无名小卒”，一见面就使出杀手绝招。

不料这个“无名小卒”一出手就把他震慑了。

齐世杰小臂划了一道圆弧，双掌缓缓推出，看似轻描淡写，内力之强，竟是沛然莫之能御，而且招里藏招，式中套式，这掌势划成的弧形，竟然蕴藏着六种不同的变化！

双掌相交，声现郁雷。齐世杰只是身形一晃，卫长青却给他震得退了两步。而且齐世杰那一式变化，掌锋斜削而过，把他的衣襟也削去一幅。

卫长青认得他这一招乃是杨家六阳手，不禁大吃一惊，喝道：“杨大姑是你的什么人？”

齐世杰见他已然认出，也不瞒他，说道：“正是家母！”

卫长青更是吃惊，说道：“原来你这小子就是齐世杰！”心想：“原来他就是那个曾经和尉迟炯打成平手的齐世杰，怪不得如此厉害。他的六阳手比杨牧高明得多，那是不必说了，以功力而论，似乎甚至比杨炎还胜几分。”其实齐世杰与杨炎的功力乃是在伯仲之间，只因卫长青与杨炎先斗了一场，以强弩之末来对新锐，自是觉得齐世杰更难对付。

齐世杰道：“不错，我就是齐世杰，怎么样？”

卫长青喝道：“杨牧是你的舅舅，你的舅舅被这小妖女连累，要是捉不到小妖女，你的舅舅就丧命，你到底是帮你的舅舅还是帮这小妖女？”

齐世杰冷笑道：“我不管你说的是真是假，我只知道我绝不会帮你这种鹰爪孙！”冷笑声中，又是一掌，这一掌使出了第八重的龙象功！

这一掌双方都是全力施为，登时见了高下。

只听得“蓬”的一声，卫长青退出了七八步，方始稳得住身形。齐世杰也觉胸中气血翻涌，运气三转方能呼吸如常。不过比较起来，还是卫长青吃的亏更大。

卫长青心头一凛，暗自想道：“齐世杰似乎比杨炎更强，一个杨炎，我都未必对付得了，岂能对付他们联手？再不走只怕要变成八十岁老娘倒绷孩儿了。”

他一声长啸，夺路便逃。

杨炎替龙灵珠推血过宫，此时龙灵珠已是血脉畅通，恢复了几分功力。

龙灵珠不忿刚才所受之辱，叫道：“炎哥，这鹰爪孙要逃，你替我出一口气！”

杨炎笑道：“好，我绊住他，你喜欢拿他怎样出气随你的便。”

声到人到，卫长青使出绵掌功夫，杨炎凌空抓下，用的是龙灵珠的爷爷传给他的龙爪手功夫。

这两样功夫都是武林绝学，两人功力本来亦是难分高下的，但卫长青由于刚刚硬接了齐世杰第八重的龙象功，这次三度交手，吃亏可更大了。

杨炎一抓之下，不但破解了他的绵掌，而且硬生生地将他拉了回来。杨炎的指头还没碰着他的身体，只是凌空一抓所发的无形气功，已是令他举步维艰。

卫长青心头一凉，又惊又怒，喝道：“小子，我与你拼了！”强弩之末，全力施为，居然也还能够勉强抵挡。但他连发三掌，却是仍然冲不出去。

龙灵珠拾起了银丝软鞭，跑上来冷笑道：“看你这厮还敢欺侮我么？”劈头照面，刷刷刷狠狠地抽了他三鞭。

但卫长青挨这三鞭，倒也值得，因为杨炎要让龙灵珠亲手报复，龙抓手只能网开一面，卫长青忍着疼痛，一个鹞子翻身，就冲了出去。

龙灵珠道：“炎哥，你还有未了的事么？”

杨炎心里一酸，说道：“没有了。灵珠，我和你回去伴你爷爷吧，这个地方我是不会再来了。”

他们无意追赶卫长青，不过卫长青听到了背后的脚步声，却是给吓得魂飞魄散了。一面拼命奔逃，一面大呼小叫。杨家左邻右舍户都是和杨牧差不多身份的人，有两个人出来了。一个是御林军的军官，名叫鲁弘，一个是大内侍卫，名叫周霸。他们见卫长青似是被人追赶，逃得如此狼狈，不禁都是一惊。

周霸是尉迟鞭的传人，天生神力，使的铁鞭有三十多斤，本来是个带兵的军官，曾经屡立军功，后来给皇帝看中，亲自挑选他做大内侍卫的。

由于他有这样辉煌的资历，一向甚为自负，除了佩服御林军的统领萨天横和大内总管乌苏台这两个人之外，其他同僚，他都不放在眼内。卫长青的武功其实高过他许多，但由于未曾经过较量，在他的心目之中，也只道是和自己差不多而已。

他一惊之后，定睛一瞧，见“追来”的两男一女，年纪都不过二十岁左右，登时起了轻敌之心，一声大喝，立即挥铁鞭，上去拦截。

齐世杰不想滥杀，喝道：“滚开!”周霸不知好歹，铁鞭已是当头扫出。齐世杰只使第六重的龙象功，肉掌击他铁鞭。

周霸虽然是天生神力，却怎挡得住他的龙象功，鞭掌相交，周霸虎口震裂，三十多斤重的铁鞭，脱手飞上半空。

鲁弘是练过内功的高手，为人却比较谨慎，连忙停止脚步。

杨炎不愿和他们纠缠，见他意似踌躇，陡地喝道：“你回去吧!”大喝声中，龙爪功亦已使出来了。不过他改抓为推，一股无形的劲力把鲁弘抛了起来，刚好跌落到自己的家门。

此时卫长青也刚好跑到鲁家的门口，他受了第八重龙象功的内伤，此时已是熬不住了，哇的一口鲜血喷了出来。鲁弘倒是没有受伤，一爬起来，连忙扶起卫长青跑回家里。

还有几户人家本来已经打开大门的，一见周霸和鲁弘吃了大亏，连忙又再关上大门。

杨炎哈哈大笑，说道：“对啦，你们最好做缩头乌龟。我是：人不犯我，我不犯人；人若犯我，我必犯人。”

笑声未已，忽听得有人喝道：“好狂的口气，叫你知道我的厉害!”一条人影，倏地出现在杨炎的面前，杨炎使出龙爪功，竟然拦阻不住，那人欺身直进，同样地也是凌空一抓。

杨炎身形一晃，还不怎样吃亏，在他身边的龙灵珠却是不禁脚步踉跄，斜跃数步，方能稳住身形。

此时杨炎方始看得清楚，来的这个人不是别个，原来正是大内总管乌苏台。

杨炎知道他是劲敌，冷笑说道："好，这是你先犯我，我说过的话一定算数！"

说时迟，那时快，杨炎一声叱咤，已是拔剑出鞘，连人带剑，化作一道银虹，向着乌苏台疾刺。

乌苏台哼道："不知死活的小子！"双掌齐出，左掌画圈，右掌五指弯曲如钩，竟来硬抢杨炎的宝剑。

他用小天星掌力使出大擒拿手的功夫，意欲生擒杨炎。他已经试出杨炎虽然不弱，功力仍是在他之下。这一招空手入白刃是他最得意的武功，自信已经到了炉火纯青境界，只道此招一出，纵然不能立即把杨炎生擒，最少也可以将他的兵刃夺出手去。

哪知并不如他想象的这样容易。

他本来已经算好了杨炎的各种后着，不论如何变化，他都可以得手的。不料杨炎的剑势中途一变，偏偏就是从他意想不到的方位刺来！

掌风剑影之中，只听"铮"的一声，随即人影翻腾，剑光流散，两个人倏地由合而分。杨炎虎口酸麻，乌苏台则感到头皮一片沁凉。

这危机瞬息之间，双方都使出了平生绝学。乌苏台应变得宜，以弹指神通的上乘内功，刚好弹中了杨炎的剑脊。但致命的一剑虽然给他弹开，剑气仍然削去了他头上一绺头发。

如此结果，双方都是始料之所不及。

杨炎使出天山剑法的追风剑式，结果只能削掉对方几条头发，自己却连宝剑都几乎掌握不牢，不由得暗暗叫了一声惭愧！

乌苏台吃惊更甚，心里想道："怪不得白驼山主对这小子也忌惮几分，这小子的武功比他父亲高明了不知多少倍！卫长青已经受了伤，我失了最得力的帮手，只怕是奈何不了这小子了。如今只能寄望于杨牧的苦肉计能否生效了。"他险些给削去了头皮，不但心中惭愧，颜面也觉无光。

他心念未已，齐世杰亦已冲了上来。

乌苏台喝道："好呀，你这小子也敢来欺我！"双掌一交，乌苏台用个"卸"字诀，意欲借力打力，哪知齐世杰第八重的龙象功实是非同小可，他只能化解齐世杰的一半掌力，借力打力那更是谈不到了。他给齐世杰这一半掌力冲得倒退两步，齐世杰身体失去平稳，也是不由自已地在原地打了几个盘旋，方才稳得住身形。

乌苏台趁他们未来得及反击之际，倒跃出数丈开外，喝道："杨炎，你要不要你爹爹的性命？留下这小妖女与我，我可以放你走，你的爹爹我也不会将他为难！"

就在此时，只见有两名武士，押着杨牧，已是走出街头。

杨牧嘶声叫道："炎儿，你救救我！炎儿，你救救我！"他衣裳破裂，背上现出一条条鞭打的血痕！

杨炎咬紧牙根，转过头去，不看父亲。

乌苏台冷笑道："人非禽兽，杨炎，你连父亲都不要了么？"

杨炎怒火中烧，喝道："你才是禽兽！"

乌苏台面色一沉，喝道："打！"押解杨牧的一名武士，又狠狠地打了他几鞭。杨牧给打得像受伤的野兽地嚎叫："炎儿，你忍心见爹爹受苦吗？炎儿，你救救我，你救救我！"

龙灵珠于心不忍，说道："炎哥，都是我不好，累你爹爹……"杨炎道："不关你的事！"龙灵珠道："咱们拼了一死救他吧！"

他们说话的声音虽小，乌苏台已听见了，冷笑道："想从我的手里抢人，别做你们的梦！你们敢动一动，我就杀了杨牧！不过，你们要我放人，那也不难，留下小妖女与我交换！"

龙灵珠道："炎哥，你打算怎样？"

杨炎喝道："乌苏台，你听着！我不会救人，只会杀人！你要打死你的手下，是你的事。但倘若你这样做了，我一定杀你替他报仇！"

这番话他是说给乌苏台听的，也是说给杨牧听的。他已经不愿意叫杨牧做爹爹了，只用一个"他"字替代。但这番话说得沉痛之极，显然还有几分父子之情。杨牧心头一凉，暗自想道："总算他还愿意替我报仇。只可惜他所说的‘报仇’，和我所要的报仇，是两回事。”

杨炎说罢，立即拉着龙灵珠的手，咬着牙沉声只说了一个字“走！”

他们曾练过一招名叫“比翼双飞”的轻功，两人手牵着手，合力施展，可以跳得更高，跑得更快。杨炎是由于顾虑龙灵珠的功力尚未完全恢复，故此要和她“比翼双飞”的。

他们跳上了民居的屋顶，眨一眨眼，已是越过几重瓦面。齐世杰当然也是跟着他们走了。

乌苏台一来是轻功比不上他们，二来是没有得力的助手，孤掌难鸣，纵然能够追得上，亦是无济于事，只好眼睁睁地看着他们逃跑。

不知不觉，他们已是逃到没人的地方，天色尚未大亮。

龙灵珠松了口气，放缓脚步，笑靥如花地对杨炎说道：“炎哥，我真高兴，你对我这样好！”她心无渣滓，想到什么就说什么。

杨炎怔了一怔，说道：“我对你有什么好？你这样帮我的忙，我却几乎连累了你，我正自惭愧呢！”

龙灵珠道：“你不肯拿我去交换父亲，你说，我还能不感激你么？”

杨炎苦笑道：“请你别提今日之事了，是我对你不起，天下没有任何一件东西是值得令我将你拿去交换的。”他的悲痛还没过去，说着说着，不觉有点哽咽了。

龙灵珠道：“你说得对，咱们都是苦命人，过去的苦痛也太多了。过去的就让他过去吧。”

杨炎心灰意冷，说道：“我答应过你的，不会更改，你答应过我的，也盼你守诺言。爷爷正等待咱们回去，咱们这就回去伴他老人家吧。”

龙灵珠笑道：“不是现在就要马上回去吧？”

杨炎道：“你还有什么事？”

龙灵珠道：“你不要去见见你的姑姑么？齐大哥恐怕也不能说走就走吧？”

杨炎瞿然一省，心想："冷姐姐说过我的这个毛病始终未改，我总是想着自己的事情，想到别人的时候很少。"

齐世杰低声说道："你要是不愿意见我的母亲，你和龙姑娘先走一步。"

龙灵珠笑道："他愿不愿意回去震远镖局我不知道，我倒是想去镖局拜见伯母的。"

齐世杰是知道母亲和龙灵珠之间的过节的，听得她这样说倒是不禁一愣，说道："龙姑娘，家母这几年的脾气不大好，你不计前嫌，愿去见她，我代家母多谢了。"

龙灵珠格格笑道："你大概还没见着你的母亲吧？"

齐世杰道："你怎么知道？"

龙灵珠道："我是全靠你的母亲指点，才找得到炎哥的所在的。说老实话，以往我对你的母亲殊无好感，现在我才知道她并没有我想象的那样、那样不好。过去的误会，其实我也有不是之处的。"

杨炎说道："好，趁乌苏台未有空暇到镖局追查，咱们这就赶快去吧。刚才发生的事情，是也应该通知韩总镖头的。"

此时他稍稍冷静下来，才想起要问齐世杰："听说你到过柴达木？你是不是从柴达木来的？"齐世杰道："不错。"杨炎禁不住再问："你见到了冷姐姐没有？"

齐世杰道："见过了。"

前尘如梦，杨炎一片迷茫。他渴望知道更多有关冷冰儿的事情，却不知怎样把话头说下去。

眼光一瞥，发觉龙灵珠似乎也正在注视着他。杨炎脸上发热，心里叹了口气，继续问齐世杰道："冷姐姐，她，她好吗？"

齐世杰淡淡说道："好，很好！"

杨炎说道："表哥，你应该留在柴达木陪她的，怎的你也跑来京师？"

齐世杰道："我此来京师，正是为了她的缘故。"

杨炎怔了一怔道："此话怎说？"

齐世杰道："今日之事，早已在她意料之中，她非常担心你在京师受骗，可是她又不能前来京师。”

杨炎默然不语，龙灵珠噗嗤笑道：“傻大哥，你还不懂吗？齐大哥是替冷姐姐来照顾你的。”其实用不着龙灵珠画蛇添足，杨炎早已懂得。

不过，由于她这一“画蛇添足”，有一些话杨炎和齐世杰都是不方便说了。齐世杰暗自想道：“炎弟，你以为我们已经相爱，其实冰儿心里爱的还是你啊！”不过杨炎已经决定了要和龙灵珠回去陪伴她的爷爷，齐世杰藏在心中的话自是不能说出来了。

但有件事情，齐世杰仍是不能不说的，他想了一想，继续说道：“而且她也已经不在柴达木了。”

杨炎不觉又是一怔，说道：“她去了哪儿？”

齐世杰道：“我走的那天，她说她将在短期内回天山去。”

杨炎吃了一惊，失声叫道：“冷姐姐，她，她要回天山？”

齐世杰道：“不错，她要为你辩诬。”

杨炎说道：“只怕那些人不肯相信她的话。嗯，石天行那些人把我当作十恶不赦的叛徒，她为我分辩，不怕受连累吗？”

齐世杰道：“这一层她也想到，她是甘心为你而受委屈的！”

杨炎急了起来，说道：“但我不能连累她呀！”

齐世杰道：“好在有你的义父缪大侠和她一起回去，料想不至于闹得不可收拾。”

龙灵珠道：“炎哥，你是不是想先回去天山？”

杨炎未曾回答，齐世杰已是说道：“炎弟，我告诉你这件事情，并不是想你回天山去自行了结的！”

齐世杰继续说道：“石天行父子虽然可恶，但你也做得的确是过分了些，怎么说你也不该打伤本门长辈，还割了石天行儿子的舌头的！”

杨炎哼了一声，说道：“不做也做出来了，多大的过错，我都愿意承担！”

齐世杰道：“你此时回去，只有把事情闹得更加不可收拾，所以你义父的意思，也是主张你暂时不可回转天山。”

杨炎心乱如麻，低下头不说话。

龙灵珠则是脸上消失了笑容，心上蒙上一层阴影。

他们加快脚步，天刚亮就回到了震远镖局。

杨大姑看见儿子和杨炎一起回来，又是欢喜，又是惊奇。

杨炎叫了一声“姑姑!”姑侄二人，不觉都是流下了眼泪。

杨大姑替他抹去了腮边的眼泪，说道：“乖侄儿，你见到了你的亲爹了么?”

杨炎面色倏地沉暗下来，说道：“我自小无父无母，现在也是一样，我没有父亲!”

杨大姑心痛如绞，苦笑说道：“杨牧是不配做你的父亲。我，我也对不起你!”她听见杨炎说的“自小无父无母”这一句话，想起杨炎的母亲虽然不是她杀害的，但也可说是因她而死，最少她也要承担部分的过错，自是不禁内疚于心。

杨炎咽下眼泪，说道：“不，不，我虽然没有父亲，但我还是姓杨的!”

杨大姑最大的心事，就是怕杨家绝了承继香烟的人，她松了口气，不待侄儿说完便道：“炎儿，只要你承认是我杨家的子孙，那么即使你不认我这个姑姑，我也可以安心了。”

杨炎说道：“不，不，姑姑，你对我好，我都知道。人谁无错，过去我也有对不住姑姑之处，姑姑，只要你肯认我做侄儿，我岂能不认你做姑姑!”

杨大姑热泪盈眶，但却是从心底笑了出来，握着杨炎的手说道：“乖侄儿，多谢你。你告诉我，这、这两天你在哪里，这次你怎样见着表哥？发、发生了什么事情吧?”其实她早已知道杨炎是在父亲家里，但为了避免刺激侄儿，只好绕着弯儿发问，避免提及他的父亲。

杨炎说道：“表哥，还是你来说吧。”

齐世杰把事情的经过禀告母亲之后，说道：“娘，请恕孩儿不孝，不听你的吩咐，替你惹了祸了!”

杨大姑黯然说道：“我不怪你，你们都没有错。有错，只是我的错，唉，我真后悔!”是后悔她过去不该太溺爱弟弟呢，还是后悔她处理这次的事情，全盘都错了呢？她没有说出来，但沉重的心情，已是从一声长叹之中表露无遗！

齐世杰道："娘，咱们一起走吧！"

杨大姑道："走往哪儿？"

齐世杰道："天地之大，岂无容身之处？"他本来是想劝母亲和他一起到柴达木的，但知道母亲对孟元超的宿怨尚未消除，要说服她与孟元超和解，恐怕也不是一朝一夕所能做到。故此但求母亲愿意和他先离开京师。

杨大姑一副茫然的神气，忽地斩钉截铁地说道："你们走吧，我要留在这儿！"

齐世杰吃了一惊，说道："娘，你为何不走？"

杨大姑道："你的舅舅是由我姐兼母职，一手抚养成人的。不管他变得怎么样，他还是我的弟弟，我对他仍然要尽最后一点责任！"

齐世杰道："娘，你已经为舅舅苦了一生，就只怕舅舅未必还有骨肉之情！"

杨大姑毅然说道："要是他忍心害我，那也是我应得的报应！"

杨炎心情激动，说道："姑姑，这是我的罪孽，你要做的事情，让我替你做吧！"

杨大姑道："不，你并无罪孽，你是未出娘胎，就离开杨家的。你爹的过错，我的过错，不能由你承担。"

她歇了一歇，继续说道："再者，我虽然封刀多年，但好歹也是江湖上的一号人物！江湖人物最重然诺，我已经答应了韩总镖头，要为他保全震远镖局尽一点力。我岂能言而无信！"

恰好说到这里，韩威武走了进来。

"老大姐，你的好意我心领了。你还是避开吧，震远镖局能否保全，我都认命了！"韩威武道。

杨大姑忽地哈哈一笑，说道："我知道江湖上的朋友送给我的外号是辣手观音，就凭我这辣手观音的外号，岂能怕事。但老韩，是不是你怕我连累了你？"

韩威武给她激起了豪气，说道："好，老大姐不怕事，我韩某又岂能畏首畏尾？我就豁出去和他们干吗？老大姐，咱们合计合计！”

韩威武道：“俗语说贫不与富斗，富不与官争，小小一间震远镖局，自是斗不过他们。不过凡事抬不过一个理字，要是他们存心陷害，给我乱加罪名，也未必就没有敢说公道话的人。”

杨大姑瞿然一省，说道：“对，镖局是打开大门，做八方生意的。绝不能查明客人的底细，才给他保镖。即使真的有反清义士来过镖局，给他们抓去，他们也不能据为口实，按告镖局谋反的。何况他们根本没有什么证据。要是他们胆敢胡来，老韩，你大可撒下英雄帖，请京师的武林同道和他们评理。谅他们也多少有点顾忌。”

韩威武道：“后天是我闭门封刀的日子，我早已发出请帖，广邀武林同道来观礼了。这请帖就可以当作英雄帖了。”

杨大姑道：“按理说，即使杰儿和炎儿有与叛逆来往的嫌疑，也不至于累及亲朋的。不过，当然还是小心一点为妙。杰儿、炎儿，你们和龙姑娘这两天不要住在镖局，请老韩找一个可靠的人家给你们暂且寄居吧。”

齐世杰道：“不用韩老镖头操心，我已经有个可靠的去处。”

韩威武是老江湖，见他没有说出来，便也不问。

杨大姑道：“老韩，有一件事情你未知道，对你的镖局倒是颇为有利。”

韩威武道：“什么事情？”

杨大姑道：“闵成龙已经给卫长青打得重伤，我那不肖的弟弟，也给乌苏合打了十几鞭，后天料想尚未能把伤养好。”

韩威武诧道：“这是怎么回事，乌、卫二人是大内正副总管，正是令弟的顶头上司，令弟是忠于他们的，闵成龙更不用说了。何以自己人打伤了自己人？”

杨大姑道：“说起来这也是他们自作自受。”当下把儿子刚才告诉她的，简单复述出来。

不知不觉，天色已经大亮，齐世杰道：“我们也该走了，娘，你多保重。”

杨大姑道：“你不用来镖局打听消息，不过，到了后天，你们倒可以和宾客一起混进来。当然若能改容易貌，那就更好一些。”

齐世杰道："不劳吩咐，孩儿懂得。"跟着韩威武把联络人的地址给了他们，他们便告辞了。

韩威武道："我送你们出去。"

齐世杰想起一事，问道："宋师兄伤得怎样？"他回到镖局，一直未见过宋鹏举与胡联奎，是以有此一问。

韩威武道："鹏举伤得很重，不过好在尚未至于有性命之忧。联奎给闵成龙打了几鞭，也受了点皮肉之伤。如今联奎正在照料他的师兄。"

齐世杰叹道："有一句俗语说得当真不错：恶人自有恶人磨。闵成龙狠心打伤师弟，如今他也受到应得的报应了。"

韩威武也想起一事，低声说道："听说你舅舅另外两个徒弟方亮和范魁也已到了京师，不过他们可从没有来过镖局。"

齐世杰道："这件事我已经知道了。"

韩威武从后门送走他们，此时天色已经大亮，街上也开始有行人了。

韩威武松了口气，说道："假如他们要来搜查，此时也早该来了。街上没见兵丁，看来似乎他们未敢太过胡作非为。"

齐世杰走在前头，带领他们从西门出城。杨炎有点纳罕，但在行人众多的街道上却是不便问他。

到了城外没人之处，杨炎松了口气，这才问道："表哥，你的朋友住在郊外吗？"

齐世杰道："我也不知道他们确实的地址。不过，我知道到哪里去找他们。"

杨炎道："你的朋友是谁，靠得住吗？"

齐世杰道："靠得住之至！说起来，你也认识他们的，不但认识他们，而且对他们有过救命之恩。"

杨炎恍然大悟，说道："哦，我知道了。你说的敢情是方亮和范魁这两个人？"

齐世杰道："不错，还有一个解洪。"

龙灵珠知道方亮和范魁都是杨炎父亲的徒弟，问道："那解洪又是什么人？"

齐世杰道："解洪是替柴达木的义军来京师秘密购买药材的人。我那两个师兄方亮和范魁是他的助手。"当下将两个多月前解洪在保定失事被捉，后来怎样救了他们的经过，简略地说给龙灵珠知道。(事详拙著《弹指惊雷》。)

杨炎说道："你别把功劳都放在我的身上，其实，那一次要不是有你暗中帮忙，我一个也救不出他们。"

龙灵珠道："如此说来，是可靠之至了。炎哥，这件事你怎么从未对我说?"

杨炎笑道："我怕你责我多管闲事。"

龙灵珠道："我自己就是最喜欢管闲事的人!"

杨炎微笑道："但我管的这件闲事多少有点与别人不同。"

龙灵珠七窍玲珑，一听就懂得了他的弦外之音。这件"闲事"，是涉及柴达木义军的，一惹上了，可能"后患"无穷。她心里想道："炎哥已经答应了我，在今后几年，暂且抛开一切人间恩怨，和我到大吉岭去陪伴爷爷的。能够与他过几年与世无争的日子，这也正是我心愿。但此去寻找解洪，说不定只怕又会卷入漩涡了。"

杨炎就是心乱如麻，在父子决裂之后，他本来已经心灰意冷的，但想到孟元超对他的好处，不禁暗自思量："他虽然不是我的父亲，对我和先母却是有恩。解洪为义军买药之事，关系重大，要是我能够帮得上他的忙，这也未尝不是对孟元超间接报恩的法子，只不知灵珠心意如何?"

龙灵珠却似已经知道他的心思，笑道："炎哥，记得你曾经因为人家叫我做小妖女，而为我打抱不平，其实我倒不讨厌人家这样叫我。"

杨炎怔了一怔，说道："为什么你忽然说起这件事情?"

龙灵珠笑道："第一，坏人叫我做小妖女那有什么不好，难道我还能希望那些人叫我做侠女？不过，齐大哥，你可别要多心，你以前也当我是小妖女，那只是出于彼此误会，我可没有把你当做坏人。"

齐世杰笑道："我以前误解你的为人，确是我的不对。我不会多心的。你说下去吧，第二是什么?”

龙灵珠道:“我既然是那些人心目中的小妖女，那么我也不能叫那些人失望。”

杨炎道:“你这话是什么意思?”

龙灵珠道:“那就是我决定我行我素，不会因为讨好那些人而改变‘妖气’，因此，不管是怎样与别人不同的闲事，炎哥，你敢伸手去管的，我也跟你去管。”

杨炎笑道:“千里来龙，到此结穴。你绕了这么个大弯，原来只是为了说这句话。”彼此都没明言，但杨炎心头的结，却已在这一笑之中解开了。

“表哥咱们应该回到刚才的话题啦。”杨炎说道:“你没有告诉我，解洪和方亮、范魁是在什么地方呢。”

齐世杰道:“我只能告诉你，在什么地方可以打听到他们的消息。”

“什么地方?”

“只在此山中，云深不知处。”齐世杰道。

杨炎道:“哦，就是这座西山吗?”

齐世杰道:“不错。丐帮的北京分舵在西山中一座名为卢师山的秘魔崖下。他们纵然不是在丐帮分舵，丐帮也一定会知道他们的下落的。”

杨炎大喜道:“你这么知道的。”

齐世杰笑道:“你忘记我也是曾经到柴达木的吗，是冷冰儿的叔叔、柴达木义军的首领冷铁樵告诉我的。不过，西山我没来到，虽然冷铁樵把该处的地形说得很仔细，只怕也还要费一些力气找寻呢。”

杨炎说道:“那就赶快去找吧。”

“西山”其实是北京西面三座山峰的合称，这三座山峰是:翠微山、卢师山和平坡山。三面环抱，像把座椅，卢师山正在当中。说话之间，他们已经攀登上翠微山。翠微山风景秀丽，有一座长安寺是京郊的名胜之一，可惜他们有事在身，却是无心浏览。

寻找丐帮

正当他们经过长安寺之际，忽见有几个僧人追出来，大声吆喝:“岂有此理，你这小贼居然敢偷到和尚的庙里来，也不怕得罪了菩萨!”“这小子贼眉贼眼，我早知道他不是好东西了，哼，还假装香客呢，莫要给他香油钱也偷去了。”

杨炎把眼一看，只见他们追的那个人跑得飞快，此时已经跑到离开寺门约有半里之遥的一个山坳了。

杨炎本来无心理会这种小事的，但见这个“小贼”跑得飞快，却是不禁心中一动:“此人似乎是练过轻功的，怎能是一个偷香油钱的小贼?”

果然便听得那“小贼”反唇相稽:“胡说八道，谁偷了你们的香油钱?你们这几个秃驴也没看清楚就血口喷人，惹恼了我，我拆了你们的破庙!”

那些和尚纷纷骂道:“好，你不是做贼，那为什么偷偷跑到后堂来，连我们庙中列为禁地的藏经楼都进去了。”

其中一个和尚轻功比那“小贼”更好，此时已将迫近。那“小贼”突然反手扔出一块石头，喝道:“你的庙里又没有窝藏妇女，为什么怕我偷看?”这和尚武功不弱，但却毫无对敌经验，给这块石头打个正着，登时摔了一跤，伤得虽然不重，急切间却是爬不起来。

那“小贼”哈哈笑道:“看你这秃驴还敢胡乱赖人!”笑声未已，忽地一条人影快如闪电地落在他的面前，一抓就抓着了他的琵琶骨。

来的这个人不是别个，正是杨炎。

那“小贼”大声叫道:“放开我、放开我，我真的没有做贼。你们出家人理当慈悲为怀，怎的竟要非刑拷打我吗?”原来杨炎来得太快，在背后将他抓住，他根本还没看清楚杨炎的面目。

杨炎忍俊不禁，笑道:“你看清楚了，我可不是和尚，但我不值你的所为，这闲事我非管不可。”

那人说道:“你怎知是我不对?”

杨炎说道："好吧，假如你认为你并没做错，那也可以把道理摊出来，大家评评。他们说你偷入后堂，偷入藏经楼，有这事吗？"

那人说道："你是法官吗？我不能受你审问！"

杨炎说道："你做错了事，就该解释。你却对事主反而口出恶言，还打伤了事主，无论如何，总是你的不对。你不说个明白，哼，我可要对你不客气了。"他轻轻一扭，把那人扭得杀猪般地大叫起来。

就在此时，忽听得有人念了一声"阿弥陀佛"，接着说道："我佛慈悲，施主，你就饶了他吧。"

杨炎抬头一看，只见一个老和尚正在向他走来。

杨炎说道："这位大师是……"

那老和尚道："老衲正是此寺方丈。"

杨炎说道："这个人到你的庙里偷东西，你反而替他求饶？"

那老和尚道："我已经查过了，侥幸并没什么东西失窃。"

那人冷笑道："这可是主持方丈亲口说的，你们应该相信我不是贼人了吧？"

杨炎疑团莫释，问那主持："这人偷偷跑进贵寺不许外人擅自闯入的内院，有这事吧？"

那老和尚道："不错，他是不告擅入。不过他也确实没有偷盗的行为，老衲也不想追究了。"

杨炎说道："总得问明他是何等样人以及为什么要这样做吧？"

那老和尚道："此人行为不当，施主亦已给了他薄惩了。他既然不愿意说，我看也就算了吧。"

若依杨炎的脾气，他是要问个水落石出的。但此际日际已是西斜，他们还要到卢师山去找寻丐帮分舵，有事在身，却是无暇查根问底了。

"老和尚，你是事主，既然你不愿意追究，好，那倒是我多事了。小贼，便宜了你，滚吧！"杨炎放开那人，便即走路。

那老和尚道："施主，你见义勇为，老衲还是感激你的。请和贵友进小寺喝杯茶吧。"

杨炎说道："多谢好意，他日再来拜候。不过，请老和尚恕我直言，出家人慈悲为怀虽然不错，可也得小心执迷不悟、难以点化的阴诈小人！”

那老和尚道：“是，老衲承教了。”

杨炎发过了脾气，加快脚步，追上早已走在前面的齐世杰和龙灵珠。

龙灵珠笑道：“炎哥，想不到你比我还更喜欢多管闲事，其实这种芝麻绿豆的小事管它作甚。”

杨炎说道：“那小贼可不是普通的小贼，他偷入庙里却又没有偷取任何东西，更是可疑。哼，那老和尚也真是不识好歹。”

齐世杰道：“你想得到的那老和尚也一定想到了。我看就因为那人不是普通小贼，因此老和尚才不愿意惹事上身。”

杨炎说道：“表哥，你的江湖经验比我丰富，依你看那小贼……”

齐世杰道：“他跑来西山的目的，恐怕也是和咱们相同。”

杨炎恍然大悟，说道：“你是说，那小贼跑到和尚寺去，就是为了看看有没有可疑的人物藏在这个庙里？”

齐世杰道：“这是我的猜想，但愿猜得不对。”

杨炎笑道：“我倒宁愿你猜得一点不差。”龙灵珠道：“为什么？”杨炎说道：“说明白点，如果表哥猜得不错的话，他要找的可疑人物自是解洪和方范两位师兄了。既然鹰爪还要寻找他们，那不是说他们现在尚平安没事吗？”

龙灵珠笑道：“咱们也不必胡乱猜测，反正到了卢师山就会分晓。”

过了翠微山，已是杳无人迹，他们可以无须避忌，施展轻功，没多久就到了卢师山了。

齐世杰虽然知道丐帮分舵是在卢师山的秘魔崖下，秘魔崖的地形孟元超亦曾对他描述，不过他从未来过，要在崇山峻岭之中找寻这座秘魔崖，可还得费一番气力。

正在他们留心寻找之际，忽听得有两个人说话。

一个说道：“他们说丐帮的秘密分舵在西山上，西山有三座山，却怎知是在何方？不过，连平坡山的顶峰咱们都上去过了，一个叫花子都没见着，那个消息恐怕未必是真。”

另一个道："乌总管可是责成咱们务必要打听到一点消息的。虽说三座山头咱们都曾上过，但也不过是跑马看花而已。"

这两个人隔着一个山坳说话，根本就没防备在这荒山上有人偷听。

杨炎心道："表哥料得果然一点不差，乌苏台派来查探解洪的人还不止一批哩。"

先前那个人冷冷说道："你倒是对总管大人忠心得很，不过，你可曾想到一件事？"

他那伙伴道："何事？"

那人说道："第一、丐帮的秘密分舵，未必是在西山，第二、即使当真是在西山，咱们打探到了，又怎么样？万一引起他们的怀疑，老兄，你的武功虽然比我好，恐怕也对付不了那些叫花子吧？"

他那伙伴道："当然最好不让他们发现，万一给发现的话，嗯、嗯，那还是有办法应付的。"

那人道："什么办法？"

他的伙伴道："表明身份！谅那些叫花子也不敢公然和咱们大内侍卫作对。"

那人冷笑道："我道你有什么高明办法，原来打的是这个吓唬人家的主意。不错，那些叫花子可能给你吓退，但你却先犯了禁了。乌总管怎么吩咐咱们的？"

他的伙伴道："乌总管是曾吩咐咱们只能暗访，不可明查……"

那人道："着呀，连明查都不可，那还能许你表明身份？"

他的伙伴道："我说过，这只是不得已而为之的，说明白些，这道护身符是必要时才拿出救命的。"

那人道："只怕你保得了命，却掉了官。"

他的伙伴道："好，那我倒听听你的，你又有什么好主意？"

那人道："依我说，咱们不如就这样回京算了。"

他的伙伴道："什么消息都打探不到，就这样回京？而且总管大人给咱们的限期是五天，还有两天未满期哩。"

那人说道："你怎的这样老实，随便到什么地方玩两天不行吗？待到后天，咱们回去禀报，就说在西山连一个叫花子的影儿都没见着。这也是实在的情形，并非咱们说谎呀。不错，咱们空手而回是难免要受总管责骂，但总比冒着被那些叫花子大爷打一顿的危险好些。”

他那伙伴过了片刻方始叹口气道：“好吧，不必有功，但求无过，这本来是做官的法门。”听口气，他似乎仍然不大甘心。

龙灵珠小声说道：“炎哥，你听见这两个家伙的说话没有？”

杨炎道：“听见了。”龙灵珠道：“咱们过去把这两个鹰爪生擒吧。”

杨炎说道：“不要多事，你没听见他们已经打了回京城去敷衍塞责的主意？”

此时那两个人已经走出山坳，距离虽然还在百步开外，但他们亦已开始发现杨炎这一行了。

一个低声说道：“咦，你看那边那三个人，还有一个小姑娘呢！这三个人跑来此地纵然不是疑犯，也不是什么好路道。叫花子你既然不敢惹，不如捉这三个人回去如何？”

另一个就是那主张敷衍塞责的人，听他这样说却皱起了眉头。

那人眉头一皱，说道：“多一事不如少一事，何必给自己惹麻烦？”他的伙伴笑道：“这小娘儿可长得不错啊！老大，你又何必假正经，前几天你还调戏过良家妇女。”

那人哼了一声道：“老三，你真是糊涂，这小娘儿岂是寻常的良家妇女可比，只怕……”话犹未了，忽见面前已经多了个人，可不正是那“小娘儿”是谁？

原来龙灵珠听得心头火起，不理杨炎劝告，就来找他们的麻烦。

那个“老三”此时当然亦已知道这个“小娘儿”不是“寻常的良家妇女”了，但他自恃武艺高强，仍然嬉皮笑脸地对着龙灵珠说道：“太阳快要落山了，你一个如花似玉的小姑娘怎的还跑到荒山上来？”龙灵珠道：“你怎的又跑到这荒山上来？”

那“老三”道：“我的说来话长……”

龙灵珠道：“我的也是说来话长，咱们坐下来慢慢谈如何？”说罢，嫣然一笑，而且向那人招一招手。

那人魂飞魄荡，正要说声“好呀!”不料话到口边，变成了“哎哟”的一声尖叫。

与此同时，那个“老大”也忽地大叫一声“不好!”原来他们已是同时着了龙灵珠的暗算。

那个“老三”只觉膝盖一麻，“咕咚”一声，登时跌倒，那个“老大”稍为好些，但也突然觉得胸口发闷，却不知道中了什么暗器。

“老三”已是不能动弹，那个“老大”情知这个小姑娘的本领比他们高明得多，不敢还手，逃命要紧，慌忙抱住同伴，骨碌碌地就滚下山去。他有一身横练功夫，倒是不怕被石子擦伤。

龙灵珠格格笑道：“喂，你们不是要和我谈心么，怎的这样快就跑了?”

杨炎走过来道：“何必和这些小鹰爪孙为难?”

龙灵珠双眼一翻，说道：“我气不过他们胡说八道，他们偷偷跑来侦查丐帮，受点惩罚也是应该的!”

杨炎说道：“不是不应该，不过……”

龙灵珠道：“不过什么？我也没有取他们性命，已经算是便宜他们了。那个老三，中了我三支梅花针，我用的是独门手法，大概他是非残废不可了。那个老大，为人似乎较好，我只送给他一根梅花针。炎哥，你说我暗器的手法妙不妙？嘿、嘿，我虽然是‘小妖女’，暗器可也是因人而施呢!”她好像孩子要大人赞美她的“得意杰作”，说得兴高采烈。

正在她说得兴高采烈之时，茅草丛中，忽然有人哈哈一笑。

杨炎喝道：“朋友请出来吧!”

那个人同时发话：“姑娘好暗器功夫，可否让在下也见识见识?”

这刹那间，杨炎与龙灵珠同时出手。

杨炎使出“龙爪手”，向声音来处，凌空一抓。

龙灵珠则是飞出了三枚透骨钉。

只听得“叮叮”声响，三枚透骨钉都飞了回来，几乎是擦着龙灵珠鬓边飞过。

那人倏地现出身形，向山上跑去，口里却在叫道："好功夫，有胆的请上这座山峰和我较量较量。"他跑得很快，从背影看来，似乎是个四十岁左右的汉子。

杨炎心念一动，喝道："朋友，你是何人？"

那人笑道："有胆的你追来，我自然会告诉你。"

杨炎猜疑不定，心里自思："我使那招龙爪手之时，距离不过十步之内，这人丝毫不受影响，立即便能反身逃跑，他的武功纵然未必能够胜我，似乎也不在我之下。再者，他反打回来的三枚透骨钉，以他所显露的功力，要伤灵珠似乎亦非难事，何以他手下留情？"

龙灵珠吃了一点小亏，又羞又气，已经先追上去了。

她的轻功倒是比那人高明少许，不久就追上了。

"你要较量，就在这里较量吧！姑娘没工夫和你比赛轻功！你不停步，可休说我从背后偷袭！"龙灵珠刷地抓出剑来，喝道。

那人哈哈一笑，果然停下脚步，转过身来！

但他的回答却是颇出龙灵珠意料之外。

"唔，这个地方也可以了。不过，我却并不是要和你较量！"

龙灵珠怒道："你不屑和我动手吗？好，你若看不起我，和我的朋友较量也行。"

那人说道："哪里，哪里，姑娘的暗器功夫我十分佩服，刚才我不是说过了吗？至于你这位朋友，他的武功更是在我之上，我又怎敢和他较量。"

龙灵珠虽然怀疑他说的乃是"反话"，但别人这样称赞她，她倒也不好意思发怒了，说道："你不是说要和我们上山较量吗？怎的说过的话又不算数了？"

那人笑道："我就是想在山上和你们说可以'算数'的话啊！"

龙灵珠一怔道："你这话是什么意思？"

杨炎和齐世杰亦已来到。

杨炎忽地笑道："灵珠，你还不知道他是谁吗？踏破铁鞋无觅处，得来全不费工夫。灵珠，咱们这次可都是走了眼了。"

龙灵珠怔了一怔，道："他，他是……"

齐世杰已是向那人发问："请问阁下是丐帮哪位香主?"

龙灵珠道："咦，你们怎么知道他是丐帮的香主?"

杨炎一指，说道："你仔细瞧瞧!"

龙灵珠定睛看去，这才发现那人的衣衫上有几个补丁。丐帮规矩，无论职位多高，都是必须穿破衣的。即使是新衣，也须打上补丁。那人已自向齐世杰道："好眼力，你是从哪里来的? 来此作甚?"

齐世杰道："我是从柴达木来的，奉孟元超大侠之命，前来拜访支舵主。"

那人说道："如此说来，咱们是朋友了。"伸出手来与齐世杰一握。

只见两人身形一晃，同时把手放开，哈哈大笑。

那人说道："要是我猜得不错的话，你是曾经和尉迟大侠打成平手的齐世杰!"

齐世杰道："不敢。其实那次我只是勉强接了尉迟大侠的一百招，还是他故意让我的。"

龙灵珠道："你也好眼力啊，你怎么看出来的?"

那人说道："齐少侠的六阳手当世第一，我虽然孤陋寡闻，六阳手的奥妙还略知一二。"

杨炎喜道："方亮和范魁想必是在贵帮了?"

这次龙灵珠可是一听就懂得杨炎为何这样发问了，要知方亮和范魁乃是杨牧的徒弟，这人识得六阳手的功夫，自是从方范二人那里得以略窥一斑的。

果然那人说道："不错，解洪也在敝帮。"

杨炎正想请教他的姓名，齐世杰已在说道："要是我猜得不错的话，阁下想必是北京丐帮分舵的香主皇甫嵩!"

原来齐世杰早已听得孟元超说过，北京丐帮分舵有两位香主，一个叫皇甫嵩，是少林派弟子，金刚手的功夫在江湖上罕有其匹；一个叫司马玄，是六合刀法的传人。这两个人虽然不过是丐帮分舵的香主，年纪亦未到四十，但武功已是足以挤进一流高手之列。齐世杰一想丐帮分舵的支剑峰年龄已过六旬，故此一猜就猜个正着。

皇甫嵩道："齐少侠好眼力，佩服、佩服。恕我眼拙，这两位是……"

齐世杰道："他是我的表弟杨炎，这位龙姑娘是他的朋友。"

皇甫嵩吃了一惊，接着哈哈笑道："原来你们两位，就是不久之前，曾在祁连山上大显身手，震惊各派的那两位年少英雄，怪不得本领如此高强！"

龙灵珠笑道："我一向被人家称为小妖女，多谢香主给我脸上贴金，但这年少英雄四字我可愧不敢当。"

杨炎笑道："灵珠，你固然是第一次听见有人称你为年少英雄，我也是第一次听见你说话这样谦虚。"

龙灵珠笑道："你别把我说得只是一味狂妄无知，别人本事比我高明，我还是心服口服的。对啦，皇甫香主，我有一事不明，想向你请教。"

皇甫嵩道："龙姑娘不必客气，请说。"

龙灵珠道："我不是和你客气，你的本领确实是比我高强。我也正是因此而有疑问，请问你为什么不对付那两个鹰爪孙？你埋伏在旁，不是在暗中跟踪他们的吗？"

皇甫嵩道："不错，我是在暗中监视他们。不过他们既然未曾发现敝帮的分舵，我也无须打草惊蛇了。你说是吗？"

龙灵珠恍然大悟，说道："你把我们引开，想必也是因为恐怕他们尚未走远，怕给他们听见？"

皇甫嵩道："小心一点，总是好些。姑娘不会怪我刚才故弄玄虚吧？"

杨炎接着笑道："现在你该明白，为什么我阻止你惩戒那两个鹰爪孙了吧？"

龙灵珠好生后悔，说道："我明白了。我这次多管闲事，倒是替贵帮添上麻烦了。"

皇甫嵩道："这两天我们正想转移分舵，早一点搬家也好，姑娘不必自咎。"

他说得虽然平淡，但龙灵珠从他的语气中，亦已知道，她给丐帮添上的恐怕不仅是"一点麻烦"了。

“这次我真是做错事了。不过，那两个鹰爪孙中了我的梅花针，伤得较轻那个，下山之后，最少也得卧床三日，才能动弹。”她只能这样安慰皇甫嵩，同时也是自我安慰了。要知那两个人既然不能立即回京报讯，那个乌苏台即使仍然怀疑丐帮分舵设在西山，最少也得在三日之后，方始会派另外的人来的。

他们边走边说，不知不觉，已是来到秘魔崖下。正是：

喜在西山会豪杰，请看龙虎斗京华。

欲知后事如何？请听下回分解。

第四回　情真戏假争权位
李代桃僵脱网罗

妖人出现

只见一块从山顶凭空伸出来的岩石，下面有一片平地，好像张开了的狮子嘴。齐世杰正自奇怪，任何建筑物都没有，丐帮的分舵是在何处？心念未已，只听得皇甫嵩一声长啸，接着禀道："有远客到！"

啸声尚自山谷回旋，那块硕大无比的岩石，突然在接近地面之处开了一道门，一个老叫花走了出来。

齐世杰曾经听得孟元超说过北丐帮分舵舵主支剑峰的相貌，一见便知这老叫花是支剑峰了。

支剑峰见有陌生人，双袖一摆，阻拦齐世杰向他行礼，问道："哪方来的贵客？"

忽听得有人叫道："齐师弟，你来了！"是跟在支剑峰后面出来的范魁。方亮和解洪接着也出现了。

支剑峰哈哈大笑："原来是最近名播江湖的齐少侠来了，这可真是贵客了。齐少侠想必是从柴达木来的吧。"

皇甫嵩笑道："这两位也是最近做了一桩事情，名震江湖的年少英雄，而且他们也是从柴达木来的。"

解洪上上下下地打量了杨炎一番，忽道："你不是那天晚上将我从保定府衙救出来的那位英雄吗？恩公，你真是想煞我也！"原来那天晚上，杨炎将他从监牢里劫出来，一直没有和他说过一句话。

杨炎笑道："你和我的两位师兄是平辈，怎能叫我恩公，不乱了辈分么？"

范魁怔了一怔，说道："你是杨炎师弟？"

杨炎说道："不错，我就是杨炎。自己人你用不着和我客气。"范魁也是那晚从方豪家中被救出来的，他怕范魁多礼，先行拦阻。

支剑峰消息灵通，早已知道祁连山那桩事情，越发高兴，哈哈笑道："杨老弟，你在祁连山打败正邪各派的许多名人，我虽然不知道内里原由，但我也不相信那些对你们的漫骂的。嘿嘿，不管你们是好是歹，你们敢做出这桩惊天动地的事，老叫花已是对你们佩服了。这位想必是龙姑娘吧？"

龙灵珠心道："这老叫花的脾气倒是对我脾胃。"大为欢喜，便即笑道："不错，我就是被那些人骂为小妖女的龙灵珠。"

支剑峰道："好，好，请进里面说话。"

坐定之后，齐世杰说明来意。解洪说道："多谢你们关心，义军所要备办的药材，我得支舵主之助，倒是已经采购齐全了。只是无法运出去。"

支剑峰道："义军派人到京城采购药材之事，鹰爪已经知悉。幸亏我是运用人事关系，早已买下来的。不过要运到数千里外的柴达木，可就难了。近来盘查正紧，听说多买几包药材，也要受到盘查，大批药材，如何可以避过鹰爪耳目？即使运得出城，在路上也随时会出事的。"

齐世杰道："药材藏在何处？"

支剑峰道："幸亏我早已运出京城，如今就藏在秘魔崖内。不过山下也还是京郊，一定有鹰爪巡逻的。即使通得过这一关，走这长路，也还得有人保镖。"说至此处，不觉笑道："这个镖恐怕是没有人敢保了。嗯，逼不得已时，只有我自己亲自出马了。不过，可惜我目前还不能抽身，必须等待司马香主回来。"

解洪说道："不，不！这件事我们绝不敢麻烦丐帮。贵帮给我们的帮助已经太多，只能到此为止了。"

方亮恐怕杨炎不解其中缘故，加以解释道："丐帮虽然和义军暗通声气，但并未和清廷公开作对的。这件事虽然也不能算是小事，但为了此事，就把整个丐帮卷入漩涡，那还是得不偿失的！”

齐世杰忽道：“让我毛遂自荐来保这支镖如何？”

支剑峰道：“老弟，你的本领虽然高，但只凭你一个人……”

他沉吟不语，杨炎已是懂得他没有续说下去的意思，不过他却没有搭腔。

支剑峰好像有点失望，说道：“这件事慢慢再说吧。对啦，说起保镖，我倒想起震远镖局来了。齐少侠，听说令堂现在震远镖局？”

齐世杰道：“不错。我也已经见过家母了。实不相瞒，我们就是因为不便在镖局居住，才想到要来这里暂避两天的。”

支剑峰道：“镖局出了什么事？”

齐世杰叹了口气，把眼望向杨炎。

杨炎说道：“你尽管说吧，我不怕家丑外扬！”

支剑峰一听便已明白，说道：“齐少侠，你不必说了，想必是令舅要和震远镖局为难。”

齐世杰点了点头，说道：“后天就是韩总镖头闭门封刀的日子，所以我也必须等待过了后天，才能做别的事情。”

支剑峰道：“我早已收到了韩老镖头的请帖，后天我可以和你一起去。”

齐世杰喜出望外，说道：“那好极了。”

支剑峰忽地面向龙灵珠，说道：“二十年前，有一位外号玉龙太子的展大侠，不知与姑娘可有渊源？”

龙灵珠怔了一怔，心想：“他怎知道我的来历？”当下也不隐瞒，说道：“正是家父。我是跟母亲姓的。但不知舵主何以有此一问？”

支剑峰道：“令尊生前我与他曾见过一面。白驼山主与他结仇之事，我也稍稍知道一些。最近我才知道，姑娘在祁连山所遭遇的事情，其实是白驼山主在背后主谋的。”

龙灵珠这才知道他是从这件事情猜到自己的身世的。不禁问道：“家父与白驼山之事，可是家父生前亲口和你说的么？”心想：

“此事父亲最好的朋友萧逸客也是后来方始知道，这个支剑峰的名字，她的父母生前从未提过，似乎纵有一点交情，也不在好友之列，何以他又得知？”支剑峰道：“不是。我是从别的地方听来的。”接着问道：“白驼山主要搜捕姑娘，此事并不奇怪。但另一件事情，可是令我想不通了。听说天山派的弟子也曾参与搜捕姑娘之事，何以天山派竟与白驼山合流呢？”

龙灵珠道：“天山派与我为难，那是为了另外一桩事情，与白驼山不相干的。”她见支剑峰没有说出何以得知秘密，她也不想和支剑峰详言了。

这晚三更时分，杨炎由于心事重重，尚在辗转反侧，未曾入梦，忽听一声长啸，好像在远处隐隐传来。

杨炎吃了一惊，心里想道：“这人的传音入密功夫，可是不弱！”

他披衣而起，只见支剑峰已经开了那道暗门。

啸声远来，传到石窟之中，声音不过有如微风之吹落叶，杨炎是由于内功深湛，听觉特别灵敏，才听得见的。龙灵珠可没有惊醒。齐世杰则是刚刚醒来。

杨炎悄声说道：“舵主，我和你一起出去。”

支剑峰点了点头，却对齐世杰道：“齐少侠，请你替我看守老家吧。”

出了秘魔崖，支剑峰迈开大步，杨炎的轻功虽然不输于他，也要费相当气力才跟得上。见他无须纵跃，就走得飞快，一点不费气力的模样，心里暗暗佩服。

杨炎追上了他，问道：“这对头是谁？”

支剑峰道：“是自己人。”听得此言，杨炎倒是颇感出乎意料了。

杨炎问道：“这人是谁？”心想此人莫非也是和我一样，只知丐帮的分舵设在西山，却不知是在秘魔崖内，故而借啸声通报。

支剑峰道：“他是敝帮香主司马玄。”这一回答又是大出杨炎意料之外。

本帮的香主回来，何须用啸声通报？支剑峰听得啸声，又何以如临大敌，神情这样紧张呢？何况这几天风声正紧，深夜长啸，不怕有鹰爪窥伺在旁，泄露了丐帮分舵的秘密么？

正自起疑，只听得啸声又起，这一次是听得更加清楚了。

支剑峰似乎吃了一惊，说道："不好！"

杨炎莫名其妙，说道："什么不好！"

支剑峰道："司马玄碰上强敌，受了伤了！"

杨炎不禁吃了一惊，说道："你怎么知道？"

支剑峰道："他的第一次啸声，我已听出中气有点不足，这次啸声更弱，恐怕已是受伤！"

杨炎却听不出啸声有什么异样，心中半信半疑。他曾学过听声辨向的本领，听得出声音来处，距离少说也还在一里开外。从这么远地方传来的啸声，支剑峰居然听得出是什么人，而且还知道他受伤的深浅，实是有点不可思议。

"司马玄与皇甫嵩并驾齐名，在武林中业已算得是一流高手，除非是乌苏台和卫长青等人前来，否则鹰爪之中，又有哪个能够令他受伤？"杨炎心想。而乌苏台与卫长青以大内正副总管之尊，目前又正有事于京师，当然是不会三更半夜，跑到西山来的。

支剑峰已是无暇与杨炎说话，加快脚步，循声觅迹。果然跑了片刻，便听得吆喝之声，听得出是有两个人正在拼斗了。

距离已经在半里之内，支剑峰陡地也发出一声长啸！杨炎暗自想道："支帮主这一啸功力深厚，不怕吓跑了敌人么？"按他的想法，是应该不露声息地突如其来，把敌人生擒的。

心念未已，果然便看见一条黑影，出现在那边山坡，向山下逃跑。

与此同时，听到了另一个人的呼喊："帮主，别理我，先擒敌！"声音嘶哑，杨炎也听得出这个人是受了重伤了。此时他方始恍然大悟，支剑峰的啸声，正是要吓跑敌人的。原因当然是因为他已知道司马玄受了重伤，生怕赶救不及之故。

说时迟，那时快，支剑峰已是迎上那人。

支剑峰喝道："鹰爪孙往那里走！"一记铁琵琶，迅如闪电地掴那汉子面门。

那汉子霍的一个“凤点头”，闪是闪开了，但脸庞给掌风刮过，也有点感到辣辣的滋味。那汉子大怒喝道：“老叫花，你敢情是支剑峰了？”支剑峰沉声道：“是又怎样？”第二掌跟着拍出。

那汉子冷笑道：“好，那我倒要看你究竟有多少本领，有胆的和我斗百招！”口中说话，身形游走，已是抢进支剑峰左翼的空门还击。

支剑峰掌随身转，好似对方这一记反击早已在他意料之中，掌势迅速移至空门，刚好迎上。

那汉子右掌划弧，轻轻一带，左拳突出，变成肘底看锤。左刚右柔，配合得恰到好处，竟是在间不容发之际，把支剑峰的攻势化解了。

掌风激荡，支剑峰忽觉一缕甜香，沁入鼻观。饶是他功力深湛，在这瞬间，亦是有点懒洋洋的感觉。支剑峰心头一凛，喝道：“原来你是白驼山的妖人！”手背向外一挥，这一记铁琵琶手已是用上了八九分的真力！

双掌相交，只听得“蓬”的一声，那汉子接连退出了六七步。

但支剑峰却没有乘胜追击，他哼了一声，喝道：“这笔账暂且记下，日后和你再算！”

原来他与那汉子过了三招，自忖若是只凭本身功力，单打独斗，恐怕自己也要在百招开外方能取胜，但那汉子显然是练有毒掌的，久战下去，支剑峰必须同时运功抗毒，那就恐怕三百招也未必能胜对方了。他初时料敌过轻，以为这汉子已经与司马玄恶斗一场，自己一出手便可将他活擒，如今发觉自己的估计完全不对，当然是救朋友要紧，不敢拖迟了。

那汉子领教了三招，亦自有点忌惮，当下哈哈一笑，说道：“支剑峰，你只敢和我斗三招吗？好，那点就照你划出的道儿，剩下的二百九十七招，我日后向你再讨！”扔下了几句门面话，拔步便走。

杨炎喝道：“我和你斗二百九十七招！”那汉子只觉微风飒然，杨炎已拦在他的面前。

那汉子吃了一惊：“这少年身法好快！”但见杨炎如此年轻，也不怎样放在心上。

“你这娃儿要来送死，我就成全你吧!”那汉子声出招发，拳掌兼施，正是刚才用来攻支剑峰那招。

杨炎双掌盘旋，圈子由大而小，反击之力，则是越来越强。

那汉子刚才用这一招，和支剑峰也差不多可以打成平手，他见杨炎如此年轻，只道此招一发，定能手到擒来，哪知结果却是大出他意料之外。

原来杨炎发的这招，乃是把天山剑法中的大须弥剑式化到掌法上来的，大须弥式奥妙无穷，敌强愈强，用以防身，更是最好不过。那汉子功力分明是在杨炎之上，但不知怎的，总是攻不进杨炎的防御圈内。

那汉子强攻不逞，倏地变招，伸出左手，五指如钩一招“游空探爪”，抓杨炎肩上的琵琶骨。右掌同时加强压力，意图逼使杨炎顾此失彼。

杨炎哈哈一笑，喝道:“好，咱们见个真章!”依样画葫芦地也是一爪抓出，不过他这一招乃是龙则灵所传的“龙爪手”，比那汉子的“游空探爪”，更为厉害得多。那汉子一觉劲风飒然，便知不妙，急忙化抓为掌，和杨炎硬碰一招。杨炎晃了两晃，他也不由自己地退出两步。只从表面看来，是杨炎稍稍占了一点便宜。但认真说来，杨炎这一招本已得到制敌先机之利，结果却还是打成平手，论功力还是比不上对方的。

不过这汉子已是吃惊不小了。吃惊的不但是由于杨炎的功力在他估计之上，另外还有两个原因:第一、他本来是个武学的大行家，但杨炎用这两招，他却一点也看不出门道。第二、最令他吃惊的是，他的掌上本是涂有一种可以令人筋酥骨软的药物的，虽然这种药物，不是直接吞服，功效较差。但他掌风挥发药力，对方吸得多了，也会消失抵抗力量的。如今杨炎与他过了两招，竟似丝毫不受影响。而且第二招和他硬拼，显示出的功力比第一招还强。这汉子如何能不吃惊。

杨炎一退复进，喝道:“来而不往非礼也，你也接我一招。”双掌画了一个大圈圈，大圈圈之中又有许多小圈圈，圈里套圈，弄得那汉子眼花缭乱。陡然间只觉好像身置漩涡之中，四面八方，都受到回旋震荡的对方掌力。

不过这一招这汉子倒是认得，吃了一惊，喝道："萧逸客是你的师父吗?"原来杨炎用的这一招乃是萧逸客新创的"扫叶掌法"。而这汉子就是去年曾经在祁连山上和萧逸客交过手的那个宇文雷，宇文雷却不认识他。

杨炎笑道："萧老前辈不肯做我的师父，他教我这套掌法是有条件的，你想不想知道?"

宇文雷哼了一声，道："什么条件?"

杨炎说道："那天你用诡计伤他，因此他要我用他所传的功夫杀你!"

宇文雷道："哼，凭你这小子就能杀我!"口里这样说，脚底却已是抹了油，转身跑了。

杨炎喝道："你说我杀不了你，为何不敢再打?"

宇文雷跑得飞快，声音已是从百步之外传来："你是小辈，我不屑和你动手。你回去告诉萧逸客，他要报仇，可以随时到白驼山找我!"

当然这只是遮羞的门面话，要知他见自己的毒掌奈何不了杨炎，心里已是怯了几分，凭真实的武功，自忖实是并无必胜的把握，支剑峰此时正在救治受他所伤的司马玄，倘若时间一长，支剑峰就能腾出手来，那时他只怕要跑也跑不了，他如何还敢恋战?

杨炎哈哈笑道："原来你只有和我斗招的能耐，居然还敢说这样的大话！天下面皮最厚的人，恐怕是非你莫属了!"

他调侃了宇文雷，替支剑峰争回面子，也就不再追赶宇文雷了。

此时支剑峰已经替司马玄裹好了伤，但司马玄却仍是神智迷糊，而且突然手舞足蹈起来。

"舵主、舵主，你别理我。哦，我好难受。不、不，我好舒服。飘呀，飘呀，飘呀，天上的白云飘，我好像是在云里飘……"司马玄开头说的两句还有理智，越说越莫名其妙，竟似患了癫狂症了。

支剑峰束手无策，说道："杨老弟，多亏你替我赶走了白驼山的妖人。但却不知这妖人练的是哪一门毒掌，老弟，你和他交手，好像并不怕他的毒掌？"原来支剑峰功力深厚，虽然是在替司马玄治伤之际，依然能够眼观四面，耳听八方。

他猜得不错，杨炎果然说道："舵主不用担心，我有解药。"

支剑峰又惊又喜，说道："老弟，你的神通可真是不小，白驼山的独门解药，怎的会到了你的手中？"

杨炎说道："白驼山有一种秘制的药丸，名为神仙丸，药力和鸦片一样，可以令人吃上瘾的。云中双煞是替白驼山推销神仙丸的人，双煞中的老大马犇曾经被我制服，我这解药就是我在马犇身上取得的。"说话之间，已是把一颗解药给司马玄服下了。

解药果然灵效，不过片刻，司马玄便已清醒过来。

司马玄吁了口气，说道："好厉害的妖人，舵主，多亏你及时赶到，救了我的性命。"

支剑峰道："救你性命是这位杨少侠。"司马玄忙向杨炎道谢。杨炎拦阻他行礼，说道："都是自己人，多谢什么。"司马玄道："这位杨少侠是……"支剑峰道："他从柴达木来的。"司马玄大喜道："这可真是自己人了。这次我因时间不够，未能到柴达木一转，正自感到遗憾。想不到柴达木的使者，已经先到咱们这儿来了。我离开数月，家中可有什么事情发生么？"

杨炎答他是"自己人"不过是因为不愿受他的大礼，急切间想不到更好的措辞，随口说的。他在丐帮做客，陪着支剑峰出来，称为"自己人"也说得过去。想不到司马玄却误会他是柴达木义军的使者。但若要解释清楚，却非三言两语可了，而且也似乎无此必要，杨炎只好让他误会了。

支剑峰道："这几个月间，倒是没有什么大事发生。不过目前却碰着一件棘手的事情，正是和柴达木义军有关的。义军几位朋友都在咱们这儿呢。此事说来话长，待你回到家中之后，见过那几位朋友，咱们再慢慢说吧。"

司马玄把杨炎当作"自己人"，说话就无须避忌了。他先报告遇敌的经过："属下无能，说来惭愧，被那妖人跟踪到了山上方始发觉，但他的来历，属下却还未知。”

支剑峰道：“他的毒掌涂的是神仙丸的药液。”

司马玄道：“哦，如此说来是白驼山的妖人了。”

支剑峰道：“不错，但他在白驼山究竟是什么身份，我也还未知道。”

杨炎说道：“这个人我倒是曾经和他交过一次手。是白驼山山主的侄儿宇文雷!”

司马玄吃了一惊，说道：“这妖人就是不用毒掌，武功也不在我之下。想不到白驼山主侄儿的武功已经这样厉害，怪不得丹丘生要和咱们联手对付白驼山主了。”

丹丘生是孟华的师父，杨炎听得他提起丹丘生，不觉分外留心。

司马玄似乎亦已察觉他的注意，说道：“杨兄弟你是自己人，我说给你听无妨。我奉舵主之命，这次是应丹丘生之请，和他商量怎样对付白驼山的。丹丘生已经发现了他们用神仙丸毒害侠义道人物的秘密，最厉害的是受毒害者服上了瘾，心神都要受他控制。崆峒派已经有几个弟子被发现是给白驼山的妖人控制的了。”

杨炎早已知道此事，心里想道：“劳家兄弟与白驼山勾结之事，他们以为瞒得过掌门人丹丘生，却原来早已给丹丘生发觉了。”

司马玄继续说道：“这次我在崆峒山还意外地碰见了一位大名鼎鼎的人物呢。”

支剑峰道：“这位名人是谁?”

司马玄道：“丹丘生的弟子孟华。”要知孟华虽然是丹丘生的弟子，但他另外的一重身份也是天山派的记名弟子，在天山的时候多，在崆峒山的时候少。而且近年来他在江湖上闯出极大的万儿，甚至有人认为他是继金逐流之后的“武林第一剑”了。故此他虽然是丹丘生的弟子，名气之大，早已不逊乃师。

支剑峰道：“孟华回崆峒山问候师父，那也不是什么稀奇之事。”

司马玄道：“不，他是为了天山派的一桩稀奇事情，以天山派记名弟子的身份来向崆峒派的掌门禀报的。”

杨炎心头“卜通”一跳，已经知道定然是说到自己头上。

果然便听得司马玄接下去说道："据孟华说，他们天山派出了一个逆徒，名叫杨炎。（支剑峰咳了一声，但司马玄却未会意，继续说下去。）年纪不到二十岁，却居然有那么大的胆子和那么大的本领伤害了本门的一位长老。天山派已经决定把他逐出门墙，因此要通知各派掌门，以后别再认他是天山派弟子。孟华本来也要通知本帮的，他见了我，就托我转告了。"

杨炎问道："天山派是否要各派掌门协助他们捉拿逆徒？"

司马玄道："这倒没有。天山派高手如云，清理门户之事，他们是不用别人代劳的。天山派只是怕这逆徒玷污他们天山派的声名，故而依照惯例给各派掌门来个通告而已。"

石天行不会放过自己，这是早已在杨炎意料之中的。但如今是天山派的掌门人亦已听信了石天行一面之词，而且郑重地通告各派了。杨炎并不稀罕做天山派的弟子，但得知此事，心情的激动仍是难以形容。

司马玄又道："孟华并没说明这逆徒是何等身份，但后来我却从丹丘生口中得知，这个名叫杨炎的天山派的逆徒竟是孟华的异父兄弟，你说这事情是不是有点出人意外。孟华侠名满天下，想不到他的弟弟……"

支剑峰连连咳嗽，这次司马玄感觉到了。

司马玄蓦然省觉，连忙移转话题，说道："对啦，杨兄弟，我还没有请教你的大名呢。"心想：该不会这样巧吧？

杨炎咬着嘴唇，缓缓说道："我就是给天山派逐出门墙的那个叛徒杨炎！我本来早就应该告诉你们的：你们把我当作自己人，你们错了！"

司马玄尴尬之极，讷讷说道："杨兄，我实是不知……"

杨炎说道："你现在知道也还不迟，告辞！"

支剑峰哈哈大笑，一把拉着杨炎，说道："杨兄弟，天山派是天山派，丐帮是丐帮！你犯了天山派的门规，内里究竟有何因由，我不便多问，更不愿多管。但对我们丐帮来说，你可是救了我们兄弟的恩人。杨少侠，倘若你并非看不起我，那我们就仍是自己人！"

司马玄接着也道："杨兄弟，你别误会我的意思，我只是责备自己的鲁莽，我不知道杨炎就是你，适才转述别人的言语，要是有得罪你的地方，你别见怪。你是我的救命恩人，我是不会相信天山派的片面之词的。”

杨炎说道：“天山派的人并没说错，我确是犯了他们说的罪名！”

司马玄一拍胸膛，说道：“杨兄弟，即使你当真是做错事，你也还是我的救命恩人，大丈夫恩怨分明，你若有用得着我的地方，赴汤蹈火，我也不辞。只求你不要见外！”

支剑峰道：“杨兄弟，就凭你这样坦荡的胸怀，我就不相信天山派加之于你的罪名。依我想定是你有难言之隐，故此不愿分辩吧！”

他们说得极其诚挚，杨炎叹口气道：“好了，多谢你们相信我！这件事情那就不必提了吧！”

支剑峰只道他已打消去意，本来想劝他不要走的，心想他既不愿再提，那也不必说了。

回到了秘魔崖，齐世杰、龙灵珠与皇甫嵩等人都是早已醒来，亦已知道外间有事情发生了。他们正在焦急地等待支剑峰回来。

一见他们回来，皇甫嵩与龙灵珠都是吃了一惊，不约而同地一个问司马玄，一个问杨炎道：“怎么啦，你是不是受了伤？”皇甫嵩是个武学大行家，他看出司马玄受伤乃是实情，龙灵珠则见杨炎颜容憔悴，神色大异平时，误会他是受伤。

杨炎说道：“我没受伤。”简简单单地只答了四字。司马玄笑道：“我是多亏了杨兄弟，否则性命也保不住。现在这一点点伤算不了什么的。”

司马玄这才把事情的经过说给众人知道。

龙灵珠恨恨说道：“又是这个宇文雷！”

她在祁连山上，几乎被宇文雷捉去，这件事情，齐世杰是知道的。齐世杰说道：“宇文雷本领虽然不弱，我和杨炎相信还对付得了他。龙姑娘你放心，假如再碰上他，我们必定帮你出一口气。”

皇甫嵩道：“舵主，咱们的踪迹已被宇文雷发现，你看要不要作个准备！”

支剑峰道："那批药材是藏在后洞的石窟中，急切之间难以搬移，只好赌一赌运气了。他们即使搜索到这儿，那个后洞的石窟也不是容易发现的。不过，有几个人最好先离开秘魔崖。"

他想了一想，继续说道："丐帮并未与清廷公开作对，目前怕的是给鹰爪搜出药材和他们所谓的钦犯。这样吧，明天你和解洪、方亮、范魁三人躲到平坡山去。我另外派人通知本帮兄弟，这两天不要到分舵来。"

事出仓猝，也只能这样部署了。

这天晚上，杨炎心乱如麻，辗转反侧，不能入寐。

要知他是个性情极易激动的人，得知天山派已经正式通告将他逐出门墙一事之后，心头的波浪自然是难以平静了。他倒没有怎样愤恨，因为这样的结果，早已在他的意料之中。

他也没有为自己担忧，他就是这样的性格，事情已经做出来了，天塌下来，他也愿意承担。

可是他却不能不担心他的冷姐姐。

冷冰儿正在为着他的事情，赶回天山去为他辩护。

他可以想象得到，石天行等人一定要逼她说他的坏话，甚至逼她承认是受了他的侮辱。如今冷冰儿反而替他辩护，那结果也是可以想象得到的，即使不加给她以同样的罪名，她也将受到他的牵连，甚至可能受到很大的羞辱！

冷冰儿是他所爱所敬的"亲人"，想到她可能受到的羞辱，他不禁热血沸腾！

这晚他没有阖过眼，一大清早，他就起来把龙灵珠拉到外面。

龙灵珠与他走到后山无人之处，见他一直没有说话，似乎心事重重，笑道："你一大清早就拉我出来，是不是有什么话只能和我说的。"

杨炎说道："不错，我要求你两件事情。"

龙灵珠笑道："怎的突然这样客气起来？说吧。"

杨炎说道："第一件事，我求你回去陪伴你的爷爷。在过了韩老镖头的闭门封刀典礼之后就回去。"

龙灵珠一怔道："这件事我不是早就答应了你吗？"

杨炎说道："不管怎样，你都不能改变主意！"

龙灵珠学他的腔调和神态，双眼一抬，朗声说道："君子一言，快马一鞭。我虽然不是君子，说出了的话也绝不会改的。"

杨炎说道："好，那恕我不和你一起回去了。你的爷爷住在大吉岭灵鹫峰，峰形如展翅欲飞的巨鹫，很容易认。你会找得到的。"

龙灵珠吃了一惊，说道："为什么你不和我一起回去？"

杨炎说道："我有一件事情要办，办妥了这件事情，我才回去。"

龙灵珠道："什么事情？"杨炎说道："请恕我现在还不能告诉你。"

龙灵珠小嘴一撅，说道："你不告诉我，我就不回去。"

杨炎说道："哎，君子一言，快马一鞭！你刚刚说过的！"

龙灵珠叹口气道："我中了你的圈套了。但我只想请你告诉我，做这件事是不是要冒很大的风险的？你必需说实话！"

杨炎苦笑道："我不知道。但请你相信我，只要我活在世上，我一定会到灵鹫峰与你一起，以后永不分开！"

龙灵珠心里又甜又苦，叹道："其实我也无需问你的，假如不是这件事有危险，你就不会拒绝我与你同行了。我知道你是怕连累我。"

杨炎说道："第二件事情请你代我向支舵主告罪，请他恕我不辞而别。后天你若是见到我的姑姑，也请你代我向她致歉。"

龙灵珠抓着话柄，说道："对啦，后天就是韩老镖头闭门封刀的日子，这件事与你姑姑有很大关系的。难道你不关心你的姑姑，为什么不等待她可以平安离开京师的时候你才走呢？"

杨炎心情激荡，虽然极力抑制，内心的痛苦还是在他的脸上表露出来。"有韩威武、支剑峰和世杰表哥等人帮她，少我一个又有何妨？唉，要是姑姑真有危险，我在她的身边也是无济于事的。别人不知道我的苦衷，难道你也不知？"

龙灵珠默然不语，她已经懂得杨炎的心事了。

要知想要夺取震远镖局大权的人不是别个，正是杨炎的父亲，杨大姑这次来帮韩老镖头，亦即是暗中和她的弟弟作对。不错，震远镖局的纠纷只是起因，背后还牵涉更重大的事情——柴达木义军和清廷的对抗中，杨牧也不过是大内总管的工具。但出面的人总还是杨炎的父亲杨牧。

尽管杨炎武功高强，但他还不是一个大智大勇的人，他经不起这种感情上狂风暴雨的打击。他是想要逃避，避免再见到他的父亲，避免卷入姑姑和父亲冲突的漩涡。

龙灵珠暗暗叹气，心里想道："炎哥，我只道你比我刚强得多，谁知你也有较弱的时候，如今你就是要做逃兵了！"可惜她害怕伤害杨炎的自尊，心里所想的话不敢对杨炎直说出来。假如她敢直说出来，杨炎在受到极大的刺激之后，说不定也会改变主意的。

杨炎心情激荡地继续说道："我本来想过，帮忙解洪把那批药材送到柴达木的，唉，但如今我也只能打消这个念头了。这也是我为什么要对丐帮的朋友不辞而别的原因。"

龙灵珠道："你为什么要打消这个念头？"

杨炎叹道："押运药材之事，齐世杰可以做，别人也可以做。我这件事情，却是任何人不能代替的！"

龙灵珠道："我知道你要去做的是什么事了，你必需三思而行，你……"

杨炎突然点了她的穴道，接着一声长啸，说道："我不管你猜得对是不对，你答应过我的，你必须回去陪你爷爷，我不许你来找我！"

他是怕龙灵珠给点了穴道之后，可能会碰上敌人，故而以长啸召唤秘魔崖内的人来的。

待到支剑峰和齐世杰赶来，杨炎早已走得影子也不见了。齐世杰大为惊诧，解开了龙灵珠的穴道，问道："这是怎么回事？"

说话之间，皇甫嵩与司马玄亦已来到。司马玄心中明白，顿足叹道："都是我不好！"

齐世杰连忙将他拉过一旁，悄悄问道："昨晚你和他说了什么？"

司马玄道："我不知他是杨炎，我把天山派将他逐出门墙之事告诉他了。"

齐世杰吃了一惊，说道："怪不得他要走了。以他的性格，他是绝不能让人代他受过的！"

司马玄不明白他的意思，问道："谁要代他受过？"

齐世杰叹口气道："是一个和他最要好的朋友，也是最爱护他的人。"司马玄仍然不懂，但已是不便再问下去。

"齐少侠，依你看，他是去哪？"司马玄道。

齐世杰叹了口气，说道："我猜他多半是回天山去！"

这次是司马玄大惊了："那不是自投罗网吗？"

齐世杰小声道："别让龙姑娘听见。待这儿的事情了结，我再去找孟大侠和尉迟大侠想办法吧。"

龙灵珠假装闭目疗伤，对他们的说话也没有全部听见，但已经听见一些。

其实即使完全没有听见，齐世杰猜想到的，她亦已想得到了。

冷冰儿愿意代他受过，难道我反而可以置身事外？龙灵珠不由得心乱如麻了。

但她已经答应了杨炎，最少也得过了后天，待到得知姑姑的确实消息之后才能离开京师。不过她已打定了主意，暂时不去灵鹫峰陪她的外祖父了。

封刀大典

韩威武闭门封刀的仪式如期举行。

京师各个镖行的镖师，武术界的朋友，甚至外地的成名人物也有许多来了。

支剑峰也以丐帮北京分舵舵主的身份，在这个盛会中公然露面。

齐世杰与龙灵珠则改容易貌，当作是支剑峰的朋友，和他一起进入镖局。

支剑峰是贵宾身份，和主人同坐一席，齐龙二人则混在人丛之中。

杨大姑没有露面，杨牧也未见来。

韩威武举行了金盆洗手的仪式，跟着就要宣布继任的总镖头人

威远镖局

韩威武闭门封刀的仪式如期举行。京师各个镖行的镖师，武术界的朋友，甚至外地的成名人物也有许多来了。

选了。

就在此时，知客报道："卫大人和杨大人到！"

卫长青挽着杨牧的手，一同进门，跟在他们后面的还有一个人，这个人韩威武却不认识。

但这个人却一点也不客气，也用不着韩威武招呼他，就跟着卫杨二人坐在贵宾席上。

支剑峰见了这个人，却是不禁面色一变了。

原来这个人不是别个，正是前天晚上和他交过手的那个宇文雷。

韩威武见这个陌生的客人毫不客气，不禁有点纳罕，便朝他拱了拱手，问道："这位朋友是……"

卫长青代答道："他是我和杨大人的好朋友，复姓宇文，单名一个雷字。"

韩威武见闻广博，白驼山的山主复姓宇文，他是知道的。但宇文雷的名字，他却没有听说过，一时间也未联想到这个复姓宇文的陌生客人可能就是白驼山的人。他必须给卫长青面子，便循例客套一番，对宇文雷说了一声："久仰。"接着把支剑峰介绍给他认识："这位是北京丐帮的支舵主。"宇文雷也学他的模样，对支剑峰拱了拱手，冷冷淡淡地说了一声"久仰"，装作从前并不相识。支剑峰当然不愿惹事，乐得心照不宣，彼此都不揭穿了。

寒暄已毕，韩威武说道："杨大人，令徒怎样不来？"

杨牧说道："说来真是不幸，小徒成龙患了重病，他是不能来了。"

韩威武心头一松，知道齐世杰说的不假，闵成龙果然是给"自己人"打得重伤了。假意惋惜，说道："令徒本来是我们镖局的旧人，他不能来，真是遗憾。杨大人近来安好？"

杨牧苦笑道："我上了年纪，近来也患了风湿，有点不良于行。"其实他是给蟒鞭打伤，只能用患风湿来作为掩饰的。

韩威武暗暗好笑，却一本正经地道："杨大人，你是镖局的股东，难得你扶病前来，咱们就先谈正事如何？"

杨牧道："我也是为了镖局的事来的，请你说吧。"

韩威武道："我年纪老迈，今日决定金盆洗手，从此闭门封刀。镖局的总镖头一职，记得杨大人以前曾经说过，好像是有意思叫令徒闵成龙继任，但闵兄不幸患了重病，不知他什么时候复原，这个、这个……"

杨牧说道："总镖头的职务是不能虚悬太久的，闵成龙纵然病好恐怕也难胜任，不必考虑他了。"

韩威武暗暗欢喜，只道他已经知难而退，便道："杨大人，本来你若是肯回到镖局做总镖头，那是最好不过。只不过大人你是皇上身边的人，我们纵有此心，也不敢以区区总镖头一职，委屈大人。"

杨牧说道："我当然不会回来做镖头，再说我这点本领也不配做京师第一大镖局的总镖头。"

若然单纯只论本人的武功以及在武林中的地位，杨牧身为杨家六阳手的嫡系传人，他的武功比起韩威武虽略有不如，做震远镖局的总镖头还是够资格的。他说的这两句话，不但是"虚伪的客气"，而且是自相矛盾。要知他曾有意扶植他的徒弟闵成龙接任总镖头，岂有徒弟做得，师父反而做不得之理？因此众人一听，就知他说的是赌气话。但是想道："他的徒弟做不成总镖头，他自己可舍不得不做大内侍卫来做总镖头，眼看这间京师第一大镖局仍是落在韩威武这一派人的手上，难怪他心里不舒服了。"

韩威武但求他不来生事，自是不会挑剔他话中的毛病，抓住他的话柄，便即赔笑说道："杨大人说笑了。大人是不屑屈就，我们也不敢强人所难。不过，继任人选如何定，还请大人出个主意。"

杨牧说道："我是不在其位不谋其政。不过震远镖局也和我总算有一段渊源，趁韩老镖头今日闭门封刀，我也要来办点交代，这才来的。继任的总镖头怎样选出来，我不便插口，只能听韩老镖头主意。"

韩威武觉得他说的这番话有点古怪，但仍然当作他说的是负气话。便道："杨大人客气了。不过杨大人既然不想保荐继任人选，就按镖行的老规矩如何？"

杨牧说道："各行各业，都有它的规矩。按规矩办事，正是理该如此。好、好，好得很呀!”

韩威武想不到他竟然毫无异议，一口应承，大喜说道:“那我就说一说镖行的规矩吧，要是股东没有异议，老镖头退休，十九是在镖局旧人之中选一位武功最佳和声望最高的人继位。”

卫长青道:“我是外人，但请恕我插嘴，多问一句，所谓镖局旧人，股东包不包括在内?”

韩威武道:“当然包括在内，例如我就是以股东身份兼任总镖头的。”

卫长青道:“要是那个股东从未在这间镖局做过镖师的呢?”

韩威武道:“即使是股东保荐的人，只要他的条件足够，也可优先考虑，何况是股东本人?”心想震远镖局的股东只有他和杨牧二人，杨牧师徒已经退出竞逐，那是不愁节外生枝的了。卫长青的问题，等于无的放矢。

卫长青道:“韩老镖头刚才说的条件似乎是着重于声望与武功这两方面，对不对?”韩威武道:“不错。”

卫长青道:“声望高低很难评定，你说你的声望高，我说我的声望高，用什么来做定准?依我说，倒不如干脆只论武功，武功强弱倒是一比就可以比出来的!”

一来因为卫长青的身份是大内副总管，二来他的说法也是未尝没有理由。韩威武心里想道:“只要他们不插手，根据什么条件来选都是一样。”乐得奉承卫长青一句:“大人说得是。”要知继任的总镖头人选，局中是早已内定的了。

资深的老镖师胡中源便即说道:“我推举沐镖师，论武功他是除了老镖头之外，镖局里的第一把好手，我们所有的镖师都佩服他的。这几年来他保了许多大镖，从没失过手！黑道白道他也吃得开，论声望亦是足够的了。”

卫长青道:“这位沐镖头想必就是令婿天澜兄吧?”

韩威武亦已料到有此一问，便即说道:“正是。不过这只是他们的意思。其实小婿年轻识浅，我倒是不放心他担当重任的。”

扬威镖局的总镖头崔立诚以镖行老前辈的身份说道:“韩老镖头此言差矣，成语说得好:内举不避亲。只要令婿有此才能，镖局上下又都服他，老镖头又何须避忌？”

震远镖局的另一个老镖头崔明伦也道：“是呀，沐老弟在镖局的年资虽然不是最深，但他年少老成，屡当重任从未失事，我们这些老镖头都是无不对他心悦诚服的！”他是着重在“资望”二字立论，亦是不着痕迹地替韩威武说沐天澜“年轻识浅”来作分辩。

杨牧打了一个哈哈，说道：“令婿众望所归，难得，难得。不过，我却想说两句话。”

韩威武打了个突，忙道：“天澜其实是不够资望的，要是杨大人心目中有更适当的人选……”

杨牧截断他的话道：“韩老镖头，你会错意了。我并非不赞成令婿做总镖头。我生平也最反对做事情要讲什么年资，试想，若然只讲年资，那么挑一个行将就木的老头子做总镖头岂不最好？韩老镖头又何须退休？”

说话虽然略带讥刺，对韩威武倒是有利。韩威武道：“大人说得好，像我这样的老朽是早该让位给年轻人的了。不过天澜是否老朽‘让贤’的适当人选，那又另当别论。请杨大人抒发高见。”

杨牧又打了一个哈哈，说道：“韩老镖头，你错了。贵镖局的该由何人当总镖头，这种事情是不该问我的！”“贵镖局”这三个字从他口中说出来，众人不禁一愕！

扬威镖局的崔总镖头知道韩威武不方便说话，便代他说道：“杨大人，你是震远镖局的股东，镖局里重要的人事安排本来应该得到你的同意的，你这样说，似乎客气过分了吧？”他和震远镖局的一众镖师同一心思，猜想杨牧说的乃是“反话”，是以绕着弯儿试探杨牧的口风。

哪知杨牧说的并非“反话”。

只见杨牧拉着宇文雷站了起来，哈哈一笑，说道：“我早已不是震远镖局的股东了，我手上所有的股份，都已经让给这位宇文先生啦。”

这一下来得太过突然，震远镖局的人全都变色。

崔立诚与韩威武交情极深，着急之下，无暇琢磨言辞，便即说道：“一间镖局的股份出让是件大事，杨大人怎的到现在才说？”

杨牧冷冷说道："股份出让，是私人的事。朝廷法例，似乎没有特别规定镖局的股份就不能出让的吧？要是哪位怀疑我作弊的话，我可以请卫大人作个证明。"

卫长青接着说道："他们的这宗交易，是由我见证，大家都在买卖契约上画了押的。按规矩本来应该由我会同双方来通知镖局其他股东，适值这两天我比较忙，没有立即办理。不过趁着今天大家在场交代此事，却是正好。韩老镖头大概不会怪我来得太迟吧！"

他是大内副总管的身份，韩威武虽然心内气愤，却也只好苦笑道："卫大人贵人事忙，今天能够抽空驾临，韩某已是感激不尽。"

杨牧说道："我一踏进贵镖局，本来就要交代这件事的。只因为大家正在兴致勃勃地推选新任总镖头，我不便打断大家商量的大事。好了，现在我要交代的已经交代过了，请恕我置身事外了。韩老镖头、宇文兄，你们两位以后多多亲近。"

韩威武只好转而请问宇文雷的意见。

宇文雷淡淡说道："我是外行，当然一切唯韩老镖头马首是瞻。实不相瞒，我就是因为佩服韩老镖头是镖行罕见的人才，才放心买下震远镖局的半数股份的。唉，但却想不到韩老镖头这样早就要闭门封刀！"

这最后一句话已经是话里有话了。

崔立诚双眉一轩，说道："如今韩老镖头已经决意退休，宇文先生要是放心不下，你名下的股份，我可以找几位朋友承受，不过恐怕一时凑不足现钱，请你宽限几日！"

宇文雷哈哈一笑，说道："做生意总是要冒点风险的，何况是做镖局的生意？固然镖局的生意我不在行，但别的生意我更不在行。实不相瞒，我有一半是冲着韩老镖头的威望才买下震远镖局的股份，但另一半也冲着震远镖局这面金漆招牌。"

卫长青还怕别人听不懂宇文雷的意思，跟着说道："不错，有震远镖局这金漆招牌，继任的总镖头纵然比不上前任的韩老镖头，但只要他的本领不是太差，这面金漆招牌也就可以维持不坠了。"

话语已是说得十分明显，问题的焦点还是在于新任总镖头的人选上。

韩威武道：“宇文先生，你心目中是不是另有更适合的总镖头人选，不妨明言。”

宇文雷道：“没有，没有。韩老镖头，请你别误会我是不满意令婿继任。不过，不过……”

韩威武道：“不过什么？”

宇文雷道：“镖局上下，都称赞令婿武功了得，我也相信令婿的武功一定不差。不过，我尚未亲眼见过……”说到这里，突然又不说了，只把眼睛打量着沐天澜。

沐天澜少年气盛，不觉气往上冲，亢声说道：“宇文先生是否想考较在下的武功？”

宇文雷微笑道：“别说得这样严重，不过，要是阁下愿意让我见识见识……”

沐天澜正要发话，韩威武将他止住，说道：“宇文先生到底意欲如何，还是请你打开天窗说个亮话吧。”

卫长青说道：“宇文先生不便说，让我替他说吧。他花了几十万两银子，买下震远镖局一半股份，当然希望有个武功高强、值得他信赖的人做总镖头。大家或者会问，怎样才是值得他信赖的呢！这个他也对我说过了。”

韩威武道：“那就请卫大人代他说出来吧。”

卫长青说道：“他的意思是，只要这个人能够接得下他三十招，就是值得他信赖的了。这条件不算苛吧？”

沐天澜跳了出来，说道：“我不是想做总镖头，但我倒想见识见识这位宇文先生的高明武功，也不必以三十招为限！”

卫长青笑道：“别忙，别忙，我还没有说完呢。宇文兄对谁做总镖头，确实是没有成见的。但倘若镖局里的人，没有谁接得下他三十招，他就恐怕不放心让别人做了！”

沐天澜心头火起，说道：“我但求见识见识宇文先生高明的武功，宇文先生虽然看不起在下，在下可不想占宇文先生的便宜。”

宇文雷微笑道：“沐镖师言重了，我岂敢看不起阁下。这三十招的限定，不过是我心目中的标准而已。假如阁下能够在十招之内将我击败，那我只有更加欢喜，更加深庆得人！”

沐天澜道："好，那就不必以三十招为限，我若然输了给你，我们大伙儿奉你为总镖头！"

卫长青立即抓住他的话柄，道："你这句话，不知韩老镖头与贵镖局的其他镖师可都同意？"

韩威武不知宇文雷的来历，他见宇文雷不过三十左右年纪，比沐天澜大不了多少，心里想道："天澜家学渊源，这几年来，又得我的七成功夫，三十招料想他是无论如何接得下来的。"于是便即说道："要是宇文先生能够在三十招之内击败小婿，老夫亦是为后任深庆得人，可以放心卸下这副担子了。"

镖局里两个年资最深的老镖头胡中源与崔明伦齐声说道："沐镖师是我们镖局公认武功最好的一位镖师，要是宇文先生胜得过他，我们当然愿意拥护他做总镖头！"

宇文雷走出场心，说道："好，沐兄请来指教。沐兄可以不必限招，小弟仍以三十招为限，要是过了三十招，小弟立即认输！"

支剑峰情知沐天澜不是宇文雷对手，心里暗暗担虑。他想要揭穿宇文雷是白驼山的邪派妖人，但一来碍着他有卫长青撑腰；二来他因解洪目前尚在丐帮藏身之事，亦是有所顾忌；三来侠义道虽然把白驼山当作邪派，但镖局和侠义道却不能划上等号。宇文雷是以震远镖局大股东的身份来争总镖头，他的出身如何，那是谁也管不了的。

卫长青发觉他神情有异，已知他在想些什么，立即先发制人，故意问道："支舵主你好像是有话说，是吗？"

支剑峰道："没什么，我只想请问卫大人，这位宇文先生不知是何门派？"

卫长青笑道："丐帮的朋友很多，支舵主料想也不会尽知贵帮朋友的来历吧？"话中有话，弦外之音，不答自答。那是暗示他已经知道"有来历不明"的人藏在丐帮了。只要支剑峰不揭穿宇文雷底细，他也可以不追究丐帮包庇钦犯之事。

支剑峰心中恼怒，但权衡轻重，却是不能不受他的威胁。他低下了头，寻思对策。

卫长青只道他已屈服，得意洋洋地问道："支舵主还有什么话要说吗？要是没有话说，咱们可以看他们过招了。”此时沐天澜早已摆好架式，与宇文雷相向而立，准备发招了。

支剑峰忽道：“且慢，我还有话说！”

宇文雷道：“支舵主有何指教？”心中暗暗吃惊，“这老叫花难道竟然不顾一切，要揭我的底细？”

支剑峰缓缓说道：“指教不敢。我只是想在两位过招之前，提个意见。接纳与否，悉听尊便。”

宇文雷、沐天澜齐道：“愿聆支舵主高见。”

支剑峰继续说道：“宇文先生，你与沐镖师这场比武，用意只是在于试试他的武功如何，对吗？”

宇文雷傲然说道：“不错。”支剑峰继续道：“你们一个是震远镖局的股东，一个是震远镖局的镖师，既然是自己人在比试武功，那么依我之见，这场比试只须分强弱就行，无须拼个你死我活。两位同意吗？”

宇文雷道：“我是希望点到为止的，但只怕万一失手……”沐天澜也道：“我岂敢存心伤害镖局的大股东，但只怕拳头上不长眼睛……”

支剑峰摆一摆手，说道：“两位既然都是但求点到即止，那么纵有误伤，谁也怪不了谁。拳脚上的误伤也不会太严重的。不过暗器和使毒这两门功夫，在这场比武之中，最好不要使用，两位可同意这一条限制？”

宇文雷松了口气，心想：“原来这老叫花是怕我使用毒掌，哼，我不用毒掌也能胜得了他！”其实他也是怕用毒掌给人识破他的来历的，乐得一口即应承。沐天澜根本不会使毒，暗器亦非所长，当然也是立即同意了。

不过在场的宾客，十九都是老江湖，见支剑峰特别提出这一点限制，料想他必然言出有因，对宇文雷的来历却是不禁有所怀疑了。

宇文雷觉察众人对他异样的目光，冷冷说道：“我说过以三十招为限，请各位替我留神数数。沐兄，发招吧！”

沐天澜气往上冲，说道：“我也不想占你的便宜，但你既然夸下海口，我倒要看你三十招之内如何胜我。第一招来了！”右足踏上一步，一记左勾拳劈面打去。握拳的手法甚为特别，拳头上生出三片棱角。

这拳头上的三片棱角可用以击打人身穴道，乃是沐家的家传绝学。宾客之中不乏拳术名家，一见他使出这种江湖罕见的打穴拳法，都不禁喝起彩来。

宇文雷不慌不忙，还了一招，微笑说道：“沐家的苦恼拳别出心裁，果然名不虚传。但却不知是谁苦恼？”原来这种打穴拳法十分难练，练的人在未曾练得成功之时，固然是苦恼非常，但在练得成功之后，用来对付敌人，那就要令得敌人苦恼非常了。

“苦恼拳”这个名称知者甚少，那些看得出这是打穴拳法的名家，十九也不知道这个名称。沐天澜一出手就给他喝破，不禁吃了一惊。想道：“这厮倒是见闻广博，居然识得我的独门拳法。但他是什么门派，我却不知。”心里暗暗惭愧。

宇文雷掌势轻轻一带，把沐天澜的拳头引开。沐天澜反手一掌，以掌背还击，这次用的却是他岳父所传的“铁琵琶手”。名称就叫做手挥琵琶。

宇文雷说道：“不错，这招手挥琵琶已有六七分火候。”口中说话，手底已是一招“白猿探路”，合着双掌，左右一分，双“剪”沐天澜两肩。沐天澜被逼退步变招，这一招“铁琵琶手”可给宇文雷化解开了。

旁观的武学名家看了几招，不禁都是大为诧异。原来宇文雷用以解拆对方攻势的拳法、掌法都是江湖上常见的普通招式。例如：“白猿探路”“三环套月”“雪花盖顶”“枯树盘根”之类，各家各派都有这种招式的。但他用普通的拳法掌法，对付沐家的独门拳法与韩威武所授的“铁琵琶手”竟然能够应付自如。

原来宇文雷不想给人识破他的来历，故而不用本门武功，只用江湖上常见的招式。但因他的内功造诣甚深，普通的拳法在他的手里使出来，威力亦是非同小可。

不过他以普通的江湖招式虽然也应付得了，却是难以取胜。转眼便过了十招，在十招之中，倒是沐天澜占了七分攻势。

旁观的许多名家都松了口气，只道这人虽然功力不凡，打下去毕竟还是抵敌不住沐天澜精妙的拳法的。只有支剑峰与韩威武已经知道不妙，暗暗为沐天澜担心了。

宇文雷试出自己比对方稍胜一筹的功力难以取胜，只好使出本门武功，心里想道："纵然有人识破我的来历，我这总镖头却是做定了。"在第十二招时，拳法陡然一变。忽拳忽掌，忽指忽抓，招数越出越快，越出越奇，把众人看得眼花缭乱，只见两团人影，已是分不出交战双方。

其实宇文雷所用的拳脚功夫也未必就胜得过沐家的"苦恼拳"和韩家的"铁琵琶手"，不过他却占了两样便宜，第一，他识得"苦恼拳"和"铁琵琶手"，而白驼山的武功沐天澜却从未见过。宇文雷是知己知彼，沐天澜是只知己而不知彼；第二，宇文雷的功力本来就比沐天澜稍胜一筹，他用普通的拳法已经可以和沐天澜打成平手，如今使出本门武功，得心应手，自是胜券稳操了。他一改换战术，不过数招便即占了上风。许多拳术名家虽然还未看得出来，支剑峰与韩威武已是知道情势不妙。

支剑峰暗暗着急，心里想道："此地除了我之外，没有谁人知道这厮来历，倘若我不说出来，这间京师的第一大镖局就要落入白驼山妖人手了。"虽然即使说了出来，在法例上也不能阻止宇文雷取得震远镖局的股份，他打胜了沐天澜，按刚才双方同意了的，就该由他做总镖头；但法律是一回事，清议又是一回事。要是把宇文雷的身份抖露了出来，在场的正派武林同道，纵然无权过问震远镖局的事情，也必将反对他，最少也鄙视他的。不过，若说出来，丐帮的北京分舵就将受到极大的威胁，支剑峰权衡轻重，一时之间，实是难以作出这样重大的决定。

支剑峰却不知道，除了他之外，还有一个人是认识宇文雷，而且比他更清楚宇文雷的来历的。

这个人是龙灵珠。

龙灵珠与齐世杰进了镖局之后，先到后院与齐世杰的母亲杨大姑相会。

杨大姑答应过韩威武，不在人前露面，只除了一种情形，那就是倘若杨牧前来生事，韩威武无法应付之时，杨大姑就要拼了老命，准备用姐姐的身份来制止他。韩威武本来不想连累她的，但这是杨大姑坚持的交换条件，最后韩威武还是拗不过她。

她与儿子在密室相会，龙灵珠也陪着他们。外面的情形，自有宋鹏举与胡联奎二人不时进来禀报。

初时她听得杨牧虽然来了，但却同意不干预总镖头的人选，以为弟弟已经知难而退，甚感欣慰。不料杨牧却是另出花招，把股份让了给人，由那个人来抢总镖头。

她知道此事之后，本来就要出去的。但两个师侄都劝她暂且不要露面，因为他们相信沐天澜的武功可以打胜那个不知来历的陌生人。结果是杨大姑母子留在房中，龙灵珠则出去观战。

龙灵珠那次在祁连山上，几乎被宇文雷所擒，当然是一见就认出他了。她是业已改容易貌了的，混在人丛之中，宇文雷可认不得她。

她出来的时候，宇文雷和沐天澜正在开始交手。但龙灵珠用不着看下去，已知沐天澜难以抵敌："韩老镖头恐怕也打不过这厮，除非支舵主出手。"但她也知道支剑峰是绝对不能出手的，无计可施，只有赶忙回去与齐世杰商量。

她回到那间密室，只见房间里多了两人，一个是宋鹏举，另一个是她不认识的陌生人。

宋鹏举正在说道："戴公子，你千万不要露面，我可不能让你冒这个险！"

那被称为"戴公子"的陌生人说道："难道就任凭他们抢了震远镖局吗？最少你得让我见见韩老镖头！"

宋鹏举道："不行，大内的副总管卫长青和我的师父都在外面。"

杨大姑忽道："戴公子，你要是信得过我，把你这包东西交给我吧！"

"戴公子"道："老前辈，你是……"

杨大姑道："鹏举还未和你说明我的身份吗？我是杨牧的姐姐，但你放心，我是帮理不帮亲！"

"戴公子"不觉吃了一惊，原来他虽然知道辣手观音杨大姑是韩威武的朋友，但她毕竟也是杨牧的姐姐，他带来的这包东西关系重大，一时之间，实是难以放心交给她。

杨大姑面色不悦，说道："好，你若是放心不下，多考虑一会。"

她眼睛一转，不再理会站在她旁边的那个陌生人，向刚踏进房间的龙灵珠问道："外面的情形怎么样了？"

龙灵珠道："大大不妙！和沐天澜交手的那个人是白驼山山主宇文博的侄儿宇文雷！"

杨大姑道："这宇文雷的武功很厉害吗？"

龙灵珠道："震远镖局恐怕没有谁能够敌得过他，包括韩老镖头在内。"

杨大姑眉头一皱，说道："好，那就由我去对付他吧！"

龙灵珠道："不行！"杨大姑道："为什么不行？我叫韩威武把股份让给我，我替他出头！"

龙灵珠道："不单是股份问题，请恕我直说……"

杨大姑道："有话你尽管说。"龙录珠道："我曾经和宇文雷交过手，说来惭愧，那次他是和我的萧伯伯……祁连剑客萧逸客……恶斗一场之后才和我交手的，我也斗他不过，几乎被他捉去。恰巧孟华也要捉我，刚好那个时候来到，他打不过孟华，这才被逼逃跑的。杨老前辈，请恕我直言，你的本领虽然高明，恐怕还比不过孟华吧。唉，可惜杨炎不在这儿，要不然杨炎倒是或者可以对付得了这厮！"

用不着她画蛇添足，杨大姑已经懂得她刚才说的"不行"是什么意思了。要知杨大姑和龙灵珠也曾数度交手，她虽然稍胜一筹，却还是奈何不了龙灵珠的。只比龙灵珠稍胜一筹，那如何能够胜得过有本领可以把龙灵珠活擒的宇文雷？

龙灵珠说到"杨炎"之时，一双眼睛却是看着齐世杰。她的用意，杨大姑当然也是明白的。当下立即哈哈一笑，说道："杰儿，你替我争口气，和我一起出去吧！"她本来是一向害怕儿子"惹事生非"，希望儿子能够"安分守己"，不蹈她的"覆辙"的，但在这紧要关头，却突然改变初衷，命令儿子替她出头，大出众人意料之外。

齐世杰又惊又喜、说道："孩儿遵命！"

宋鹏举忽道："齐师弟虽然可以挽回败局，但名不正言不顺，用什么名义出去?"他这几句话虽然对着杨大姑母子说，其实却是说给那个"戴公子"听的。

原来这个"戴公子"不是别人，正是震远镖局创办人之一的戴均的孙儿，名叫戴京。二十年前，戴家因受"私通叛逆"的案件牵连，举家逃离京师。想不到戴均的孙儿却在韩威武举行"闭门封刀"仪式的这个日子，悄悄来到镖局。

他来到镖局的时候，韩威武已经在前面的大厅陪着卫长青等"贵客"说话，宋鹏举自是不能领他见韩威武，只好带他来见师姑。戴京的来意，宋鹏举是已经稍知一二了的。

戴京似乎还在踌躇，神色尴尬，说道："我这包东西，并非不放心交给杨老前辈，只因我不愿意把杨老前辈牵连在内，要是另有更好办法，不妨稍待些时。实不相瞒，我约了一位前辈，他是先父的朋友，说好了今天在镖局会面的，稍待些时，他也来了……"

话犹未了，忽见胡联奎喘着气跑进来报道："不好了，沐镖头打不过那个人，只怕就要落败了！"

杨大姑拂袖而起，说道："不等了，杰儿，咱们出去吧！"

戴京惶然说道："杨老前辈，请稍待片刻……"

杨大姑森然说道："戴公子，咱们各干各的。我是为了老韩，与你无关，说不上谁连累谁！"言下之意，她无须借助于戴京，她为震远镖局出力，戴京也无须领她的情。

戴京忙道："杨老前辈，这包东西由你处置。"他也无暇多说，立即就把那包东西递给杨大姑。

杨大姑正不知是接好还是不接好，忽听得有人说道："这包东西应该交给我才对！"声到人到，突然间房中多了个人。这个人是从后窗窜进来的。

杨大姑母子和龙灵珠都是武学的行家，尤其齐世杰若然单论武功，更是足以拥进一流高手之列。但这人来得简直如同鬼魅，他们竟是丝毫没有察觉，但觉微风飒然，这人便已在他们面前出现。

杨大姑把眼一看，不觉大吃一惊，当真似是遇到鬼魅一般。她的吃惊，并非单纯为了这人的轻功之高。

这个人好生面熟，她呆了一呆，蓦然想起："这人不就是戴湛吗？但他的儿子刚刚才说他已经死了。"

原来戴湛就是震远镖局创办人之一的戴均之子，亦即是戴京之父。杨大姑是在今天才与戴京初次见面，但和戴京的父亲，却是早在二十年前相识的。那时韩威武是震远镖局的总镖头，戴京之父戴湛因涉嫌"与叛逆往来"而受牵连，举家逃出京师，杨大姑也就没有再见过他了。不过中年人的相貌改变不大，虽然隔了二十年，还是一眼可以认得出来。

杨大姑尚在吃惊，戴京已在先她喝问："岂有此理，你是什么人，胆敢冒充先父？"

那人哈哈一笑，说道："你不认得我了么？俗语说事急马行田，不是我想占你的便宜，只因今早日之事，我实是非冒充令尊不可！闲话少说，你是应该相信我的，快把东西交给我吧！"

戴京怔了一怔，失笑道："啊，原来是……"

"啊，你是快活张！"这次却是杨大姑抢在前头说出来了！

那人笑道："杨大姑，好眼力！不错，我就是快活张！咱们之间的小小过节，希望你不要放在心上。改日我再向你赔罪。"

戴京拍了一下脑袋，笑起来道："我真糊涂，早就该想到是张叔叔了。"原来这个"快活张"正是和他约会的那个人。

"快活张"本名张逍遥，有两样绝技闻名天下，一是妙手空空的绝技，被公认为天下第一神偷；一是改容易貌的本领，号称天下第二，仅次于另一位江湖异人李麻子。（快活张故事，事详拙著《游剑江湖》。）

快活张是孟元超的好朋友，当年杨牧与云紫萝这对怨偶闹出婚变，他曾受孟元超之托，帮忙云紫萝逃出杨家的。故此曾与杨大姑有过一段"过节"。

事情已经过去了二十年，杨大姑对自己当年逼走云紫萝之事亦是早已后悔，当下笑道："只要你这小偷儿肯帮震远镖局的忙，我这个做老大姐的还能记你的宿怨吗？好，咱们这就出去吧！”

快活张道：“用不着老大姐出去，我只想请令郎帮我的忙。”他看了看齐世杰，笑道：“你的改容易貌之术也不错呀，几时学会的？”

齐世杰道：“是这位龙姑娘帮我易容的。”

快活张无暇多言，向龙灵珠点了点头，说道：“龙姑娘，你不认识我，但我却是见过你的。你周岁的时候，我曾经到过你的家里。”他一面说话，一面用开水溶解一粒易容丹，替齐世杰修补一些化装上的破绽。手法又快又妙，不过片刻，齐世杰已是判若两人。

龙灵珠喜道：“张先生原来是认识先父的吗，我对先父的事情，知道极少……”

快活张道：“这些旧事，回头我再和你说吧。”此时他已是帮齐世杰修饰完毕，两人即便出去。

真假股东

宇文雷和沐天澜的这场比武已是到了尾声。

宇文雷越攻越急，沐天澜见他来势凶猛，忙把肩头一歪，双臂一滚一拧，使出“鹤膊手”的招数化解他的攻势。本来用这一招可以说是应付得宜的，哪知宇文雷藏有阴狠的后着，趁势一带左拳疾发如风，自他右臂的勾手圈中冲打出来，沐天澜左臂的一拧落了空，左臂亦给他圈住。这么一来，沐天澜若不是太阳穴给他打个正着，左臂就要给他扭断！

震远镖局的人失声惊呼，只听得“蓬”的一声，沐天澜的身躯已是像皮球般地抛了起来。原来他为了避免给打中太阳穴，只好肩头一转，硬接他这一拳。身形去势如箭，眼看就要撞着厅中的石柱。

若然撞个正着，不死只怕也得头破血流。镖局中两个年资最深的老镖头胡中源和崔明伦，他们是自小看着沐天澜长大的，吓得都是不禁“啊呀”一声叫了出来，不约而同飞身上前扑救！

他们快，宇文雷更快，他一掌把沐天澜震得飞了起来，自己也立即跟着“飞起”。

只见他身形如箭，刚好在沐天澜就要碰着石柱的那一刹那，把沐天澜的脚跟抓住，硬生生地把他拖了回来，将他放下。

震远镖局的人惊魂未定，吓得全都呆了。

胡崔二人抹了一额冷汗，呆若木鸡地看着宇文雷，不知说些什么话好。若不是宇文雷出手得快，他们抢救已来不及。他们本来是极为不满宇文雷来抢总镖头的，此时不禁也对他有几分好感了。

殊不知这正是宇文雷收买人心的“巧招”，他知道沐天澜是一众镖师拥戴的人，他要取沐天澜的性命不难，但岂能为了逞一时之快，而与镖局所有的旧人结怨？故此他用的力道恰到好处，拿捏时候亦是不差毫黍，掌力把沐天澜抛向石柱，算准了在最后的时刻刚好可以把他抢救回来，而且可以令他丝毫没受损伤。

他把沐天澜放了下来，赔笑说道：“对不住，我一时失手，沐兄，你没事吧？”

沐天澜涨红了脸，哼了一声道：“姓宇文的，你好功夫！”众镖师都是行家，一听他说话，就知他没有受伤，这才放下了心上的一块石头。

宇文雷显示了有足以取沐天澜性命的实力，却没施展杀手，看得出来的武学行家更多。身为沐天澜岳父的韩威武看得尤其清楚。

韩威武老于世故，宇文雷的用心他岂有不知？但他虽然明知宇文雷这一手乃有要镖局的人“畏威怀德”，他身为沐天澜的岳父与镖局的前总镖头，却是不能不对宇文雷拱了手，说道：“多谢宇文先生对小婿手下留情！”

宇文雷哈哈笑道：“本来是说好点到即止的，我正为着未能更好地点到即止而惭愧呢。今后仰仗沐兄之处还多，咱们都是自己人，今日之事，别再提了。”

沐天澜气愤难宣，红着脸闷声说道：“宇文雷，恭喜你做震远镖局的总镖头，我自愧无能，镖局这口饭是不想再吃了。请你准我告辞。”

宇文雷假惺惺道：“沐兄，这又何必……”

话犹未了，只听得一个人也在说道：“沐天澜，你这是跟谁赌气，我要你留下来！”

沐天澜抬头一看，只见在他的面前已经站着两个人，一老一少，那个老者，好生面熟。

他呆了一呆，蓦地想了起来，大惊之下，失声叫道：“你，你不是戴叔叔么？”

这两个人不用说就是假扮戴湛的快活张和齐世杰了。

齐世杰业已改容易貌，倒是没有人认得他。但假扮戴湛的快活张可不同了，大厅里的各方宾客，有一半是认识戴湛的。

他这一下突如其来，当真是全场耸动，群豪纷纷站了起来。但也正因为这是大家都意想不到的事，这刹那间，还没有谁敢首先出声和他招呼。

快活张笑道：“沐贤侄，多亏你还认得我。记得我走的时候，你还是个七八岁的孩子呢。”

韩威武拼着豁了出去，站起来首先说道：“老戴，你回来了，可就好了。虽然镖局不是咱们的了，但老朋友总可亲亲。”

他一出声，跟着几家大镖局的总镖头与支剑峰等人也都走上去与他招呼。但碍着有卫长青在场，他们也只能打个招呼。却不知说些什么话好。

快活张笑了笑道：“多谢大家还记得我。但韩大哥，你说的话小弟却是不懂！”

韩威武道：“什么不懂？”

快活张道：“你说震远镖局不是咱们的了，这是什么意思？”

韩威武道：“我已经不做总镖头了。今日是我闭门封刀的日子，想必你亦已知道了吧？”

快活张道：“小弟正因为你老哥要闭门封刀，才特地回来的。不过，你虽然不做镖头，震远镖局也还有一半是你的。怎能说那句‘不是咱们的呢’？”

他强调“咱们”二字，韩威武惊疑不定，苦笑说道：“我已经决定不管震远镖局的事了，那一半股份，我正想让给……”原来他心灰意冷，在女婿败阵之后，已是打定主意，要让给新任的总镖头宇文雷，只是尚未有机会提出来而已。

哪知他话犹未了快活张已是拦住他道："老大哥，你千万别把股份让给别人。这间镖局是咱们两家的先人合伙的，我不想和别人合伙！"

韩威武大吃一惊，登时瞠目结舌，心中暗自想道："听老戴的口气，似乎要抢回他这一半股份。当年他畏祸私逃，怎的今日反而有这勇气了？"他觉得这老朋友似乎是变得他不"认识"的了。

"这二十年来，他不知流浪到什么地方，不但口音有点变了，性格变得更大。"韩威武心想。

原来快活张虽然也会模仿别人的口音，却不如李麻子之精。不过也得像韩威武一样，和他是相处多年的老朋友才听得出来。由于他的易容之术太过巧妙，口音上的小小差异，韩威武也不敢怀疑他不是戴湛本人。

宇文雷冷落一旁，憋着一肚气，终于忍不住发话："我知道这位戴先生和震远镖局渊源甚深，不过，还是先把镖局的大事定夺下来，大家再叙旧如何？"

快活张立即接话："不错，我正是为了镖局的大事来的。二十年来，我没有为镖局出过一点力，实在抱歉。但如今韩大哥既然宣告退休，有关镖局兴废的大事，我是不能不尽自己的本分。回来管一管了！"

说至此处，他伸出手拉着沐天澜道："做总镖头的人，武功好固然紧要，但紧要的是人品好，能够令得江湖朋友敬重。否则又有谁能够凭着一杆镖旗，走遍大江南北？沐贤侄，我不知道你因何与此人比武，但我知道你武功不差，人品更好，一时比武输了，算不了什么。不管你做总镖头也好，不做总镖头也好，无论如何，我要你留在震远镖局！"

沐天澜苦笑道："戴叔叔，可惜震远镖局不能由你作主，否则我们愿意做你手下的一名镖师。"

宇文雷随即冷冷说道："对啦，戴先生，你的所言甚合我心，我也是希望沐镖头留在镖局的，不过似乎不必由你越俎代庖，这话应该让我来说才对！"

快活张假装惊愕，睁眼瞪着宇文雷，冷笑说道："哼，震远镖局不能由我作主难道反而由你作主么？你是镖局的什么人？”

宇文雷双眼朝天，傲然说道：“失礼，我是持有震远镖局六成股份的股东！”原来当年震远镖局出事之后，杨牧不但吞了戴家的一半股份，而且由当时的御林军统领北宫望出面，逼韩威武拿出他名下的五分之一股份，送给杨牧，当作给震远镖局“消灾解难”的酬劳，杨牧如今全都让给了宇文雷，故此他有六成股份。

卫长青情知不妙，但想“戴湛”也未必敢做得太过分，于是出来打圆场道：“戴先生，你刚刚回来，还不知道。这位宇文雷先生是以震远镖局大股东的身份，而且在比武上赢了镖局公认为武功最好的沐镖头，得到韩老镖头和所有镖师的同意，当上了新任的总镖头的。”

快活张不理会卫长青，却向韩威武发话。

“韩大哥，这就是你的不是了。祖先创办的事业，怎么可以拱手让人？”快活张佯嗔发话。

韩威武怔了一怔，说道：“我没有呀！”

快活张道：“宇文先生的股份，不是你让给他的吗？”

韩威武道：“刚才我倒是曾经有过这个念头，并未让出。”

快活张道：“这就奇了，他说他有震远镖局的六成股份，这六成股份，从何而来？”

韩威武只能苦笑道：“这就不知道了。”

宇文雷霍地站了起来，说道：“我的股份，是这位杨大人让给我的。有大内副总管卫大人可以作证。”

快活张道：“这就更加奇了，震远镖局是戴家和韩家合股创办的。韩家的股份既然还在韩威武的手上，别人又怎能有震远镖局的股份？即使韩家的股份都给了他，他也不能有六成股份呀，何况他并没有让出。”

韩威武道：“我名下的股份，已经送一成给这位杨大人。”

快活张道：“如此说来，这位杨大人最多也只能有镖局的一成股份，你又怎能把六成股份让出？”

杨牧涨红了脸，说道：“戴湛，你怎么可以这样无理取闹？”

快活张冷笑道：“我不说你恃强侵占，你倒说起我来！我请问你，你的理在哪里？”

杨牧说道：“那年你走了之后，我就进震远镖局当副总镖头，当了几年，才不做的。镖行的人，谁不知道我是以股东身份，兼任副总镖头？”

快活张道：“这是两件事情，我不管你凭什么来当震远镖局的副总镖头，但你说你是震远镖局的股东，就得拿出证据，你有什么证据？”

要知当年戴湛逃出京师，他的股份并未经过“官式手续”让给任何人，因此即使按实际情形来说，他的股权也只能说是变成了“暂时无人管领”之物，股权还是属于他的。杨牧“取得”他的名下股权，不过是凭着当时御林军统领北宫望的一句话，作为不追究震远镖局涉嫌与叛逆往来的交换条件而已。“戴家”所犯的案件，当时也并未由官府提出控诉，就由北宫望取得权益之后私自作了。（当时杨牧是北宫望的心腹，正如他现在是乌苏台的心腹一样。）

整个有关当年那件案子都是“私了”的，只因为谁也没有想到戴家的人还敢回来，杨牧也就毫无顾忌地以“大股东”自居了。哪知还有“后患”？

杨牧想用“既成事实”作为理由，快活张则拿着当初“私了”的破绽，坚持要他拿出“证据”来，登时把杨牧驳得哑口无言。

卫长青咳嗽一声，说道：“戴先生，二十年前的事情，或许你一时想不起来。我们记得当时好像、好像是经过官府的。”弦外之音，其实是在提醒他不要忘记当年那件案子，令他自己知难而退。

哪知快活张却装作不懂他的弦外之音，而且反唇相稽，冷冷说道：“我记得卫大人当时似乎也未曾来京师做官，不知大人怎能知道震远镖局之事。当时卫大人好像、好像还是……”二十年前，卫长青还是黑道的人物，他也正是害怕人家揭穿他的这个底细。

卫长青想不到他竟敢公然顶撞，涨红了脸，说道：“我是听得前御林军统领北宫望说的。”

快活张道：“北宫统领是否说过我不知道。……”卫长青恼羞成怒，不待他把话说完，便即哼了一声道：“北宫统领早已死了，你的意思是指我捏造死无对证的谎话吗？”

他还是想用自己大内副总管的身份，和北宫望“前任御林军统领”的官衔，把“戴湛”压下去。

快活张道：“不敢。我想说的只是‘口说无凭’这四个字，但却并非死无对证！”

说至此处，他把包裹缓缓打开，继续说道：“买屋有屋契，买地有地契。买卖镖局的股份更是必须有京兆尹衙门在上手契约上加盖印信的凭证，还得有在九门提督官衙的备案文书的。”

包裹打开，他把一切证件都拿出来，摊在桌子上，说道：“这是我戴家和韩家合股开办震远镖局时所订的股份书，这是在九门提督备案后所发的‘引札’。这是京兆尹衙门所发的镖局牌照。每一样文书都是一式两份，由戴家与韩家分执的。宇文先生说他取得震远镖局的六成股份，请他把这些证件拿出来！”

卫长青吓他不倒，也是无话说了。当年那件案子并未公开，他无法立即逮捕“疑犯”。

他只能恨得牙痒痒的，心里想道：“目前且暂时由你猖狂，过了今天，你若还在震远镖局，我总有办法对付你。”

宇文雷眼看煮熟的鸭子要飞，却是沉不着气了，大声说道：“我不管你有什么凭证，我总是花了几十万两银子买下来的股份的，有卫大人在场作证！”

快活张冷笑道：“那就是你和杨大人之间的事了，我更加管不着。”

飞马镖局的总镖头马天骅劝道：“宇文先生，你也用不着着急，这是天子脚下的地方，凡事都得讲个王法。卖主交不出货来，你可以追回银子的。何况你们的买卖是有卫副总管做见证的呢，更不用怕了。”

杨牧满面通红，说道：“你说什么，你当我是买空卖空吗？”

马天骅微笑道：“杨大人，我并没有这样说你。我只是就事论事。你是侍卫大人，我说凡事都得讲个王法，这话总没错吧？”他是镖行有名的硬汉，素来不畏权贵，但这话却是说得十分技巧，叫杨牧无法对他发作。

卫长青亦是发作不得，只能说道：“这里面可能有点误会，我也弄得不大清楚。不过，无论如何，也不能就说杨大人是买空卖空，最少他有韩老镖头送给他的那一成股份，这一成股份是有官府文书作证的。”

宇文雷得他提醒，登时又神气起来，说道：“不错，另外那五成股份，究竟应该属谁，这个纠纷，可以慢一点再由官府判断。但最少我有一成股份，我仍然是震远镖局的股东！”

快活张道：“好吧，我就承认你是个小股东，请问你这小股东有何话说？”

宇文雷道：“总镖头的人选，我也有权决定，韩老镖头刚才说过，大家也同意的，总镖头应该由镖局中武功最好的人出任。”

快活张道：“我不反对。我是大股东，比你更加希望镖局有个得力的总镖头，可令镖局兴旺。”

卫长青咳了一声，说道：“这一点大家既然都没有争执，那就好了。这位宇文先生刚才打败了沐副总镖头，众镖师也都服了。不过，那是戴先生你没来之前的事，不知你是否要和宇文先生比斗一场？或者由你推荐哪一位镖师和他另比也可以。”

快活张道：“老实说，我并非反对宇文先生做总镖头，假如他真有技压当行的本领的话。我想叫小徒和他比试一场，如果他能打胜小徒，我就放心了。”齐世杰站了出来，作了个罗圈揖，说道：“拜见各位前辈，总镖头我本来是不敢当的，但家师有命，我只能向宇文先生讨教几招了。”

宇文雷对戴湛还有多少顾忌，一见他叫徒弟出场，登时放了心，想道：“这小子看来不过二十多岁，就算他在娘胎练武，也比不过我！”

卫长青的武功未必胜得过宇文雷，但江湖经验却是在他之上，见齐世杰一副有恃无恐的样子，不禁生疑：“戴湛胆敢叫徒弟应战，难道这小子当真有超凡绝俗的技艺？”问道：“对啦，还没有请教令徒高姓大名。”快活张随口答道：“小徒和杨大人同姓，单名一个杰字。”卫长青心头一动：“莫非这小子是杨炎假扮的？若然真是杨炎，宇文雷倒是不容易应付了。”

他上上下下仔细打量齐世杰，果然感觉到齐世杰的身上似乎有一点杨炎的影子，但容貌口音和他见过的杨炎都不相同，却是不敢断定。

杨牧就更加怀疑了。要知表兄表弟本来就有几分相似的，杨牧对自己的儿子当然也要比卫长青更为熟悉，因此他在齐世杰的身上看出的与杨炎相似之处也就更多了。反而他倒完全没有怀疑是齐世杰，因为他知道齐世杰是姐姐的命根子，即以“常理”猜度，料想姐姐也不能让自己的独生儿子冒此大险。那晚杨炎从他的家中逃走，他的心里又是恼怒又是庆幸。恼怒的是儿子和他作对；庆幸的是儿子总算未遭毒手。

他怀疑是自己的儿子，既怕儿子惹祸送命，更怕连累自己，不禁忐忑不安，就似热锅上的蚂蚁似的，卫长青看在眼内，又多两分怀疑。

“名师出高徒，这位杨兄的武功自必是了得的了。我们等着看正宗的六合拳吧！”戴家是世传的六合拳，卫长青说的这番话，表面是捧戴湛，实际是给齐世杰加上了一道箍，叫他不能施展别派武功。“即使你是杨炎，你也只能以戴湛徒弟的身份应战！”他说了之后，见“戴湛”师徒都没反对，心中暗暗得意。自以为是已经助了宇文雷一臂之力。

宇文雷一点即透，立即拉开架式说道：“戴家六合拳是久仰的了，好，就请杨兄用六合拳赐教我吧！”

快活张忽地微微一笑，说道：“且慢！”

宇文雷一愣，说道：“戴先生有何指教？”

快活张道：“你想做大股东吗？”

宇文雷眉毛一扬，说道：“你这是什么意思？”

快活张道：“我想和你赌点彩物。你若赢了小徒，我把我名下的五成震远镖局股份给你，若是小徒侥幸得胜，你那一成股份可得送给小徒！”

宇文雷自忖胜券在握，双眼朝天打了个哈哈，说道：“这不是我占了太多的便宜么？”

快活张哈哈笑道：“多谢你看得起我的六合拳，我应该报答你的雅意，同时，也是给小徒的一点奖励。他的六合拳虽然学得还未到家，但要是他能侥幸得胜，这就更加难能可贵了，是不是？总而言之，不论是你赢了我五成股份，或是小徒赢了你的一成股份，我都算得是做了一份人情了。对吗？”

宇文雷哼了一声，说道：“我领你这份人情，闲话少说，就请令徒和我比试吧！”

齐世杰早已出场，喝道：“你已经斗了一场，我让你三招！”

宇文雷面色一沉，狞笑说道：“好大的口气！”话是这样说，但他也不客气，一拳就打过去。

齐世杰一飘一闪，宇文雷这一拳打了个空。卫长青暗暗惊奇，心里想道：“这小子的轻功身法可比戴湛好得多，但却似乎不及杨炎。”不过他所知道的戴湛的轻功，乃是二十年前那个还在做着震远镖局副总镖头的戴湛的轻功造诣，今天的“戴湛”轻功如何，他却是不知底细的。故此他虽有怀疑，却也不敢说齐世杰是假冒的六合派门人。因为六合派虽然不以轻功见长，但功夫练到深时，轻功是会自然而然地提高的。有独特的轻功身法的门派寥寥可数，大多数门派的轻功相差不会太多。

宇文雷一拳打空，也是不觉心头一凛：“这小子倒是不可太过小觑！”倏地身法一变，拳掌兼施，使出了白驼山的杀手绝招。

拳风掌影中，只见齐世杰斜窜数步，但仍然没有给宇文雷打中。不过虽然没有打中，宇文雷的左掌和他右肩琵琶骨的距离已是不到一寸，旁人看来，就好像是业已打中一般。待至齐世杰斜窜出去，看来也似乎并未受伤，方始松了口气，暗暗叫了一声“好险！”

飞马镖局的总镖头马天骅按捺不住，哼了一声道：“人家让你三招，你居然使出如此毒辣的手段，好不要脸！”要知琵琶骨若是给“掌刀”劈着，一身武功就要废了。

宇文雷装作听不见，第三招如影随形地跟踪急招，仍然是拳掌兼施，变化更加奇幻。只听得“蓬”的一声，齐世杰背心着了一掌。原来他的轻功虽然不弱，但还没有练到一流境界，莫说比不上杨炎，即使比起龙灵珠也还是稍有不如的。

宇文雷刚才与沐天澜恶斗，沐家的“苦恼拳”威力也不如他。

功力之深，有目共睹。

此时齐世杰着了他一拳，众人都不禁大吃一惊，只道齐世杰着了这拳，不死只怕也得断了几根肋骨。

哪知齐世杰身形只是晃了一晃，就站稳了。宇文雷反而退了两步。

原来齐世杰虽然没有还手，但他的护体神功却也足以震退宇文雷。

齐世杰喝道："来而不往非礼也，三招已经让过，我可要还招了！接招！"

声出招发，是一招普普通通的"高探马"，这一招是各家各派的拳术都有的。

宇文雷一个盘龙绕步，用本门深奥的拳术化解了他这一招。跟着接连几招，齐世杰用的都是各派均有的普通招数。

宇文雷喝道："我想见识六合拳的高招，杨兄因何不敢施展？难道你的六合拳见不得人吗？"

要知宇文雷已经试出他的功力在己之上，心里想道："他用常见的招式，招数虽然克制不了我，但这些招式，到底还是他熟悉的，辅以他的内力，我也难以破他。但要是逼他用不熟悉的招数，那就有可乘之机了。"

齐世杰冷笑道："我本来想割鸡焉用牛刀，不过，你既然要见识六合拳，那就让你见识吧！"

说罢，连环三招"金鸡夺粟"、"猛虎跳澜"、"四夷宾服"，果然都是六合拳的招数。

原来六合拳也算得是当时相当流行的一种拳术，齐世杰虽然没有专门学过，招式却是见过的。他依样画葫芦地打出来，倒也中规中矩。

不过在场的拳术名家却是看得大皱眉头了！"怎的戴家的衣钵传人，六合拳打来竟是如此荒腔走板，袭貌遗神！"但六合拳的精髓齐世杰虽然打不出来，却也无人敢说他打的不是六合拳。

他虽然打得"貌似"，究竟还是吃亏。一种不熟悉的拳术，打起来不但分外吃力，而且由于力求"貌似"，错过了可以取胜的良机。

幸而他有第八重的龙象功做基础，即使拳法中破绽频频，宇文雷也难以欺身伤敌。

宇文雷极为乖巧，避免和他硬碰，以变化奇幻的明驼掌法伺隙而攻，双掌盘旋，处处不离齐世杰的要害穴道，倘若给他打中要害，齐世杰纵有护体神功，只怕也是难免受伤。

戴湛旧日的朋友，都不禁为他们师徒捏了一把冷汗，心里想道："老戴也真是太过托大了，要是他亲自出马，或许还有几分取胜机会，他这徒弟功力虽高，六合拳却是糟透，怎能打得过宇文雷?"

韩威武已经看出一点端倪，听得众人议论纷纷，故意问"戴湛"道："戴老弟，你这徒弟是带艺投师的吧?"

卫长青眼光射了过来，问道："他以前是什么门派?"

快活张道："也没什么门派，乱七八糟地学过好几家拳脚，也不过是江湖常见的招式，跟乡下武师练的。"

韩威武道："原来如此，怪不得……"

快活张道："怪不得什么?"

飞马镖局的总镖头马天骅是个直汉子，忍不住说道："恕我直言，老戴，令徒的六合拳似乎学得还未到家。既然他是带艺投师，你何不让他尽都施展?"

快活张装模作样地正容说道："君子一言，快马一鞭。说过的话怎能反悔?何况他现在是以我戴某人徒弟的身份，和人家比试，又焉能不用我戴家的六合拳?"

卫长青竖起拇指赞道："对极，对极！名镖头果然是有名镖头的气度！令徒这场比武，可说一来是为了师门争光，二来是替你夺回震远镖局落在外人手中的股份，要是用别家别派的功夫赢了，赢得也不光彩！"说话之间，嘴里不觉挂着揶揄的笑容。

马天骅心里想道："你是但盼宇文雷得胜，当然乐得说这种风凉话。"几乎忍不住反唇相稽，韩威武悄悄拉了他一下，示意他别多言。

快活张道："卫大人你笑什么，敢情也是笑小徒的六合拳打得太不像话!”

卫长青忙道:“哪里，哪里，令徒打的是正宗的六合拳，只练了一年，就打得这样好，已经是十分难得了。”他是唯恐齐世杰改用熟悉的拳术，故此非称赞他的六合拳不可。

但他这么一称赞，也就等于是确认了齐世杰是戴湛徒弟的身份了。

在他们交谈之际，旁的人也是议论纷纷。

满堂宾客，虽然有十居七八是韩威武和戴湛的真正朋友，但也有十之二三是趋炎附势的人。

这些人为了替宇文雷助威，也为了炫耀自己武术上的学识，七嘴八舌地讥弹齐世杰六合拳法的破绽。有的还忍不住以手势比划，说是那一招那一式该如何打法，才是合乎拳理。六合拳是相当流行的一种拳术，吃镖行饭的人大都懂的，但他们当然也还多少有点自知之明，知道自己懂的绝不会比戴湛更多，心想戴湛教了这笨小子一年，他能够学到手的不过如此。我在这里议论他的短处，也不怕他听了去马上就能练得比他师父教的更加高明，何况他在激战之中，谅也不能分神听我的议论。

他们哪里知道齐世杰根本就没有学过六合拳，更莫说是由戴湛亲自教过他了。

他们的讥评，正是齐世杰求之不得的事。

他蓦地一声长笑，说道:“有人说我的六合拳打得好，有人说我的六合拳打得糟，我也不知道是好是糟，只能尽我所能，答谢各位对我关怀的盛意!”

说话之际，呼呼呼直捣三拳横劈三掌，竟把宇文雷逼退了几步，那些人登时都是噤不敢声，心中俱是想道:“这小子真是有点邪门，纵然他得了我的‘指点’，也必须练过几遍才行呀，怎么一下子就大有进步了!”他们在镖行中不过是些二三流角色，怎知上乘武学乃是一理通百理融的。他听了那些人的议论知道自己拳术的缺点是在什么地方，以他的武学立即能参透，打出来的六合拳，也就立即从貌似而进为“神似”了。另一方面，他打了这许久，即使只以架式而论，他亦已渐渐从生疏变为熟悉了。前半场的比武,已经是等于他在练了几遍六合拳。

他有第八重的龙象功做基础，用生疏的六合拳之时，宇文雷也还奈何不了他，此时他已经熟悉这种拳法，纵然距离一个“好”字还远，宇文雷已是不能抵敌了。

斗到激处，宇文雷用了一招“鹏搏九霄”，腾身发掌，向齐世杰的天灵盖劈下。齐世杰斜身上步，右掌一挡，左拳一挥，使的是六合拳中的“乾坤反覆”，以拳为“乾”，以掌为“坤”，拳势直捣，掌势划弧，配合得恰到好处。这招一出，卫长青不禁皱起眉头，但好几个老拳师，却是情不自禁地真心为齐世杰喝彩了。

宇文雷那一招本来藏有几个厉害的后着，给他拳势一圈，宇文雷的身形虽没给他圈住，却也给他的内力震得踉踉跄跄，斜窜数步，险些跌倒。

扬威镖局的总镖头崔立诚咳了一声，拈须说道：“点到即止，这场比武可以结束了吧？”

宇文雷霍地翻身，喝道：“谁说我已输了？”

卫长青也在同时说道：“比武当中，一招半式的暂时屈居下风，这是不能作为定准的。这位杨老弟打到如今方始占得一招便宜，恐怕尚未适合用‘点到即止’这四个字吧？戴先生，你以为如何？”

快活张道：“谁说过要点到即止的？”

卫长青道：“那是刚才宇文雷和韩老镖头的爱婿沐天澜比武之时，有人这样提过的。”他强调“提过”二字，亦即是说尚未得到一致同意，作为这次比武的“规矩”的。

快活张摇了摇头，说道：“我是爽直脾气，要比武嘛，就得痛痛快快打个明明白白，清清楚楚地分出胜负高低！什么点到即止，未免太过婆婆妈妈了。我不赞同！”

卫长青哈哈笑道：“戴先生真是说得痛快！对，对极了！不错，自己人印证武功，是该避免误伤性命，但若一定限制点到为止，许多高明的武功恐怕都不能施展了。说老实话，刚才我也是不大同意，只因我是外人，不方便说罢了。”

崔立诚原意是想帮戴湛的忙，却不料“戴湛”反而如此说法，他憋了一肚皮气，心里想道："老戴怎的这样不知好歹，你这徒弟占得一招便宜，已是侥幸。他的拳法虽然比起初交手时大有进步，毕竟还未练得到家，再打下去，怎打得过人家?"

心念未已，只见宇文雷果然已经抢得先手，齐世杰虽未至于只有招架的份儿，亦已是守多攻少了。

他正在一面暗骂戴湛糊涂，一面替齐世杰着急，忽地嗅到一种奇怪的香气。

原来宇文雷刚才倒退之际，在身形欲跌未跌的姿势遮掩之下，避过了众人注意，早已偷偷地取出了药力特强的两颗"神仙丸"藏在掌心。

他握着拳头，打出数拳，掌心的热力已把药丸溶化！如此一来，他练的虽然不是毒掌，手掌却已是涂上了毒药了。

神仙丸的气味，是可以令人恹恹欲睡的。首当其冲的人，吸得多了，更会筋酥骨软。

崔立诚咦了一声，说道："这是什么气味，你们嗅到了没有?"

马天骅亦已皱起眉头，说道："这好像是白驼山拿来毒害人的一种什么药丸的气味，那种药丸，我虽没吃过，也听人说过的。说是它的毒性和鸦片类似，比鸦片更为厉害!"

"是神仙丸!"有个绰号"万事通"的老镖师叫起来道："听说是用一种名叫大麻的药物制炼的，毒害比鸦片更甚！白驼山盛产大麻，有一帮妖人匿居在白驼山上就专门制炼这种药丸，用以图利、害人！从去年开始，已经发现了几桩江湖上的败类替白驼山的妖人贩毒的事情!"

镖行的人虽然见闻广博，知道有白驼山和"神仙丸"的人却并不多，许多人就七嘴八舌地问道："白驼山在什么地方?""那帮妖人的首领是谁?"

"万事通"得意洋洋地说道："我也是最近才打听到的，据说白驼山是中印交界的一座大山，白驼山的山主复姓宇文，单名一个博字!"

马天骅故意装作大吃一惊，跟着恍然大悟的神气说道："复姓宇文的人很少，原来这个什么白驼山主，也是复姓宇文的吗?"用到一个“也”字，腔调特别提高，脑筋最钝的人，也会联想到目前正在和齐世杰交手的这个宇文雷了。

卫长青面色一沉，陡地向“万事通”发话：“你吃过神仙丸，你见过白驼山主?”

“万事通”消息灵通，胆子却小，不敢得罪官府，蓦地想起：“宇文雷是和卫长青一起来的，倘若他是白驼山的人，卫长青和白驼山的关系就一定不浅!”心里一慌，讷讷说道：“我，我已经说过，我只是听人说的!”

宇文雷被齐世杰逼得紧，不过他虽然不能分神说话，众人的议论，他可是听得一清二楚，心里也有点慌了。当下他用白驼山的一种独门内功，把神仙丸挥发的毒气凝聚一团，尽量不令它扩散。

神仙丸和鸦片一样，是慢性毒药，吃了能令人上瘾，年深日久，这个人就会变成毫无作为的废物，但却不是马上中毒的。他以内力阻止神仙丸的气味扩散，众人恹恹思睡的那种感觉减轻许多，试一运气，也没发现中毒的迹象，心情也就没有那么紧张了。而“万事通”平素又是喜欢夸夸其谈的，因此也就有许多人对他的话当作奇谈怪论，半信半疑。

卫长青哼了一声，说道：“听说，听说！道听途说，岂能当为真！是否有什么白驼山的妖人我不知道，我知道的是这位宇文兄是我们总管大人的朋友！总管大人的朋友会是什么妖人吗?”

他当然是想倚仗“官威”吓人，不该他不敢承认宇文雷是自己的朋友，打出了官职比他更高的大内总管的招牌，心里其实亦已是有几分怯意了。

崔立诚眉头一皱，说道：“我们当然相信得过总管、副总管大人的朋友不是妖人，但我刚刚的确是嗅到一种奇怪的气味!”

卫长青冷冷说道：“人多气浊，崔老镖头的鼻子特别灵敏，嗅到一点特别的气味，那也是不足为奇。我可没嗅到!”

快活张忽道：“我也没有嗅到!”

卫长青大喜道：“是吧。戴先生也没嗅到呢！要是宇文先生当真有什么神仙丸的话，他不怕他的徒弟中毒吗?”

崔立诚见戴湛几次三番“帮敌人说话”，心中大惑不解，只能哼了一声，说道："一别廿年，你的身体好吗？"快活张道："我的身体一向很好。"崔立诚道："我可有点怀疑你是患了重伤风！"

快活张笑道："崔大哥说笑了，不过，说正经的，小徒倘若当真中毒，我也不会怪那使毒的人！"

马天骅道："这是什么道理，我们想听听！"

快活张道："道理很简单，你碰上劫镖的强盗，你能否禁止那劫镖的强盗使毒？"

马天骅道："可这是镖局里的自己人在比试武功！"

快活张道："比试武功是为了什么，是为了选出最适合做总镖头的人！暗器也好，使毒也好，要是这个人都能抵挡，岂不是更佳！"

马天骅道："但我们刚才曾经有言在先，是不能使毒的。"

快活张道："所谓刚才，是指宇文先生和沐天澜交手的那个时候吧？"马天骅道："不错。"

快活张笑道："刚才是刚才，现在是现在。现在是我的徒弟和宇文先生比武，我是只盼震远镖局有一个最好的总镖头的，因此依我之见，倒也不妨假戏真做！"

卫长青哈哈笑道："戴老镖头说得好，说得好！当真是胸襟广阔，见识过人！咳、咳、哼……"笑声忽地中断，连连咳呛。原来正在他说话之际，忽地嗅到一股强烈的香气，胸口登时作闷！

宇文雷以内力约束毒气，把溶化了的神仙丸所挥发出来的毒气凝聚一团，向齐世杰正面攻击，按说齐世杰是决计不能长时间闭住呼吸的，而且齐世杰每每在发掌之际，吆喝助威，更是不能不吸进毒气。这种药力特强的神仙丸，气味芬芳，中人如酒，吸了一点，就像喝醉酒一般，懒洋洋提不起劲来。吸得多了，更会进入"迷幻"境界，甚至癫狂。但半支香时刻已经过去，齐世杰竟然越打越见精神，哪有半点中毒模样。

他们哪里知道，原来齐世杰早已有了解药。解药是杨炎从"云中双煞"之一的马犇那里取得，转赠与他的。"云中双煞"马犇和田耕是替白驼山贩毒的人，"蹑云剑"穆扬波的小儿子穆志遥就曾受他们所害，变成了不可一日离开神仙丸的瘾君子。那次杨炎为了助穆志遥戒毒，在祁连山上捉住马犇，从他那里，搜获了一大瓶神仙丸以及解药。那种解药本来是预防服食了过量的神仙丸而引起的中毒的，还不能算是这种药力特强的神仙丸的最佳解药，但因只是吸进毒气比直接吞服的毒害稍轻，故此仍然可解。

齐世杰从龙灵珠口中知道宇文雷的来历之后，他是口中含了一颗解药，方敢出战的。余下的解药他则交给了快活张。快活张刚才以敬酒为名，其实已是偷偷在酒中放了解药。他是天下第一神偷，略施小技，谁也没有察觉。

齐世杰在冰窟三年，曾得天竺高僧释湛授以那烂陀寺的上乘武功，其中有一门功夫名为“大挪移神功”，可以把敌方攻来的内力任意转移方向。原理和中土武学的“借力打力”相似，不过借力打力是打击敌方，而大挪移神功则可以借用对方内力打击第三者。

此时齐世杰使出大挪移神功，把那团毒气挪移过来，让它去侵袭卫长青。卫长青所坐的首席位置正是最接近比武中心的位置。卫长青的内功造诣在宇文雷之上，经过挪移的内力对他倒是无妨，但那神仙丸的毒气他吸得多了，却是难以抵受。

本来他可以发掌把毒气荡开，但那么一来，岂非由他证实了宇文雷使毒？而他是刚刚说过并没嗅到什么气味的。

他有苦说不出来，只能运功抵御。忽地心神一荡，从他眼中看出去，挥拳踢足的比武双方变成了翩跹起舞的美女，桌子上的酒杯筷子变成了一锭锭一根根的元宝金条，他不觉突然傻笑起来。

坐在他旁边的杨牧，发觉不妙，大吃一惊，连忙叫道：“卫大人，卫大人！”卫长青毕竟是个造诣不凡的武学高手，在这即将进入迷幻境界的关头，经他一唤，虽然未能清醒过来，心头亦已有一点警觉了。他立即咬破舌尖，疼痛的刺激，令他猛然一省：“不好，我是中了神仙丸的毒了！”知道“不好”，反而是较为好了。眼前的幻象登时消失，他也得以从迷幻的境界中解脱出来了。

为了维持面子，他仍然不敢承认中毒，反问杨牧：“什么事？”

杨牧和他一样，都是未曾喝那含有解药的酒的。好在齐世杰看在他是舅舅的份上，以大挪神功控制那团毒气，只是针对卫长青，尽量避免侵袭杨牧。但虽然如此，杨牧多少还是闻到一点气味的，此时他一开口说话，吸进去的毒气就更多了。

“大人，你看他们打得多么激烈，只怕两虎相斗，必有一伤!”说话之时，已是感到有点头昏脑涨，只能勉强支持把话说完。

卫长青老奸巨猾，一听便知他的用意，故意问道：“我没有细数，过了多少招了?”

杨牧说道：“少说恐怕也过了一百招了!”

卫长青道：“功力悉敌，为了避免两败俱伤，我看也可适可而止了吧！戴先生是大股东，宇文老弟，你就让他的徒弟做总镖头如何?”此时他是但求两人立即罢斗，以免自己受到毒气侵袭。谋夺震远镖局的计划倒是不妨放慢一步。至于言语的前后矛盾，那更是无暇顾及了。

快活张道：“卫大人，你不是不赞成点到即止，务必要他们分出胜负的吗？我看也用不着多久就可以分出胜负了，何必心急?”

齐世杰朗声说道：“我不想占大股东的便宜，说出来的话绝不更改!”弦外之音，讥讽卫长青出尔反尔。卫长青满面通红，又不能放下面子向戴湛师徒求情，只能希望宇文雷自动认输了。

哪知宇文雷此时是想要认输也不能够。

齐世杰口中说话，手底毫不放松。他把掌力加重，已是使出第八重的龙象功!

宇文雷被压得透不过气来，哪里还能分神说话？在对方的强攻猛压之下，他只能奋力抵挡，只怕稍一退缩便有性命之危，又如何能够罢手认输?

他们越斗越烈，卫长青受到的毒气侵袭也越来越强。他咬破舌尖，只能勉强保持几分清醒，不至于陷入迷幻境界而已。一阵阵头昏目眩，却是更加甚了。

杨牧吸进一点毒气，远不如他之甚，不过杨牧的功力也是远不如他，此时亦已感到胸口作闷，昏昏思睡。他知道再拖下去，非中毒不可，便即站了起来。

韩威武道：“杨大人你干什么?”杨牧低声说道：“我去小解。”韩威武道：“目前他们正在斗到紧张关头，看来再过片刻，就可分出胜负了。”杨牧说道：“对不住，我不能忍了!”这话倒也并非谎言，不过并非不能忍住尿急而已。说罢，杨牧匆匆离席。

大厅里的一众宾客都在聚精会神观战，倒也没有谁注意他。

他溜出厅，拐进后院，四顾无人，这才松了口气，赶忙运用本门内功，昂头伸臂，吐出胸中浊气，吸进新鲜空气。

忽地有人在他肩头轻轻一拍，笑道："杨大人，厕所不在这边。听说你在镖局做了几年副总镖头，怎的走错地方?"

这人来得无声无息，他虽然只是轻轻一拍，杨牧已是给吓得跳了起来。回头看时，只见"戴湛"笑吟吟地站在他的面前。

杨牧大吃一惊，心里想道："想不到戴湛的武功比我听得人家说的更为厉害，他若是存心暗算，这一拍就拍碎我的琵琶骨。不过，他此来也定非好意。"

"戴湛，你跟踪我做什么?"杨牧摆出官架子问道。

快活张似乎知道他的心思，笑道："杨大人，你别猜疑，我对你实是一番好意。我是来找你回去的。"

杨牧哼了一声，说道："我不会迷路，用不着你费心!"

快活张似笑非笑地说道："杨大人我就是怕你迷路。不但迷路，而且走入死路!"

杨牧变了面色，沉声说道："戴湛，你这话是什么意思?当年你身受嫌疑逃出京师，你回来才是自投罗网呢!"

快活张笑道："三十年河东，三十年河西。风水轮流转，现在恐怕是你要步我的后尘了。"

杨牧道："你究竟想说什么?"

快活张道："我是给你指一条生路，你既然不愿回去，不如就此远走高飞!"

杨牧说道："我不过暂时不想回去观战而已。我又没有犯罪，何须学你当年那样畏罪潜逃!"

快活张笑道："目前你所受的嫌疑只怕比我当年更大，这次你们谋夺震远镖局的计划失败，乌苏台非责怪你不可，只怕你所受的不只一顿蟒鞭了!"

杨牧暗暗吃惊："乌总管鞭打我的事情，怎的他也知道?"口气不前太过强硬了，但仍是说道："你是私通叛逆的嫌疑，我最多不过办事不力，用不着你替我担心！”

快活张道：“当年我受嫌疑，不过因为我有一个朋友是从小金川来的。嘿、嘿、你呀！”

杨牧开始慌了，涩声说道：“我，我怎么样？”

快活张道：“你是装糊涂吧！难道你还不知目前正在和宇文雷交手的是谁？”

杨牧心头一凛道：“不是你的徒弟吗？”

快活张道：“我这徒弟是假的，但他是你的亲人却是真的！”

杨牧早就疑心是他儿子，听快活张这么一说，更是越想越似，暗叫“苦也”！哪知快活张说的是齐世杰，不过快活张也没说错，舅甥亦属至亲。

快活张继续说道：“我这假徒弟总会被人识破本来面目的，假师徒罪名尚小，你和他是骨肉至亲，追究起来，罪名可就大了。”

杨牧说道：“纵然真的是那小畜牲，但他是他，我是我……”声音的颤抖已是掩饰不住。其实他说这些话也不过等于夜行人之吹口哨，给自己壮胆而已。

快活张哈哈一笑，往下说道：“别要自己骗自己了，你应该知道，宇文雷是白驼山主宇文博的侄儿，宇文博是你们乌总管的好朋友。我这假徒弟，你的真亲人这次不但要令宇文雷做不成总镖头，而且还要拆穿他的身份。你若不信，可以多留半支香时刻，好戏就要在你面前上演了。嘿嘿，宇文雷给打个半死不活还不要紧，拆穿他和你们乌总管的关系，你想乌总管能不迁怒于你吗？好戏当众上演，不比前晚没人知道杨炎的身份，那还可以私了。你不过是乌苏台的奴才，白驼山主却是他的好友。你以为只须你对他矢誓效忠，他就可以饶你？哼，哼，恐怕他不会与你分清什么，他是他、你是你吧？”

杨牧暗自思量：“这小畜牲若然把事情闹大了，确是可虑！”蟒鞭毒打的滋味记忆犹新，不由得不寒而栗了！

杨牧气焰全消，但目光中仍然流露一点疑惑之意，盯着快活张道：“多谢你为我剖析利害，如此说来，你倒真是一片好心了。但我不懂，我是强占你的股份的人，因何你对我这样好心？”

快活张忽地改了口音，微笑说道："徒弟是假的，师父也是假的，你瞧瞧我的手段，……"说至此处，手中已是多了一件亮晶晶的东西，是杨牧的腰牌，这面腰牌是发给大内侍卫用来证明他们的身份的。要知大内侍卫不是正式官员，他们外出之时，倘若没有足资证明身份的东西，外地官府不认识他们就有诸多不便了。

杨牧呆了一呆，说道："你，你是快活张？"

快活张道："不错。我是看在你姐姐的份上，才好心通知你的。"

杨牧又是一呆："看在我姐姐份上？"

快活张道："我和令姐早已化敌为友了。难道你们姐弟反而要变作敌人吗？"

杨大姑倏地现身，说道："快活张对你说的是金玉良言，你还犹疑什么，赶快回家等我吧！"

杨牧本来害怕姐姐不肯原谅他的，听得此言，方始放下心上一块石头，想道："我且暂避些时，待事情过后，再看风使舵！乌总管若肯重新录用我固然最好，若然他要抓我，我有姐姐做我护符，那时遁迹江湖，也不怕侠义道与我为难。"

比武的大厅传来阵阵喝彩的声音，杨牧知道镖局的客人十九是站在韩威武和戴湛这一边的，喝彩的声音如此强烈，不问可知，定是自己的儿子即将得胜了。他不敢再耽搁，赶忙从后门逃出镖局。

杨大姑叹口气道："但愿他从此改过自新。"

快活张可是没有这样信心，但也不愿伤杨大姑的心，说道："令弟的戏已经唱完了，令郎的戏恐怕也将近煞科，现在该轮到我上场了。"

果然不出他的所料，用不着等待半支香时刻，此际好戏已经上演。

宇文雷已是给齐世杰逼得退无可退，莫说没有还手之力，甚至连招架之功也没有了。

卫长青的脑袋好像塞了铅块，沉重之极，自知中毒不轻。不过他的视线虽然模糊，心头尚有两分清醒，从听到的喝彩声中，他也知道宇文雷必败无疑了。

卫长青一来是不愿看见宇文雷当众受辱，二来他也确实是支持不住了。他站了起来，说道："对不住，我忽然有点不大舒服，请恕失陪。"

就在此时，只听得声如裂帛，宇文雷的上衣给齐世杰撕破，当的一声，一个银瓶跌了下来。宇文雷脚步歪斜，还想抢夺，给齐世杰一把抓住，动弹不得。齐世杰腾出左手，把银瓶拾了起来。

快活张此时亦是正好在人前出现。

众人欢声雷动，情不自禁地向他道贺，"戴老镖头，恭喜你收得好徒弟，他已经夺得总镖头了。"

韩威武恐怕乱子闹大，心中患得患失，连忙说道："杨世兄，你已经得胜，把宇文先生放开吧！"

齐世杰高举银瓶，朗声说道："放他不得！你们知道这瓶子装的是什么药丸吗？"

卫长青心惊胆战，正要挤出人丛，忽地给快活张一把抓住。

"卫大人，宇文雷是你的朋友，他和杨牧的这宗交易又是你作证人，你似乎不该不理他吧。"快活张道。

卫长青呻吟道："我、我不舒服！"

"我知道你不舒服，但为朋友可以两胁插刀，一点点不舒服算得了什么。无论如何，请你等待事情完了再走。"他也不理什么大内副总管的身份，竟然毫不客气地紧紧抓着卫长青。

卫长青的武功本来在他之上，但此时中了神仙丸之毒，浑身无力，却哪里能够挣扎？

宇文雷亦是不能挣扎，正在哀求："杨世兄，我把股份给你，请把瓶子还我。"

齐世杰冷笑道："股份本来是我们的，谁要你给？你要讨回瓶子不难，但必须老老实实说出里面装的是什么药丸？"

宇文雷怎敢回答？

齐世杰冷笑道："你不说，我替你说吧，这是神仙丸！你们白驼山用来害人的毒物！"

宇文雷颤声说道："不，不是的。这只是补身的药丸。"

齐世杰一捏他的嘴巴，令他不能不把嘴巴张开，这才冷冷说道:“很好，你既然说是补身的药丸，你把这十几颗药丸都吞下去!”说罢作势就要把药丸塞入他的口中，但捏着他嘴巴的手指却是稍稍放松，让他可以说话。正是：

真假分明难狡辩，恶因恶果自家尝。

欲知后事如何？请听下回分解。

第五回　物归原主销悬案
货运边疆出怪招

城下之盟

这种药力特强神仙丸，一颗已能令人发狂，十几颗一齐吞下去焉能还有命在？宇文雷虽然藏有解药，但他整个人已落在齐世杰掌握之中，齐世杰又焉能容他去取解药？

生死关头，当然是保全性命要紧了。“我有乌总管做靠山，纵然承认了制毒贩毒的罪名，送进官府究办，我也不怕。”他想。

“是，是神仙丸！”他终于承认了。

“白驼山主宇文博是不是你的叔叔？”齐世杰手上加了把劲，跟着喝问。

“不错，他是我的叔叔。”宇文雷又认了。

快活张冷笑道：“卫大人，你听见没有？他可是你的朋友呢，这件事你是非管不可了！”

快活张紧紧盯住卫长青，众人早已纷纷喝骂，他们骂的虽是宇文雷，卫长青亦是“感同身受”了。

一来他的身体实在是支持不住，二来他也知道众怒难犯，连忙说道：“戴先生，你听错了。我只说过宇文雷是乌总管的朋友。正因为他是我上司的朋友，且是我的同僚杨牧和他一起来见我的，因此我才给他做个买卖的见证人。”紧急关头，他也只能用个“推”字诀了。

快活张道：“好，那咱们就去问乌总管！”

卫长青道："你们去问吧，我实在不舒服，请恕我要回家休息，不能奉陪了。"

快活张道："他已经来了，用不着到他府上。"

他话犹未了，果然便听得有人大声报道："总管大人驾到。"

说时迟，那时快，只见乌苏台已是铁青着面，似是强忍满腔怒气的样子跑进来了。

快活张道："乌总管，你来得正好，你的副总管说，白驼山山主的侄儿宇文雷是你的好朋友，现今他闹出一件事情，我们可要请你处理！"

卫长青又惊又急，真气一散，毒性发作更快，登时晕倒地上。

乌苏台道："你是戴湛吗？"

快活张道："正是。"乌苏台道："我是赴你的约会来的，我想，你未必有先见之明，你当初的约会，应该不是为了宇文雷的今日之事吧？"

众人听说乌苏台是戴湛约会，都是不禁大为惊异，奇怪戴湛怎的如此大胆，以嫌疑钦犯的身份约会大内总管，而大内总管又居然肯来！

快活张道："不错，我是想和总管大人谈一宗买卖。总管大人可有兴趣？"

乌苏台道："好，那咱们先谈生意。谈完生意，再理这桩小事。请你们放了他吧。"

齐世杰作出一副向师父请示的模样说道："师父，这厮制炼毒品害人，徒儿好不容易才能人赃并获，怎能，怎能……"

快活张道："总管大人，请恕小民斗胆，咱们既然是谈生意，生意上的事情，可不能有半点含糊。若有疑问，就必须问个清楚，你说是吗？"

乌苏台忍住气道："你要问什么？"

快活张道："请问大人，你请我们放他，这个'放'字的意思是立即放他走呢？还是只请小徒'放开'了手，别把他紧紧抓着那么难看的'放'呢？请大人说个明白！"

乌苏台以大内总管的身份说个"请"字，已经是觉得降低自己身份的了，哪知快活张还要在这个“放”字上大做文章，分明是令他难堪。但他有求于人，只能忍受，沉声说道：“我不是早已说明白了吗，谈完生意，再理这桩小事。那当然不是要你们现在就放他走了。”

快活张道：“这么说是只请小徒暂且不要将他难为的‘放’了。徒儿，总管大人对你都这样客气，这个面子，你是应该给总管大人的。”

齐世杰道：“师父吩咐，徒儿自当遵命。好，徒儿不将他难为就是，放了他谅他也跑不掉。”说罢，把手放开。但在放手之前，早已暗中运劲，以第八重的龙象功，直透宇文雷的三处穴道。咕咚一声，宇文雷坐在地上，不住喘气。

乌苏台哼了一声，说道：“多谢你给我面子，咱们做个朋友！”忽地一掌向齐世杰的肩头拍下，佯作对晚辈表示亲热。齐世杰反手一格，说道：“小民不敢高攀。”双掌相交，乌苏台虎口发热，齐世杰亦是感觉胸口作闷，运气三转，方始能够呼吸畅顺。认真说来，这次暗中较量，还是齐世杰较逊一筹。但他的身份只是戴湛的徒弟，而且是在和宇文雷恶斗之后的。若然把“此消彼长”的因素剔除，两人恰是旗鼓相当。

齐世杰胸口作闷也罢了，乌苏台虎口发热，这一惊可是非同小可，心里想道：“想不到戴湛的徒弟也这么厉害！徒弟如此，师父可知。我倒是要小心应付他了。”

乌苏台道：“韩总镖头，请借一间静室。”

韩威武道：“卫大人要不要我送他回去？”卫长青晕倒之后，尚未醒来。

乌苏台面色越发难看，说道：“不用费心，我的随从会照顾他的。”原来还有两名侍卫跟随他来，不过是守在外面，未曾进来而已。

韩威武带领他们进入一间静室，便即退出。

韩威武一走，乌苏台的面色登时一沉，道：“戴湛，你好大胆，居然敢跑到我的家中捣鬼！”

快活张冷冷说道：“乌大人，你的胆子更大，皇室找了七十年的东西，你居然敢藏在家中，也不献给当今皇上！”

乌苏台心头大震，饶是他极力保持镇定，说出话来，声音亦已有些颤抖了。

“好，那咱们就打开天窗说亮话吧，康熙皇帝那封遗诏，是不是你偷了去?”

原来那封康熙传位的遗诏，由于关系重大，乌苏台准备在捕获龙灵珠之后，方始禀报皇帝的。否则只是献出遗诏，皇帝若问这遗诏从何而来，他可就难以回答了。纵然他可以诳说从年羹尧后人手中夺得，但钦犯未获，总是美中不足。甚至还可能给皇帝责怪他办事不力，留了后患，功不补过。

这封遗诏他本来是藏在卧室中一个加了重锁的铁箱之内的，今朝他一早醒来，忽然发现床头的小几有一把匕首插着一张字条，写的只是十个大字：“请到震远镖局相会。戴湛。”

他的家中居然有人留刀寄简，寄简的人而且还胆敢具名约会，这已经是令他吃惊不已了。但更令他震惊的是，他打开铁箱，发现那封遗诏亦已不见！

快活张笑道：“总管大人不必害怕，那封遗诏我虽然看过，可并没有偷去，仍然留在你的家中！”

说罢，他将那封遗诏的内文背诵出来，跟着详细描绘遗诏的格式、纸质、印章等等，证明自己是确实看过这封遗诏。

乌苏台面如白纸，强慑心神，说道：“我并不怀疑你偷看过遗诏，但我可怀疑你刚才所说的话。你说你没有偷走，为何我遍找不见?”

快活张笑道：“那是因为我怕给别人偷去，所以我在府上找了一个极为秘密的地点收藏，这个地点只有我才知道。当然，乌总管假如仔细搜查，说不定也能找到。不过那可要碰运气了。”

乌苏台半信半疑，盯着他道：“你既然存心来偷这封遗诏，何以又不将它拿走?”

快活张说道：“我流浪江湖，要是将这样重要的东西随身携带，又要担心有偷术比我更高明的人来偷，又要担心有武功比我更高强的人来抢，甚至还得担心自己太过紧张反而容易遗失，成天提

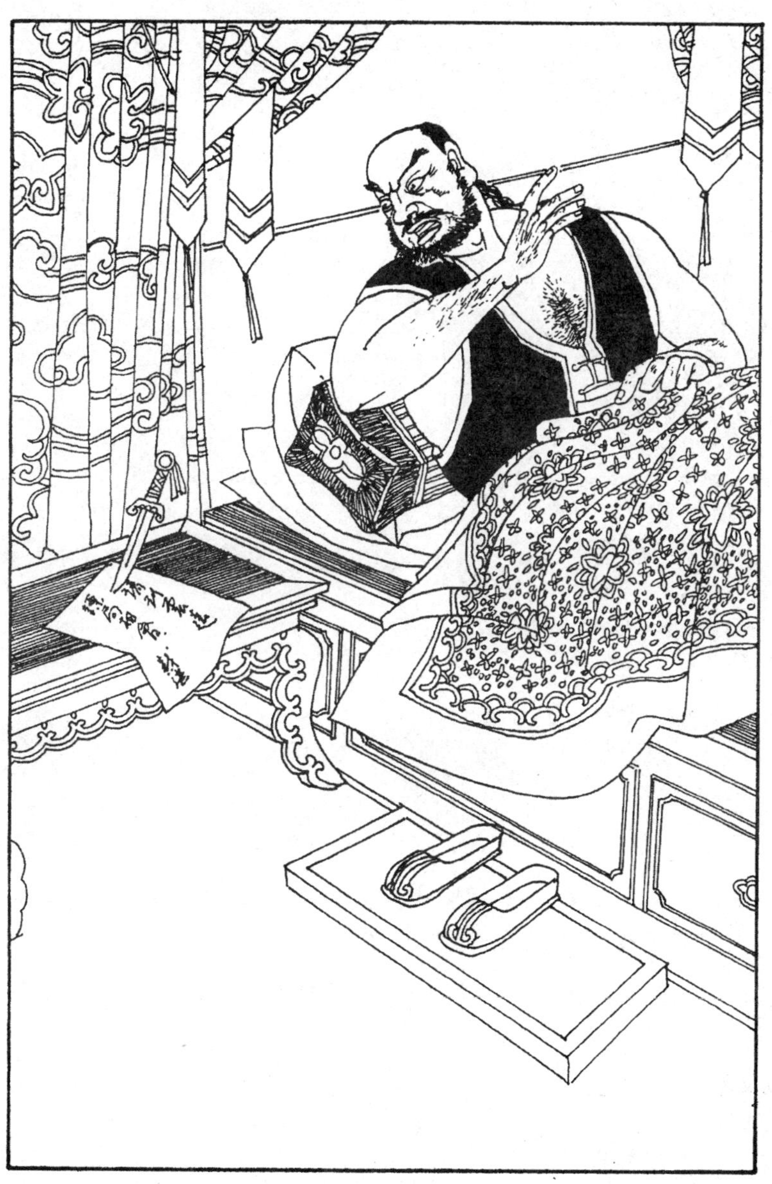

今朝他一早起来，忽然发现床头的小几有一把匕首插着一张字条，写的只是十个大字：“请到震远镖局相会。戴湛。”

心吊胆，只怕晚上也睡不着觉。藏在大人的府上可就不同了，收藏的地点只有我一个人知道，唯一担心的只是给大人发现了。不过，这一点我倒不怕和大人赌赌运气。大人，你的府邸有八十七间房屋，外加一个大花园、天井、庭院等等建筑还不计算在内，对不对?”

乌苏台哼了一声，说道:“你倒调查得很清楚!”

快活张哈哈一笑，继续说道:“当然，大人倘若把你的官邸整座翻转过来，每一堵墙都拆掉，每一寸土地都挖得深深的，不惜雇用千百个工匠，不惜花费十年八年时光，那是一定可以找得到的!否则倘若只是碰碰运气，你找得到的机会就差不多是等于大海捞针了!”

乌苏台怎能将自己的“官邸”掘得溶溶烂烂，莫说不成体统，给皇帝知道了，皇帝也定会查问因由，你又叫他如何回答?他不觉面如土色，半晌说道:“你这样做是什么意思?”

快活张笑道:“没什么意思，只不过要大人心甘情愿地和我做一宗交易。”

乌苏台道:“要是我不情愿呢?”

快活张道:“那我就将埋藏遗诏的地点密报皇上，你应该相信我有这个本领。那时皇上问你私藏先帝的遗诏是何居心，这个欺君之罪是重是轻，你应该知道得比我更加清楚!”

乌苏台道:“我若是答应了你，你是否肯立即把那封遗诏取出来还我?”

快活张摇了摇头，说道:“不能!”

乌苏台怒道:“那还算什么交易?”

快活张缓缓说道:“但我可以永远不告诉皇上，皇上不知道这件事情，你也就无罪可言了。我和你说老实话，我是怕你言而无信，遗诏一交还你，你就会翻脸不认人!我要和你做的这宗交易并不是一次过分的买卖，是要双方长期遵守合约的!”

乌苏台道:“好，你说吧，究竟是什么交易?合约又是如何?”

快活张道:“我只是想恢复我戴家在震远镖局的股东身份，不许官府再来找我的麻烦!”

乌苏台被逼作城之下盟，心中恼怒，却也只能强颜笑道："震远镖局本来是你戴家和韩家合股经营的，过去十多年，杨牧不过是暂时替你代管而已，你回来了，那自然应该物归原主了。不过合约也不能只对一方有利，请问你心目中可有草稿?"

快活张道："合约很简单，以后我戴家的人主持这间镖局，你不来找我的岔子，我也不会故意与你为难。"

乌苏台道："我可以答应你，但你也得答应我，宇文雷的事情由我处理，你们可不能节外生枝。"

快活张道："好，就这样办。如今我已是信得过大人，咱们无须击掌立誓了。"

乌苏台心中咒骂："你捏着我的把柄，自是乐得说风凉话儿。"殊不知快活张乃是提防与他击掌立誓给他试出功力。

乌苏台虽然满肚皮都是闷气，脸上可不能不堆出笑容。当下与快活张好像老朋友一般，并肩而行。

镖局的大厅里众人正在猜疑不定，不知戴湛与大内总管的这个约会是吉是凶，忽见他们状如老友脸上堆满笑容地走出来，无不大为诧异!

宇文雷被齐世杰以龙象功直透三重穴道，穴道如受千针所刺，时间越长，痛苦越甚。此时已是冷汗直流，气喘如牛。

乌苏台面色一沉，走上前去，噼噼啪啪打了他两巴掌，斥道："你是什么人，我根本就不认识你，姑不论你是否有制毒贩毒的嫌疑，你冒充我的朋友，我就不能饶你。来人，将他押下，待我回去查明究办!"其实，他刚在不久之前，还曾当众为宇文雷向快活张求情，此时却又否认和宇文雷相识，显然先后矛盾。不过，众人一看快活张的面色，已知他们的"交易"必是谈成功了，是以众人也只是在心里暗笑，不说闲话。

乌苏台在打宇文雷耳光之际，已是暗运玄功，想替他冲开被封的穴道。哪知龙象功的闭穴法自成一家，乌苏台只能消解一半，让他可以勉强起立，气血未曾畅通，仍是不能行走。

快活张道："杰儿解开他的穴道吧!"

齐世杰故意说道："师父，我记得总管大人似乎也曾说过，这是小事一桩，但咱们可不能当作小事。就只怕……”

快活张道：“不错，这样的小事，若在平时，乌总管是不会理的，但他看在和你的师父份上，破例理一理这一件小事，他一理就自然不能当作小事了。”

齐世杰并不糊涂，一听也就懂得快活张的弦外之音了。那是要他从大处落墨，“小事情”不妨让步。

齐世杰这才说道：“请恕徒儿不知，原来师父和总管大人是好朋友。那我当然相信得过总管大人定会秉公处置了。谨遵师父吩咐。”说罢，伸手在宇文雷身上一拍，解开了他被封的三处穴道。

乌苏台面色铁青，一挥手叫随从押宇文雷去。快活张赔笑道：“乌总管，我这徒儿不懂礼貌，你别怪他。”

乌苏台心中气怒，可不能不硬生生地在铁青的脸上挤出笑容，打了个哈哈，说道：“哪里，哪里，咱们是老朋友，令徒年轻有为，你收得这样的好徒弟，我替你欢喜还来不及呢，怎会怪他。对啦，二十年前那桩事情，我也该趁着这个机会，在各方英雄面前，替你作一交代了。”

此言一出，满堂宾客，登时鸦雀无声，大家都在竖起耳朵来听，等待乌苏台把他们心上的闷葫芦打开。

乌苏台缓缓说道：“我也无须对各位隐瞒，二十年前，前任的大内总管萨福鼎和前任的御林军统领北宫望是曾经怀疑过戴兄与小金川的贼人有往来，当时我只是一名普通侍卫，人微言轻，不敢替戴兄辩白。不过好在后来亦已查清楚了，戴兄并无嫌疑。可惜这许多年来，我一直未能找到戴兄，把这个好消息告诉他。”

飞马镖局的总镖头马天骅是个心直口快的人，大喜之下，立即说道：“那么现在戴老镖头已经回来，乌大人亦早已升任总管，这件案子是可以撤销了吧？”

乌苏台哈哈笑道：“当然，当然。戴兄在震远镖局的名下股份，当然是应该物归原主了。”

众人大喜，纷纷上来向冒充戴湛的快活张道贺。韩威武道：“那么震远镖局的新任总镖头如今我也可以名正言顺地移交给戴兄了，不知戴兄的意思，是想由令徒出任还是……”

齐世杰道："徒儿武功尚未练成，只想跟随师父。再说我是外人，总镖头一职，我的意思还是由戴兄出任的好。"

众人一听这话，不觉又是一怔，韩威武喜道："戴兄令郎也回来了么？"

快活张说道："不错，小儿戴京亦已来了，他正在后堂和杨大姑说话。"拍了拍手，叫道："京儿，你出来吧！"

戴京应声而出，他今年三十一岁，十九年前，与父亲逃出京师之时，他已有十二岁年纪，座中的叔伯辈，还依稀记得他的面貌。他是"货真价实"，当然更是无人敢怀疑他是假冒的了。

乌苏台有意试试他的真伪，说道："戴世兄，你还记得我吗？小时候我见过你的。"

戴京说道："大人的恩宠我怎敢忘记，记得是我十岁那年，我拜崔伯伯做干爹，上契那天，大人赏面到我干爹家中来喝喜酒，干爹叫我练一套伏虎拳给大人看，还曾得过大人指点的呢。不知我可有记错？"原来扬威镖局的总镖头乃是他的义父。说罢，他随即便上去先拜见义父。

乌苏台哈哈笑道："你的记性真好，我却没有你记得这样清楚。老戴，恭喜你有一个好儿子，又收得一个好徒弟。"

崔立诚更是喜得眉开眼笑，说道："好孩子，一晃相近廿年，想不到还能够在震远镖局咱们爹儿俩重逢。你这次回来，子承父业，真是好得很啊！"

戴京说道："多谢义父，韩伯伯和各位镖行前辈叔伯的栽培和爱护，我才能够重返镖局，以后还得请各位前辈多多赐助。"

一众镖行前辈见他彬彬有礼，更是欢喜。崔立诚笑道："你应该多谢乌大人才对。乌大人早已升任大内总管，今天就是全靠乌大人一言九鼎，替令尊洗脱嫌疑，你们戴家才能够得回在震远镖局的股份的。"

戴京说道："家父与乌大人的说话，小侄已经听见了。多谢乌大人的恩德。"说罢，重新施礼。

乌苏台只能勉强笑道："好说，好说。我和令尊是多年的交情，彼此帮忙那是应该的。"他强调"彼此帮忙"四字，戴京听了，更为放心。

乌苏台又道："杨大姑也在这里吗？韩老镖头，这就是你的不对了，杨大姑是武林前辈，又是我的同僚杨牧兄的姐姐，因何不请她出来相见？"

快活张是断定了乌苏台不敢与杨大姑为难，这才索性把杨大姑到达京城的秘密公开的。其实乌苏台早已知道杨大姑藏在震远镖局，在此之前，他还想过要对付杨大姑的。但此际，他有把柄捏在"戴湛"手里，自是不敢多事了。只能当作是刚刚听到杨大姑的消息。

"这你可不能怪老韩……"乌苏台语音甫落，杨大姑就出来了。

"是我自知上不了台盘，因此我一向都是避免和官府的人应酬的。何况今天有你乌总管这样的大官在座，我当然更是吓得只能躲起来了。"杨大姑说道。

乌苏台苦笑道："大姑说笑了。韩老镖头今日荣休之喜，京城里能够和他攀得上一点交情的朋友，谁个不来道贺。令弟也是座上客呢。咦，令弟刚才还在这里的，却怎的不见了？"

杨大姑道："不必找他了，要是我想见他，我早已出来了。"

乌苏台道："不知大姑何以连自己的胞弟也避而不见？"

杨大姑道："我不是说过了吗，他好歹也算得是个不大不小的官儿，就因为他今天是以当官的身份来到镖局，所以我不愿见他了。但并非避而不见，假如他以我的弟弟身份，单独跑来找我，我当然是会见他。嗯，说到这里，老戴，我倒要怪你了，你不该把我的行踪当众揭开的。"

快活张装模作样向她赔了个礼，说道："大姑，你是只知其一，不知其二。"杨大姑道："什么其二？"快活张道："乌总管虽然是大官，但他也是好朋友，你若是有什么事情要他帮忙，他一定会帮忙你的。"

乌苏台心头一凛，不知快活张还要给他什么难题，说道："对啦，我还没有请问大姑，不知大姑此次来京，除了喝韩老镖头的荣休喜酒之外，尚有何事？"

杨大姑道:“实不相瞒，我是来找弟弟向他打听一个消息的。但他住在什么地方，可是连我这个做姐姐的都不知道，刚才我又不想见他，只能再找人打听了。”

乌苏台道:“这你可不能怪令弟，做大内侍卫的人，住址是不能随便说给别人知道的。不过你不是外人，你要知道，我可以告诉你。”

杨大姑道:“用不着了。你是老戴的好朋友，只要你肯帮忙，向你打听更好。因为你是舍弟的顶头上司，知道的事情，当然也比他多得多。”

乌苏台道:“大姑欲知何事?我身为大内总管，如果是属于公事的……”

杨大姑道:“你放心，我不会打听朝廷的事情，我只是想打听和我有关的一点私事。”

乌苏台道:“那么大姑请说。”

杨大姑道:“我是想打听小儿的事，上个月有人到保定查问他的去向，我是听得朋友说的，朋友是谁，你就不必问了。总之我的朋友告诉我，来保定查问小儿行踪的人，是从京师来的。”

乌苏台只能佯作不知，咳一声道:“有这样的事吗，我都未知道呢?”

杨大姑道:“如此说来，不是你派出来的人了。”

乌苏台道:“当然不是。如果我要找令郎，我自会转托令弟。”

杨大姑道:“这我就放心了，我还以为小儿是犯了什么罪，大人要派人抓他呢!”

乌苏台道:“令郎曾经打败过关东大盗尉迟炯，说实在的，我倒想找他做官呢。记得我也曾托令弟说过的，不知他说了没有。”

杨大姑说道:“这个他倒是在半年前就早已说了，只是因为我年纪老迈，不许他离开我的。”

乌苏台道:“但听大姑刚才所说，令郎如今似乎也已不在你的身边?”

他哪知道，杨大姑的“令郎”齐世杰如今正是在母亲身边，而且也是在他的身边。

杨大姑道："他是出门去找个朋友，短期内就会回来。不比我的弟弟来京师当官，连亲人都很难见面。"

乌苏台道："令郎是找什么朋友？"

杨大姑道："年轻人有年轻人的朋友，老婆子也不想多问惹年轻人的讨厌。不过大人这样查根问底，是否怀疑小儿误交匪人。"

乌苏台唯有说道："我不是这个意思。不过少年人容易受骗，择友是该谨慎。"杨大姑道："我会留心他的。你不放心他吗？"乌苏台心里咒骂："不知你是装糊涂还是真的不知，你那宝贝儿子，前天晚上正是在你弟弟家中闹过事来。"但碍着有把柄捏在"戴湛"手里，只好说道："哪里，哪里，有你这样的好母亲管教他，我岂有不放心之理。我是但盼令郎有一天能够做我的同僚呢。"

杨大姑道："那只有待我百年之后了。现在来说，多谢你对小儿关心，那我也就放心了。好，我也该告辞了。"

她是要乌苏台当众说出齐世杰并无嫌疑，这样她才能光明正大地离开京师，回到家中，也不至于受到骚扰。而她的儿子即使给人识破行藏，最少公差也不敢在人多的地方捉他。目的既达，她当然可以离开了。

齐世杰向支剑峰递了个眼色，支剑峰道："对啦，我也该走啦，老戴，咱们多年不见，你到我的分舵聚一聚好不好？杨大姑，倘若你肯赏面，我也想请你做我的客人。"

杨大姑笑道："我这个穷婆子和你们臭叫花交朋友，倒是半斤八两，彼此都不算高攀。好，咱们这就走吧。"龙灵珠是扮作丐帮弟子的身份跟随舵主来的，此时当然也跟着一起走了。

韩威武送出镖局大门，握着快活张的手说道："戴兄，你几时回来？"快活张道："恐怕不会回来了。"韩威武盯着他道："永远不会回来？"快活张已经知道韩威武看出他不是戴湛，韩威武也已知道戴湛是早已死了。

韩威武又是悲伤，又是欢喜。悲伤的是老朋友作了古人；欢喜的是故人有子继承父业。当下再用言语试探道："这就真可惜了。我本来想向你学一门本事的，没有机会了。"快活张道："我有什么本事值得你学？"韩威武道："身外化身的本事。"快活张道："这门本事并不是真功夫，只不过危急之时，或者可以偶而用来避祸而已。韩大哥，你今后定可安享晚年，无灾无难，这门本事，是用不着学了。”韩威武道：“若能如你所言，我和我的老朋友都是拜你所赐。但我更羡慕你。”快活张笑道：“我是生成劳碌的命，怎值得你羡慕？”韩威武道：“羡慕你逍遥自在，快活得好像神仙一般的生活。”快活张原名张逍遥，韩威武已经猜中他是谁了。两人哈哈一笑，就此别过。

一行人回到秘魔崖的丐帮分舵，已是黄昏时分。两大香主皇甫嵩和司马玄出来迎接，看见快活张，不觉都是一怔，他们是知道戴湛早已死了的。

支剑峰笑道：“这位是你们闻名已久，但未见过面的朋友。”皇甫嵩道：“这位朋友是——”话犹未了，快活张把手一摊，笑道：“多谢施舍。”掌心有个银包，正是皇甫嵩的，皇甫嵩哈哈笑道：“原来是天下第一神偷张先生，但天下第一神偷来偷叫花子的东西，不嫌太过自贬身份么？”快活张笑道：“你是只知其一，不知其二。我偷了叫花子的东西，是会加倍奉还的。不过，奉还的利息却未必就是银两。”皇甫嵩听了，心中一动，说道：“那我先要多谢张先生了。”

杨大姑和他们是老相识，说道：“你们别打哑谜了，说实话，你们是不是有什么为难之事。”

皇甫嵩、司马玄齐声说道：“正是有一桩为难之事，请进里面喝茶再说。”

坐定之后，两位香主请舵主先说在震远镖局的经过。

众人围拢了来，听他讲述齐世杰如何把宇文雷打得大败，快活张又如何用计把大内总管“整治”得服服帖帖……都是不禁眉飞色舞，频呼痛快！

皇甫嵩却道：“但那批药材恐怕是更难运出去了！”

支剑峰问道：“我走了之后，敌方有何动静？”

皇甫嵩道：“在山上出现的鹰爪孙更多了。他们似乎已经发现咱们的分舵是设在这儿。”

支剑峰道：“想必是我下山的时候，行踪业已给他们发现。不过料想他们也不敢马上动手来搜。”要知丐帮是天下第一大帮，开香堂、设分舵也并不犯法。官府倘若没把握在他们的分舵搜获犯法的证据，轻易也不敢得罪丐帮。

皇甫嵩道：“但在鹰爪监视之下，咱们想转移舵址都难，那批药材更加是不能搬运。还有解洪、方亮、范魁三位兄弟藏匿这儿，时间一久，夜长梦多，只怕、只怕……”

快活张忽地哈哈一笑，说道：“你们说的为难之事就是这桩吗？用不着担心，山人自有妙计！”

支剑峰大喜道：“请张大侠指教。”

快活张笑道：“天机暂时不可泄漏，请你们准备好骡马，把那批药材装箱，另外准备十辆空车和可靠的脚夫在山下等候，明天咱们就可以启程。”

支剑峰半信半疑，说道：“骡马和车辆要多少就有多少，脚夫也可由本帮弟子充当。但却如何逃避鹰爪的耳目？”

快活张笑道：“只要你们信得过我，我是绝不会拿这样的大事来开玩笑的。明天自有分晓。”支剑峰莫测高深，只好照办。

第二天一早，一切都已准备妥当，但快活张不知怎的，却忽然不见了。

快活张是和齐世杰同住一间客房的，众人问齐世杰，齐世杰说，他一醒来就没有看见快活张。查问在前崖把风的丐帮弟子，也是都没看见快活张下山。

易容妙术

众人正在纳闷，忽听得有人喝道：“好呀，你们这帮叫花子躲在这里做什么，密谋造反么？”

支剑峰抬眼一看认得是大内副总管卫长青。他大吃一惊，急切间尚未决定如何应付，说时迟，那时快，他手下的两位香主皇甫嵩和司马玄已是扑上前去。

皇甫嵩是少林派的俗家高手，司马玄是六合刀传人，但他们二人一刀一掌，却连卫长青的衣角都没沾着。

支剑峰心念一动，连忙叫道：“两位住手，这个副总管是假的。”司马玄愕然收刀说道：“假的？”语气仍是半信半疑。他与卫长青见面不下十次，心里想道：“卫长青变了灰我也认得，怎能是假的？”

皇甫嵩则已恍然大悟，说道：“原来是张先生，真好本事，把我们都瞒过了！”

司马玄吃一惊道：“什么，他是快活张？”

支剑峰笑道：“张先生不但是天下第一神偷，改容易貌之术也是数一数二。你没听人说过吗？”

司马玄道：“听是听人说过的，我可还有点不敢相信。喂，你真的是快活张？”

快活张笑道：“支帮主真好眼力。请两位香主恕我故弄玄虚。”他恢复了原来的口音，司马玄这才相信他真的是快活张。

支剑峰道：“其实也不是我看出的破绽，我只是觉得卫长青不会有这样高明的轻功。”

快活张正要解释，有一个奉命侦察鹰爪动静的头目进来报道：“奇怪，那些鹰爪孙突然一个都不见了。”

支剑峰笑道：“张先生，这大概是你的杰作吧？”

快活张道：“不错，是我叫他们回去的。”

皇甫嵩道：“他们一回到京城，你的把戏不就给拆穿了吗？”

快活张道：“他们最少也得在三天之后才能见着卫长青。”

皇甫嵩道：“为什么？”

快活张道：“卫长青昨天吸了太多神仙丸的毒气，总算他内功造诣不弱，未至癫狂，但想要恢复神智清醒，少说也得三天五天，他身为大内副总管，是个死要面子的人，他强自支持，回到家中，我料他在未昏迷之前，一定严嘱家人，替他保守秘密。嘿嘿，有这三天工夫，我已经可以在京城外面冒充他了。有我押运药料，谁敢盘查？”

支剑峰道：“三天之后，碰上官兵盘查那又如何？”

快活张道：“乌苏台是个懂事的人，他纵然获报外间有人假冒卫长青，他也一定不敢捉拿冒牌的副总管的。因为他应该猜想得到是我假冒。至于远离京城的地方上的官兵那更容易对付了。你们看这个。”他拿出了一面腰牌。是大内卫士用作证明身份的腰牌。

支剑峰道：“这也是卫长青之物吧？”

快活张笑道：“舵主，这一次你猜错了。”

支剑峰一拍脑袋，说道：“对，我糊涂了。卫长青是大内副总管的身份，我虽然不懂宫廷规矩，但料想以他这样的职位，已是用不着证明身份的腰牌。”

快活张点了点头，表示他讲得不错。支剑峰道：“你且慢说出来，让我再猜，我猜这腰牌是……”

他话犹未了，杨大姑已是抢先说了出来：“是我那不肖弟弟的，对吗？”

快活张笑道：“你猜得不错，正是令弟之物，大姑，你不会怪我特地与令弟为难吧？”

杨大姑叹道：“我明白你的苦心，这次你帮了我的大忙，我感激你还来不及呢，怎能怪你？”

龙灵珠听不明白，问道：“他偷了这面腰牌，有利于你们押运药料，这道理我懂。但这可是帮大伙的忙，大姑，何以你要特别感激他呢？”

杨大姑道：“你还不懂吗，他这样做固然是帮了大伙的忙，但更是特别帮了我的忙。因为他知道我还想挽救我那不成材的弟弟。”

龙灵珠这才恍然大悟，说道：“我懂了。令弟失了这面腰牌，那就是更加非得畏罪潜逃不可了。”

司马玄问道：“这更加两字，内里定有文章，我还未知道呢，请道其详。”

齐世杰笑道：“我那舅舅以为我是他的儿子。”快活张跟着把他如何捉弄杨牧的事情说了出来，听得众人哈哈大笑。

快活张道：“大内卫士的身份，对外是不公开的。因此大内卫士出差，需要地方官助之时，地方官吏是只认牌不认人的。”

解洪喜道：“如此说来，有了这面腰牌，我们就不怕一路上有什么麻烦了。”

快活张道：“话虽如此，不过也还是要提防意外的。总之，是要有备无患的好。”

杨大姑道："如何才算'有备'，请你说得详细一些好吗？"

快活张道："这次押运药材前往柴达木，支舵主和两位香主都是不便出面的，虽然有你的两位师侄和我以及解兄，实力还嫌不够。最好多一个武功超卓的人帮忙押运。大姑，我，我想……"

杨大姑不待他提出要求，已是明白他的意思，立即说道："你们帮了我的忙，我岂能置身事外？不过江湖上认得我的人多，我的武功也够不上超卓二字……"

快活张笑道："老大姐不必过谦，你纵横江湖数十年，不论黑道白道，谁不知道有个辣手观音，不过我也知道你已经厌倦了做辣手观音，所以我也不敢麻烦你啦！"

杨大姑给他逗得大笑起来，说道："快活张，你这油嘴滑舌的老毛病几时才改？好在我这老太婆还有自知之明，你送我这顶高帽请收回去吧。不过不是我夸奖自己的儿子，杰儿的武功如今已远胜于我，纵然尚未当得起'超卓'二字，给你们帮点小忙谅还可以。杰儿，你就替我走一趟吧。"

杨大姑本来是一向禁止儿子和反清的侠义道往来的，上次齐世杰离家的时候，她还再三告诫，不许他到柴达木去找冷冰儿。不料这次她却自动地打破了自己的"禁"。

齐世杰大喜过望，说道："妈，我正想向你开口，求你允许我与他们同行，谁知你已早有此意了。妈妈，你真是我的好妈妈！"

杨大姑笑道："我以前就不是好妈妈么？"

齐世杰道："不，不，你以前也是我的好娘亲，不过，你现在更好。因为你以前只知道疼我，现在现在……"

他正琢磨字眼，不知如何称赞他的母亲方始得体，杨大姑已是笑起来道："你不用解释了，我以前的错处，我自己知道。唉，以前我除了疼你之外，只知道维护我的弟弟。如今我才知道亲弟弟比不上'外人'，我还能够像从前那样自私吗？但好在我还有一个替我争气的好儿子！"她本来是满面笑容说话，说着，说着，不觉有点感慨起来了。

快活张扭转话题，笑道："老大姐，你为了大伙舍得放开儿子，好心必有好报，将来你的儿子一定会给你带个好媳妇回来。"

这句话又触起杨大姑的心事，她看了看龙灵珠，忽地说道：“龙姑娘，你也是准备和他们一起去柴达木的吧？”

龙灵珠迟疑片刻，说道：“有了齐大哥帮忙押运，我看可以无需我了吧？”

杨大姑道：“你另外有事吗？”

龙灵珠道：“我想到天山一趟。”

杨大姑道：“哦，你去天山做什么？”

齐世杰笑道：“妈，你还不知道吗，她是去找你的嫡亲侄儿，我的表弟杨炎呀！”

龙灵珠红晕双颊，低下了头。这神情瞧在杨大姑眼内，她当然是心中雪亮了。

原来自从杨大姑与龙灵珠化敌为友之后，对她甚为喜欢。如今杨大姑的想法与从前已不一样，快活张那句话触动她的心事，她不觉忽地起了一个念头：“这位龙姑娘虽然是人称小妖女，但我不也是给人叫做辣手观音吗？嗯，辣手观音有个小妖女做媳妇儿倒也算得是门当户对。”可惜她的这个如意算盘马上就给证明是打不通了，她一听儿子的口气，再一看龙灵珠的神情，立即心中雪亮，这“小妖女”所爱的人原来是她的侄儿杨炎。“我真糊涂，她早已对我说过，她这次入京，为的是找杨炎的了。她对杰儿好，那不过是为了炎儿的缘故。我怎能一见刮风，就以为必定落雨？不过，侄媳妇和媳妇也是一样，我倒无谓多心了。”

杨大姑哈哈一笑，挽着龙灵珠的手说道：“对啦，我想问你，你既然找着了杨炎，为什么不和他一起，却让他独自前往天山？”

龙灵珠笑道：“我答应过你，要回来镖局再见你的，怎能背约？”

杨大姑黯然说道：“多谢你有我的心，但炎儿却不愿意回来，再见一见我这个姑姑了？”

龙灵珠忙道：“姑姑，你别误会他。他托我向你问候并道歉的。只因他惦着师恩深重，他要赶回去参加他的先师周年祭典。”其实杨炎的第一个师父、天山派前掌门唐经天逝世早已满了一年，这不过是龙灵珠随口捏造的谎言。她不愿意给杨大姑知道杨炎回天山的真正原因而替杨炎担忧。

好在杨大姑也记不清唐经天是在哪一天逝世，听她说得合情合理，点了点头，说道：“原来如此，那我倒是怪错他了。但你……”

龙灵珠道：“我不是天山派弟子，不便和他同一天回去。因此迟两天动身。”这也是她临时捏造的理由，但杨大姑一想，“不错，炎儿是回山吊祭先师的。他离开天山多年，假如一回山就是和这个‘小妖女’一起，难免要惹同门猜疑，甚至可能有人要说闲话，说他这样是对师父不敬。”对龙灵珠的信口开河，倒是十分相信了。

她想了一想，忽地说道：“龙姑娘，我想和你说几句体己话儿。”把龙灵珠拉过一边。

杨大姑挽着她的手，轻声问道：“天山派有个女弟子名叫冷冰儿，你和她想必是认识的吧？”

龙灵珠笑道：“岂止认识，我们还是好朋友呢。”杨大姑道：“这就好了，我求你一件事。”

龙灵珠道：“这件事可是和那位冷姑娘有关？”杨大姑道：“不错。”龙灵珠笑道：“那你何必现钟不打反去炼铜？”杨大姑一怔道：“你这话是什么意思？”龙灵珠道：“令郎和她认识在我之前，我和她的交情也还比不上令郎和她的交情呢。”

杨大姑叹气道：“我知道，我就是因此，才要求你帮忙的。”

龙灵珠一听，心中已是明白几分，暗自想道：“这件事情，只怕谁也帮不上你的忙，唉，你哪知道我也正是为了这件事情烦恼！”她没有心情说笑了。

“请你说吧。要是我做得到的，我一定尽力而为。”龙灵珠正容说道。这几句话倒是出自她的内心，说得甚为诚恳。

杨大姑很满意她的态度，缓缓说道：“这件事你一定做得到的，我只是希望你替我转圜。”

“转圜，转什么圜？”龙灵珠明知故问。

杨大姑颇感尴尬，但也只好直说出来：“实不相瞒，我做错了一件事情。世杰本来是喜欢那位冷姑娘的，是我不知好歹，出言无状，伤了那位冷姑娘的心，把她气走了。请你代我向她赔罪，要是她能够与小儿和好如初，我就感激不尽了。”

龙灵珠勉强笑道："原来你是要我做媒，替你找个好媳妇。但俗语有云：一不做中，二不做保，不做媒人三代好。可知做媒人是吃力不讨好的。姻缘之事，必须男欢女爱才行，只凭媒人一张嘴那可不成。"

杨大姑已经熟悉龙灵珠的脾气，只道她还是在开玩笑，却不知她说的是心里的话。当下笑道："我的好小姑奶奶，你别刁难我这老婆子了。我知道他们是彼此相爱的，她曾经救过小儿的性命，小儿也曾经为了她而拒绝我替他安排的婚事。"

龙灵珠心中暗叹："你虽然一大把年纪，对这件事情却是看得太简单了。你的儿子喜欢人家那是不错的，但人家是否喜欢你的儿子，恐怕却只是你的一厢情愿了。"不便明说出来，故意问道："你既然知道他们彼此相爱，那你当初又何以不喜欢冷冰儿做你的媳妇呢?"

杨大姑道："我不是不喜欢她，是因为她的叔父……"

龙灵珠道："哦，我明白了。你是因为她的叔父是柴达木反清义军的头领冷铁樵，你怕受到牵累。"

杨大姑道："我已经知道错了，现在我让我的儿子帮忙解决他们押运药材到柴达木去，用事实来表示我的悔悟，想必也可以得到冷姑娘的谅解了吧?"

龙灵珠心里想道："你的悔悟是一回事，她愿不愿意做你的媳妇可又是另一回事了。"但她不便对杨大姑直言，只能委婉说道："冷冰儿知道你今次所做的事情，她一定会恢复对你的尊敬的，这点你不用担心。不过这个媒是否能够做得成功，我可没有把握。只能希望她尚未找到另外的意中人了。"

杨大姑对她的答复已经甚为满意，笑道："我当然知道姻缘不能勉强，只要你把我的心意说给她知道，那就行了。"在她的想法，她的儿子是连天上的仙女都配得起的，只要她肯接受冷冰儿做她的媳妇，冷冰儿还会不嫁给她的儿子么?

支剑峰等人见她们手挽着走出来，杨大姑堆满笑容，龙灵珠却是眉头打结，不禁都是心中纳闷，不知杨大姑和她说了一些什么。只有齐世杰隐隐猜到几分。

搬运药材的队伍已经准备出发，齐世杰道："妈，我走啦，你多多保重。方豪师哥不是好人，你提防他点儿，不要和他来往太密。"杨大姑笑道："我一直把你当作不懂事的孩子，谁知你已经反过来会照顾我啦。你放心，谁是好人，谁是坏人，妈肚子里也有一本账的。不过妈不说出来而已，并非如你所想的糊涂。"

下山途中，果然不再发现形迹可疑的鹰爪，到了山下，换了大车装载运，龙灵珠也就在山下与他们分手了。

齐世杰道："龙姑娘，我送你一程。"与她并辔同行，说道："据我所知，杨炎的义父缪长风大侠亦已回转天山了，你到了天山，最好先找着他。他是在后山龙隐岩居住的。那个石岩的形状像一条巨龙横空而出，昂头扬爪，很容易认。"龙灵珠懂得他的苦心，说道："多谢你的好意，我知道啦。"

齐世杰问道："我妈和你说了些什么私已话?"龙灵珠笑道："她要我替你做媒。你可想知道她属意的是哪位姑娘?"

齐世杰摇了摇头，说道："妈老糊涂了，你别听她的话。"龙灵珠道："唔，看来你已经知道那位姑娘是谁了，你不喜欢她吗?"

齐世杰叹了口气说道："龙姑娘，咱们不必打哑谜了，我和你说真心话吧。我不是不喜欢那位姑娘，但那位姑娘喜欢的却不是我。我只盼我喜欢的人得到幸福，所以我劝你也不必多事了。唉，你别怪我直说，咱们乃是同病相怜，但愿你也是和我一样的想法。言尽于此，恕我不远送了。"龙灵珠听了这几句话，不觉呆了。

"我只盼我喜欢的人得到幸福!"这句话好似醍醐灌顶，令得心情烦乱的龙灵珠顿时清醒，心里想道："是啊，炎哥不顾一切，赶回天山。为的什么？不问可知，当然是为了他的冷姐姐了！他不惜甘冒身败名裂之险，也要与冷妹姐有福同享，有难同当，可知他们相爱之深！有真爱就有幸福，幸福与否，这只是当事人的感受。只要他们觉得幸福，那就是真正的幸福了。他们本来就无须顾及旁人的议论的！但我，我既然知道他们是真心相爱，那我、我就只能成全他们，不能阻挠他们了。"原来她虽然并无世俗之见，但由于她不甘心让自己所爱的人被人"抢"去，为自己给自己制造"理由"，因此也就不免接受一般人的看法，认为冷冰儿与杨炎，并非良配，因为他们辈分不对，年纪也有很大距离。但如今齐世杰的这句话却似醍醐灌顶，又似当头棒喝，把她的成见推翻了。

她呆了一呆，说道："齐大哥，多谢你的赠言，你的话我会牢牢记在心里，不过杨炎天山之行，只怕会有凶险，我与他相识一场，他若受到本门惩罚，我也应该负一部分责任，所以我绝不能袖手旁观。"

齐世杰知道她已经懂得自己的意思，欣然说道："你的苦衷，我明白的。要不是为了押运药材之事更加重要，我也要和你去的。"

龙灵珠道："这件事与你无关，你去到天山，也帮不了他们什么忙。"

齐世杰道："我知道。因此只好偏劳你了。"

龙灵珠道："好，那么咱们就此别过！"

齐世杰忽道："且慢！"

龙灵珠一怔道："齐大哥，你还有什么话说？"心想："你不是说已经话尽于此么？"

齐世杰笑道："话是没有什么要说的了，不过有一样东西要给你。"

龙灵珠道："给我什么？"

齐世杰道："也不是无条件送给你，只是要和你交换。"龙灵珠摸不着头脑，问道："交换什么？"

齐世杰跳下马来，说道："交换坐骑！"

原来齐世杰这匹坐骑乃是江上云送给他的，神骏异常，是匹罕见的良驹。

龙灵珠道："啊，你这份礼太厚了，我不敢当！"

齐世杰道："实不相瞒，这匹马也是一位好朋友送给我，当时他是因为我有急事，才送给我的……"

"那位朋友因为我有急事，把他的宝马送给我。如今你有急事，我岂可不学他的榜样？这是顺水人情，请你收下吧。"齐世杰继续说道。

龙灵珠也怕赶不上杨炎，说道："好，反正大家都是为了帮杨炎的忙，我就不和你客气了。"

齐世杰送给她的这匹坐骑，本是江上云的，四蹄雪白，鬃色却是殷红如血，是有名堂的大宛良驹，名为“红鬃烈马”，虽然不能日行千里，但四五百里的路程，却是的确能够两头见日。

龙灵珠策马疾驰，第二天已是过了密云县境，离开京城，差不多有五百里之遥了。

忽见前面有一辆四匹马拉的马车，跑得也是飞快。更难得是四匹马都是毛色纯白，肥瘦如一。

龙灵珠好奇心起，想道：“这四匹马和我这匹红鬃烈马似乎难分高下，我倒要看看是谁较胜一筹？”

前面那辆马车上的乘客似乎亦已注意到了后面追来的这匹宝马了，把车帘拨开，回头来望。

龙灵珠见着这两个人，不觉一惊。这两个人是她在祁连山上见过的，不是别人，正是白驼山主的那两个徒弟，司空照和慕容垂却不认识她。那次他们虽然是奉命来帮大内侍卫彭大遒捉拿“小妖女”，却未见着龙灵珠。龙灵珠是在暗中窥破他们的行藏的。后来她看见杨炎已经将这二人打发，她就径自去找她的世伯祁连剑客萧逸客去了。始终未曾在司空照与慕容垂的面前现出身形。

她在吃惊，司空照和慕容垂也在吃惊。司空照“咦”了一声，说道：“这女娃儿的坐骑好像比乌总管送给咱们的这四匹贡马还好！”慕容垂道：“能够骑这样烈马的女娃儿倒是少见，想必她定有来历？”说话之际，用眼色征求师兄意见：要不要出手抢她的坐骑。

龙灵珠当然听得懂他的言外之意，但她正在策马疾驰，急切间却是不能拔转马头。另一方面，她也不大把这两个人放在心上，她暗自思忖：“那天，炎哥打发他们也用不了二十招。我虽然比不上炎哥，但也未必会败在他们手里。好，他们不来惹我，我也要惹惹他们。”她已经看出马车的速度快不过她的坐骑，抱着打不过就跑的念头，依然追上前去。

就在此时，忽听得一个熟悉的声音说道：“是女娃儿吗，扶起我来看看！”

听见这个熟悉的声音，龙灵珠吃惊更甚。定睛看时，那个人已是卷起车帘朝她张望了，可不正是宇文雷是谁？

原来宇文雷被齐世杰以龙象功封闭过久，走路起来，已是不大方便，莫说施展轻功，连骑马也感觉吃力。

乌苏台怕惹麻烦，不敢留他在家里养伤。恰值白驼山主派遣两个徒弟入京探听消息，乌苏台巴不得宇文雷越早离开京城越好，于是赶忙叫慕容垂和司空照护送他们的师兄回山。宁愿把皇帝赏赐给他的四匹青海所贡的名驹转赐他们。

宇文雷一见是龙灵珠，不由得又惊又喜，立即说道："你们知道这小丫头是谁吗？她就是山主要你们捉拿的小妖女！"

司空照、慕容垂不约而同，一声呐喊，齐向龙灵珠扑来！

龙灵珠快马疾驶，此时本来已是快要赶上他们那辆马车的了，那匹马跑得正在性起，回避已不可能，龙灵珠索性加上几鞭，让它更快地向前冲去！

司空、慕容二人从车上飞掠过来，要硬生生地把她挤下马去。

龙灵珠刷的一鞭，抽中马臀，那匹红鬃烈马人立跳起，眼看就要把这两个人践踏于马蹄之下。

就在此时，龙灵珠忽觉微风飒然，情知是有暗器袭到，急忙挥鞭扫打，只听得铮的一声，一枚铜钱给她击落。但她的虎口竟也感到一阵酸麻！

龙灵珠心头一凛："这人的内力可是非同小可！"心念未已，只听得红鬃马一声嘶鸣，突然倒了下去！

原来宇文雷虽然行走不便，但内力并无多大损耗，他在车上歇息两天，已经恢复了七八分了。论功力，他不过比齐世杰稍逊一筹，当然是远在龙灵珠之上。那两枚钱镖就是他所发的，龙灵珠护得了自身，护不了坐骑。龙灵珠给抛离马背，幸而她轻功超卓，一个鲤鱼打挺，就翻起身来。慕容垂俨如饥鹰扑兔，正在伸开蒲扇般的大手向她抓下。

龙灵珠喝道："斩断你的狗爪！"她一个鲤鱼打挺，翻起身时短剑已经握在手中，正好指着慕容垂掌心的劳宫穴。

慕容垂大吃一惊："这小妖女的剑法果然了得！"劳宫穴是人身大穴之一，若给刺个正着，损了手上少阳经脉，最少也要耗损十年内功。

司空照喝道："小妖女还敢逞能！"他是慕容垂的师兄，本领虽然比不上宇文雷，比起慕容垂却好得多。一见师弟形势不妙，人未到，掌先发。距离十步之外，劈空掌所挟的那股劲风，已是令得龙灵珠身形一晃。

就这毫厘之差，龙灵珠剑锋稍稍偏斜，未能刺个正着。只听得嗤的一声，饶是慕容垂躲避得快，衣袖亦已给她削去一幅，吓出了一身冷汗。

说时迟，那时快，司空照已是亮出兵刃，及时赶到。龙灵珠反手一剑，和他的判官双笔碰个正着。当的一声，火星飞溅，论内力是司空照较强，但论剑法，则是龙灵珠精妙得多。她的短剑虽然给荡过一边，但顺势横披，仍然像是背后长着眼睛一样，剑尖不离司空照的穴道。司空照虽然出手占得上风，却也不敢强攻，逼得把一支判官笔缩回来护身。龙灵珠一个盘龙绕步，转过身来，正面接招。

慕容垂吓出一身冷汗，哪里还敢轻敌，赶忙也把随身的兵器取了出来，上前与师兄联手。

他的兵器是一对点穴橛，和判官笔一样，都是点穴的兵器。不过判官笔较短，点穴橛除了较长之外，尖端有如鸭嘴微弯，还可兼作钩刺之用。武学有云："一寸短，一寸险；一寸长，一寸强。"两种点穴兵器各有所长。司空照的点穴手法较为轻灵，是以爱用判官笔。慕容垂内功的造诣虽然不及师兄，气力却是较大，故而选用比较沉重的兵器——点穴橛。

他们师兄练习有素，兵器一长一短，配合得恰到好处。幸亏龙灵珠与杨炎相处月余，彼此交换武功，她得益更多，本领亦已是今非昔比。这才勉强抵敌得住。

宇文雷在车上观战，暗暗吃惊，心里想道："相距不过半年，这小妖女的武功竟然精进如斯。倘若今日给她逃脱，再过几年，只怕白驼山又要添一个劲敌了。"要知上次他在祁连山与龙灵珠交手，不过十数招，便能将她活擒。他这两个师弟联手，最少也能抵敌他百余招的。如今，他们和龙灵珠交手，亦已过了五十招了，还是奈何不了龙灵珠。宇文雷最初的估计，本来以为他们在三十招之内便该得手的。

龙灵珠自知气力不济，采取绕身游斗的战术，一合即分，一沾即退，仗着身法轻灵，往往在间不容发之际，避开敌方的强攻。但虽然如此，仍是难免稍稍吃亏，五十招之后，额角已是沁出黄豆般大小的汗珠。

宇文雷手里捏着钱镖，但却不敢轻发。

要知龙灵珠和司空、慕容二人缠斗得非常之紧，三条人影几乎是混作一团。宇文雷的暗器虽然打得准，也怕误伤自己人。二来他亦已看得出来，他这两个师弟虽然急切之间未能得手，亦已占了上风，用不着他发钱镖相助了。

龙灵珠在间不容发之际，突然以变幻莫测的剑招向慕容垂疾攻三招，慕容垂身形一偏，龙灵珠立即从缺口跳出。

司空照喝道：“小妖女，往哪里走！”如影随形，跟踪急上。

龙灵珠的红鬃马已经倒在地上，也不知是死是活，但已瘫作一团了。龙灵珠自知气力不济，对方又有骏马代步，要逃跑是跑不了的，只能再拼。

刚才她因缠斗得紧，无法腾出手来，此际她一跳出圈子，趁这空档，立即解下束腰的银丝软鞭。

这条软鞭是她得心应手的兵器，她在鞭法上的造诣更胜于剑法。

她抖开银丝软鞭，把从萧逸客手中学来的扫叶掌法用到了鞭法上。

软鞭有二丈来长，抖起一个圆圈，方圆数丈之内，沙飞石走。在兵器上她先占了便宜。

判官笔不过一尺八寸。点穴橛也不过长达三尺，对抗二丈多长的软鞭抽扫，急切之间，他们又摸不着这套鞭法的路数，亦是不敢欺身冒进。如此一来，又给龙灵珠扳成平手相持的局面，他们被逼得在离开龙灵珠身子三丈开外抵挡她的这条软鞭。可惜龙灵珠气力不济，否则仗着这套奇妙的鞭法，便可取胜。

宇文雷看得皱起眉头。不错，他是个武学大行家，看得出时间一长，龙灵珠气力不济，始终还是要败给他这两个师弟的，但最少恐怕也得在三百招开外。这条路虽然荒凉，也怕会有路人经过。

龙灵珠改用软鞭，有一利亦有一弊。由于她弃了近身缠斗的战术，虽然可以更加避免硬碰硬拼，但却给了宇文雷以可乘之机了。

宇文雷又怕夜长梦多，立即发出钱镖。他的两个师弟在离身三丈开外和龙灵珠相斗，他已是不怕误伤自己人了。

龙灵珠的软鞭挥舞得风雨不透，铮铮数声，宇文雷打来的钱镖都给她打落，虽然如此，她的虎口亦已感到一阵阵酸麻，而且由于要分神对付暗器，遮拦亦已没有刚才的严密了。

陌路相逢

宇文雷的钱镖陆续打来，龙灵珠一个疏神，左腕给打个正着，虽然不是打着穴道，兵刃亦已拿捏不牢，“当”的一声，短剑坠地。

她是用长鞭攻敌，短剑防身的。失了短剑，对敌方的威胁大减，功力较高的司空照已是敢于欺身进逼了。龙灵珠左腕剧痛，右腕虎口酸麻益甚。长鞭挥舞，章法大乱，劲道更是大不如前。

司空照觑个正着，喝道“撒手”！双指一挟，挟着鞭梢。他是练过金刚指力的人，龙灵珠则已气力不加，如何还能抵敌？果然给他一挟就把软鞭夺去。龙灵珠一个“细胸巧翻云”，倒纵出一丈开外。她虽然气力不济，轻功倒是还能施展。跃出圈子，转身飞奔。

慕容垂要报刚才那一剑削袖之仇，首先追上，大声喝道：“小妖女，还想逃吗？”

眼看就要追上，忽听得一个冰冷的声音喝道：“这小妖女是我们的，不许你们动她！”

声音远远传来，人影尚还未见，已是震得耳鼓嗡嗡作响！司空照吃了一惊，叫道：“师弟小心！”

慕容垂也知对方厉害，但一来他恃着有白驼山势力作靠山，二来他是个脾气暴躁的人，眼看仇人已是可以手到擒来，怎肯凭着对方一句就乖乖退让？

“我们费了好大的力气才把这小妖女打败，你们倒想来捡现成，天下哪有这种便宜的事！”慕容垂气呼呼地回话，脚步丝毫不缓。

不但他们吃惊，龙灵珠亦是不觉心头一震，暗自想道：“这人声音刺耳异常，但却似曾相识。我是在什么地方听过他说话的呢？他骂我为小妖女，又不许白驼山的人伤我，不知是何缘故？”逃命要紧，也无暇思索这人是友是敌了。但心神一分，又中了一枚钱镖，这次是打着她的后腿。龙灵珠一个跄踉，摇摇欲坠。

就在此际，只听得马蹄声来得有如暴风骤雨，来的共是四骑，最前面一骑，乘者是个三十岁左右的汉子，倏地从马上飞身掠出，俨似飞鹰扑兔，扑向即将倒地尚未躺下的龙灵珠。

说时迟，那时快，慕容垂亦已跑到龙灵珠身边，“乒”的一声两人对了一掌。龙灵珠一个鲤鱼打挺，翻身便跑。慕容垂和那个人都扑了个空。

慕容垂怒道：“你是什么人？你讲不讲理？”不料那人比慕容垂还更暴躁，也没有说话，喉头咕咕作响，劈面就是一拳。

慕容垂还了一掌，立即和他打起来。慕容垂气力较大，那人的掌法较精，一时间倒是难分高下。

“你究竟是谁？为什么不说话，你是哑巴吗？”慕容垂喝道。此时另外三骑亦已到了，慕容垂已知形势不妙。只盼能用白驼山的名头把对手压下去，但总得对手与他搭上话才行。

那人喉头咕咕作响，仍然没有说话。

原来他真是个哑巴。

龙灵珠侥幸逃脱那人的鹰爪，此时亦已知道那人是谁了。

原来正是被杨炎割了舌头的那个天山派弟子，曾向冷冰儿求婚不遂的石清泉。

龙灵珠暗暗叫苦，没命飞逃。只盼能够趁着他们缠斗的时候，侥幸逃脱。

可是那三骑马已经拦住她的去路了。龙灵珠一看，这三个人都是她认得的。

一个是石清泉的父亲石天行，一个是曾经和她交过手的丁兆鸣，还有一个是石天行的大弟子陆敢当。

石天行和丁兆鸣是名列天山派四大弟子的人物，陆敢当武功虽然较弱，但比起她来，也差不了多少。

这一下龙灵珠登时如坠冰窟，冷意直透心头，情知是绝难脱身了。

"小妖女，给我站住！"石天行喝道，声音铿铿锵锵，刺耳异常。刚才用"传音入密"上乘内功发话的人正是他。

龙灵珠情知难以脱身，索性就听他的话站住，冷笑说道："你身为天山派的长老，打不过师侄，却想拿我出气，也不害羞！哼，你要欺负我那就来呀，只要你不怕给杨炎打你的嘴巴！"

石天行给师侄打他的嘴巴，这是他认为平生奇耻大辱的事，此时他已怒火焚胸，也顾不得什么以大欺小，以强凌弱的顾忌了。"小妖女，你作恶多端，我是要拿你回山问罪，何须和你讲什么江湖规矩。"大喝声中，飞身下马，立即来抓龙灵珠。

龙灵珠身形游走，竟不闪避，反迎上来，扬手打他耳光。她当然知道自己决计不是石天行对手，如此"胆大妄为"可能要招杀身之祸，但她自忖脱不了身，早已豁了性命，只盼能够打他一下耳光，死了也是值得。

这一招是"扫叶掌法"中的绝妙招数，龙灵珠又是不顾性命的，若在平时，饶是石天行功力比她高得多，只怕也是难以闪开。

可惜她此时已是精疲力竭，掌法虽妙，出手却慢了半分，石天行一闪就闪开了。但虽然闪开，掌风刮面而过，面皮也是感到火辣辣的。

石天行大怒之下，一抓抓住她的手臂，喝道："小妖女，你自己找死，我就先废了你……"

眼看他的内力一发，龙灵珠的这条手臂立即就要给他拗断。他并不想取龙灵珠的性命，但却要把她弄成残废。此时他在盛怒之下，已经变成了一个好像失了理智的疯人了。

丁兆鸣连忙叫道："师兄，这小妖女虽然是本门仇敌，但她与杨炎一案有关，咱们也还需要她的口供的。似乎应该将她押解回山，由掌门师弟处置，方能显出咱们天山派处事公平，不至落人闲话。"弦外之音，天山派是素来注重"侠义"声名的，若然不问青红皂白，便即滥用私刑，势必招人闲话。

石天行是天山派四大弟子之首，又是新近升任“长老”的，本门的规矩，他岂能不知？丁兆鸣一再劝谏，他是不能不冷静下来了。无论他怎样恨这“小妖女”，他也不能在师弟面前，失了他“长老师兄”的身份，失了他应当作为同门榜样的尊严，知法犯法，破坏门规。

他的手垂下来，冷冷说道：“姑且饶你这小妖女一命。”顺势点了龙灵珠的穴道，用的是可以封闭十二个时辰穴道的重手法。

忽听得一个冷冷的声音说道：“好功夫。不过，凡事要讲一个理字，只凭武功是压服不了人的！”声音宛似金属敲击，刺耳异常。石天行心头一凛：“这人内功之深，只怕并不在我之下！”

发话的这个人是宇文雷，他早已卷起车帘坐起来了。

石天行的大弟子陆敢当是曾经跟随师叔李务实上过祁连山的人，当时正邪各派都有来到祁连山搜捕“小妖女”，陆敢当没有见过宇文雷，却是见过司空照与慕容垂这两个人的。

“阁下是哪条道上的？”石天行的目光向宇文雷那边望去，冷冷问道。

宇文雷尚未回答，陆敢当已是抢先说道：“师父小心，这个人我虽然未曾见过，但他这两个同伴我知道是白驼山的。要是我猜得不错的话，这个人大概是白驼山山主宇文博的侄儿宇文雷。”白驼山的人善于用毒，宇文雷在白驼山的地位仅次于他的叔叔，这些石天行都是早已知道的。

石天行面色一沉，抓起龙灵珠，向他的大弟子陆敢当抛去，说道：“好，我去和他讲理，你看管这小妖女。”

此时石清泉已是与慕容垂改用兵刃相斗，石清泉对掌略占上风，用剑来对付慕容垂的一双点穴橛，慕容垂使重若轻，以长攻短，石清泉施展浑身解数，只能勉强和他打成平手。

司空照比较慎重，但此时他已知道对方的身份，心里想道：“石天行是天山派的长老，素闻他为人极为骄傲，师兄的名头料想压不住他。和他们‘说理’，只怕三言两语就会闹翻。他一出手，我和慕容垂师弟要逃也难了。”事急只好冒险，陡地跃上前去，叫道:“师弟退下，让我来会天山高手!”

用不着他打眼色，慕容垂已经知道师兄的用心，并不是要他立即退下的。司空照来得极快，慕容垂假装尚未能够摆脱敌手，加速向石清泉疾攻三招。说时迟，那时快，司空照的一对判官笔亦已指到了石清泉背心的风府穴。

石清泉对付慕容垂已是为难，哪禁得起又来一个武功更强的司空照，令他背腹受敌?三招未毕，他已是手忙脚乱，咿哑大叫。

被割了舌头的人，发出的声音，当然是含糊不清。但别人不知他说的什么，他的父亲却是听得明白的，他是在叫“爹爹!”

石天行叫道:“师弟……”下面的话尚未说出来，只见丁兆鸣已经跑上前去，说道:“师兄放心，这两个小妖人交给我好了!”

司空照的判官笔堪堪点到石清泉的背心，他快，丁兆鸣更快，司空照只觉微风飒然，丁兆鸣的剑尖亦已刺到了胁下的愈气穴。司空照识得厉害，保命要紧，哪里还有余暇攻敌?饶是他变招得快，险些也被刺中，剑峰从他胁旁横削而过，他穿的紧身内靠也给削开了一道长长的裂缝，侥幸未伤着皮肉。慕容垂更为狼狈，头上的乱发也给削去了一片，随风飘扬。丁兆鸣一招两式，几乎同一时间，攻击两个强手，剑法之快、狠辣，实是难以言语形容。

丁兆鸣道:“师侄，你回去帮敢当看管那小妖女吧。”石清泉正想回去折磨仇人，便即抽身。

石天行见儿子安全回来，放下了心。他情知师弟必定可以轻易取胜，于是头也不回就向宇文雷走过去了。

“你是白驼山的宇文雷?”石天行冷冷问道。

宇文雷坐在车上，说道:“不错，宇文雷正是区区。老前辈是天山派的石长老吧?”

石天行见他辞色恭谨，对他的憎恶不觉减了几分，傲然说道:“是又怎样?”

宇文雷道:“石长老侠名满天下，我是久仰的了。请恕在下有病在身，不能下车行礼。”说罢伸出手来。

石天行是个武学的大行家，仔细一看，便知道他确是行动不便。心里想道:“他是否有病，我不知真假。但看此情形，纵然不是有病，恐怕也是在不久之前，曾经碰上高手，受了挫折。哼，算他运气，我倒是不便杀他了。”要知他是一派长老的身份，别人有病在身，他自是不能施展杀手。

“好说，好说！”石天行稍假辞色，伸出手来与他相握。

宇文雷行动不便，内功仍在，双方暗中较量内力，宇文雷只觉自己所发的内力，有如泥牛入海，一去无踪，对方神色自若。宇文雷吃了一惊，连忙松手，说道：“怪不得石大侠名满天下，果然是名不虚传，佩服，佩服！”左一句“老前辈”，右一句“石大侠”，捧得石天行都不觉有点飘飘然了。

殊不知宇文雷固然吃惊，石天行也是好生惊诧。原来宇文雷刚才用上了独门的邪派内功，极为霸道，石天行虽然能够以正宗的上乘内功化解，手腕的寸关尺脉也是感到阵阵酸麻，不过对方在他的神色上看不出来罢了。

石天行心里明白，这番内力较量，其实是各有所长，尚未分出高下的。心里自思：“他有病在身，尚且如此了得。白驼山的武功确是不可小视！”

不过，对方如此恭谨，他却是乐得大摆架子。当下冷笑说道：“你要和我讲理？”宇文雷道：“正是要请前辈指教。”石天行哼了一声道：“白驼山的人居然也肯讲理，倒是奇闻！”

宇文雷道：“实不相瞒，白驼山的人对别人的确不大讲理，但对天山派的长老，却不能不讲。而且我知道天山派的人也一定肯讲理。”

石天行道：“为何只能和天山派的人讲理。”

宇文雷赔笑道：“天山派是武林中的泰山北斗，是侠义道中的侠义道，能够做到天山派的长老，当然更是以德服人了。我怎能不讲理呢？”

俗语说：千穿万穿，马屁不穿。宇文雷大拍他的马屁，石天行更是飘飘然了。

石天行道：“好，你要评理我就和你评理，说吧！”

宇文雷正要说话，忽听得断金戛玉之声夹杂刺耳的呼叫。

那边的战斗已经结束了。

丁兆鸣在天山四大弟子中排名第三，剑法却是最精，他使出天山剑法的追风剑式，以一招“排云驭电”，同时刺中了司空照与慕容垂。这两个人都感觉虎口好似给利针插进了一般，而且是左右手都有同样的感觉。司空照的一对判官笔脱手飞出，慕容垂的一双点穴橛较为沉重，跌了下来，碰伤了自己的脚，更是伤上加伤。

这一下，不但身受者吓得魂飞魄散，旁观的宇文雷也是大惊失色。自忖：“这等精妙剑法，若是招呼在我的身上，只怕我也非得受伤不可。”连忙叫道：“石老前辈，请叫令师弟手下留……”

石天行微微一笑，说道：“丁师弟，咱们是名门正派，可用不着得理不饶人。我正在和他们的少山主评理，你暂且放过他们吧。”丁兆鸣应了一声“是”，收剑入鞘。司空、慕容二人忍着疼痛，拾起兵器，灰溜溜退下。

石天行道：“少山主，你不是要评理吗，怎么还不说话？”

宇文雷惊魂稍定，讷讷说道：“按江湖规矩，这小妖女是、是我们擒获的，似、似乎应该由我们处置吧？”

石天行道：“这话你就不对了，这小妖女分明是我亲手拿下的，怎能说是你们所擒？”

宇文雷定下心神，方始省觉自己说错了话，忙道：“不错，这小妖女是老前辈亲手拿下的，不过在老前辈未来之前，我们已经出了许多力了。要是老前辈不来，这小妖女谅也难逃我们掌握。”

石天行冷笑道：“如此说来，你是认为我捡你们的现成了？”

宇文雷道：“不敢。不过……”

石天行道：“用不着什么不过了。我问你，这小妖女若是一开始就和我交手，我是否可以独力擒她？”

宇文雷道：“再多一个小妖女，也不是老前辈的对手。”

石天行道：“如此说，你已经承认我是无须捡你们的便宜了。这小妖女等于咱们都要追捕的猎物，江湖规矩，若非有约在前，谁先得手，就该归谁所有。”

宇文雷道：“但我们多少总算出过点力。”

石天行道：“哦，你是想要分赃，但一来这是黑道上的规矩，我们侠义道可不讲这一套……”

石天行继续说道：“二来人也不比财货，财货可以分开，人是不能各要一半的？”

宇文雷道：“老前辈说得是。我不敢请老前辈‘分赃’，只想向老前辈求个人情。这小妖女是我们的仇人，我们是奉山主之命来拿她回去的！”

石天行道：“她和你们结的是什么仇？”

宇文雷道：“我不大清楚，好像是因为她的先人曾经做过对不住我们山主的事情，结下了难以化解的梁子。”

石天行道：“简单地说，那就是她的父亲和你的叔叔有仇？”

宇文雷道：“不错。”

石天行道：“据我所知，这小妖女的父亲早已死了。俗语说一死百了，何况只是这小妖女的先人和你们有仇，并非这小妖女本身！”

宇文雷道：“老前辈话是不错，但俗语也说：斩草要除根！”

丁兆鸣忍不住走过来道：“这句话不对！应否‘除根’，要看他本人犯的是什么罪！老实说我就曾经被这小妖女诡计所伤，但我仍然认为她罪不至死！”他说的是龙灵珠那一次从他手中劫了杨炎之事，但他这几句话却是说给师兄听的。

宇文雷趁势自找台阶来下，说道：“原来这小妖女和丁大侠有仇，恕我不知。”

石天行板着脸孔道：“本来我们天山派的事情用不着告诉外人，但你要和我评理，我也不妨说给你听，让你心服。这小妖女勾结本门叛徒，做了许多荒谬绝伦的事。那叛徒欺师灭祖，残害同门，固然是罪不容诛：这小妖女作他的帮凶，我们也是决计不放过她的！”这一段话，他其实也是说给丁兆鸣听的。

他顿了一顿，继续说道：“你们和她的仇不过是上一代的仇，我们和她的仇则是本身的仇。你说她应该由谁处置？”

宇文雷本来就不指望一张嘴便可以把“小妖女”讨还、所谓“评理”，只不过借以遮羞，维持一点身份而已。至此他装作口服心服的样子说道：“恕我不知原委，既然如此，这小妖女自当任凭石老前辈拿回天山处置！我们告罪了！”

陆敢当道:“师父，白驼山臭名昭彰，就这样任凭他们走么?”

石天行道:“君子以德服人，不必多生枝节了。”转过头来，向宇文雷说道:“不知不罪，你们走吧!”

宇文雷想不到这样容易便能脱身，大喜过望，抱拳说道:“石老前辈通情达理，佩服、佩服！这小妖女既然是咱们两家的仇人，由你们处置也是一样。青山绿水，后会有期。告辞了!”

慕容垂道:“师兄，那匹红鬃马……”他得陇望蜀，舍不得放弃龙灵珠那匹坐骑。

石天行是个懂得相马的人。哼了一声，说道:“这匹马是小妖女的，人和马都不能让你们带走!”

宇文雷也觉得师弟多事，忙给他转圜，说道:“石老前辈误会了，我们不是想这匹马，只因这匹马被我打伤软筋的，师弟的意思大概是要我替你们医好了这匹马才走。”

石天行道:“用不着你们费神了，我们自己会医。”

宇丈雷等人走了之后，石天行道:“丁师弟，这匹马似非凡品，你来看看。”原来他只懂得相马，医马的本事却是远不及丁兆鸣。

丁兆鸣没有立以回答，石天行这才发现，他的目光正在注视着自己的儿子。

石清泉瞪着眼睛正在盯着躺在地上业已不能动弹的龙灵珠。

龙灵珠是杨炎的女友，他想起所受杨炎的侮辱，目前未能抓住杨炎报复，只能迁怒于龙灵珠。

他口不能言，眼睛替代了舌头，火红的眼睛表露出恶毒的念头，扬起手掌，他知道女孩儿是最爱惜自己的容貌的，他这一掌打下，就能毁掉龙灵珠的月貌花容。

龙灵珠又是惊慌，又是愤怒，但既然不能抵抗，索性把心一横，把他当作一只发疯的野兽，用极其轻蔑的神色迎接他的目光。

石清泉对着他这冷傲轻蔑的目光，却忽地心神一荡了。

这神色，这目光竟是似曾相识。

眼前的“小妖女”突然幻变成他私心倾慕、又恨又爱的冷冰儿了。

多年来他追求冷冰儿，冷冰儿对他从来不假辞色。尤其那一次他自以为捏住了冷冰儿和杨炎的把柄，出言要胁冷冰儿的时候，冷冰儿的神色和目光，就正是和此刻的龙灵珠一模一样。他的舌头，就是在那一次被杨炎割去的。

他对这种神色与目光有特殊的感受，当真可以说是“爱恨难分”，但却被刺激得更疯狂了。

他的眼睛射出异样的光芒，心中则在转着恶毒的念头：“杨炎抢了我喜欢的女人，我为什么不抢他的？嘿、嘿，这样如花似玉的美人儿，我不拿来享用，岂非笨蛋一名！”手掌落了下来，在龙灵珠吹弹得破的脸上轻轻摸了一把，喉头发出咿咿的怪笑。

石天行喝道：“清儿，不可胡来！这小妖女应该得到什么惩罪该由掌门处置，你不可忘了本门的戒条！”他只道儿子是要滥用私刑，碍着有丁兆鸣在旁，自是不能不端起严父和本门长老的双重身份，出言喝止。

石清泉一时失了理智，毕竟还未疯狂。他平素也是害怕这个压正的师叔的，被父亲一喝之后，跟着又发现了师叔对他的注视，他是不能不有所顾忌了。

他恢复了几分清醒，暗自想道：“这小妖女已是砧上之肉，我还怕她跑掉吗？”心中另生诡计，便把龙灵珠放了下来，咿咿哑哑地对父亲作“手语”。意思是说：我不过吓吓她的，以后不敢了。

石天行说道：“清儿他受了杨炎那小畜生的残害，这小妖女是杨炎一伙，也难怪他恨这小妖女。他这孩子气的举动，师弟，你就原谅他吧。”

丁兆鸣道：“师兄言重了，他一时愤激，稍失常态，你提醒他也就行了。怎用得上‘原谅’二字？”丁兆鸣为人方正，他也只道石清泉刚才的举动，乃是由于仇恨驱使，全没想到石清泉另有邪恶的念头。

石天行道：“师弟你擅长医马，你看看小妖女这匹坐骑怎样，它似乎是匹罕见的骏马，要是变成残废，未免可惜。”

丁兆鸣过去仔细察视，说道：“不错，这匹马的确是一匹千中无一的龙驹，还好，它只是被伤了软筋，很快我就会给它医好，并无大碍。”畜牲的穴道和人身的穴道不同，他利用针灸刺激穴道来治病疗伤的办法，道理却是相通，在人畜身上都可施用的。

丁兆鸣取出一枝特长的银针，刺进马腿相应的穴道，为它舒筋活络，跟着替它敷上了金创药，果然这匹红鬃烈马不过半支香时刻就能起立了。这匹马颇通灵性。挨了丁兆鸣摩擦几下，又跑到旧主人龙灵珠的身边，嘶鸣不已。似乎是在求丁兆鸣也救它的主人。

丁兆鸣笑道：“你的主人并没有受伤，我可以让她仍然骑你。”说至此处，忽地想起：“要是把她缚在马背，路上可是碍眼。怎样带她走呢?”

石清泉拉着那匹红鬃烈马，拍了拍自己的胸膛，指一指龙灵珠，咿咿哑哑地和父亲打了几个手势。

石天行懂得儿子的手语，说道：“你想亲自看管这小妖女，并且想要她的这匹坐骑?”石清泉点了点头，把眼睛望向丁兆鸣。

石天行道：“师弟，你看他这个主意还可以行得通吧？他和这小妖女可以扮成一对小夫妻，让他们合乘一骑，就不至于惹起别人的疑心了。”

丁兆鸣本来想要陆敢当和龙灵珠合乘一骑的，但师兄这样说，他若另有异议，可就太着痕迹了。心里想道：“清泉要亲自看管这小妖女，那自是出于仇恨之心，但在我们面前，料他也不敢便行私自报复的。”丁兆鸣是个正人君子，可没想到石清泉尚有邪恶的念头，于是点头表示同意。

石清泉把龙灵珠抱上马背，石天行忽道：“且慢!”走过去在龙灵珠的背心一按。

原来他虽然用重手法点了龙灵珠的穴道却怕她能够自行解穴，是以试一试她的真气已否凝聚，一试之下，龙灵珠毫无反弹之力，他这才放下了心。

丁兆鸣笑道：“师兄，你也太小心了。”

石天行道：“不是我过分小心，咱们可不能蹈上一次给杨炎逃脱的覆辙。”

那一次杨炎是给他的哥哥孟华用重手法点了穴道，由丁兆鸣将他押往柴达木，不料却给杨炎自行解开穴道，又得到龙灵珠的接应而逃脱的。

丁兆鸣面上一红，说道：“这小妖女的功力如何能与杨炎相比？”

石天行道：“我的点穴手法也没孟华高明，所以还是小心为妙。”

他哪知道杨炎已把凝聚真气的这一门上乘内功传授给了龙灵珠。

但可惜内功的心法可传，龙灵珠本身的功力是尚未能立即大增的。她用杨炎所授的心法，暗中凝聚真气，许久许久，仍是只能凝聚少许，要导入丹田也未能够，更莫说用来冲关解穴了。“要用来冲关解穴，即使我在睡梦里也运功，恐怕十二个时辰也未能够。过了十二个时辰，这老混蛋一定又用重手法再点我的穴道。”其实即使能够自行解穴，要在石丁二人面前逃走亦是绝不可能，不过总是比较好些罢了。

龙灵珠无法解穴，又是失望，又是气愤。但还有更令她更气愤的事情。

归大侠的生日

石清泉紧紧揽着她的腰，脑袋几乎贴着她的脸。她只恨无法动弹，摆脱不了他的轻薄。

石天行对儿子的行为视若无睹，丁兆鸣不知注意到了没有，但纵然注意到了，他也不会认为这是“轻薄”的。要知龙灵珠是给石天行以重手法点了穴道，要不是与她合乘一骑的人抱着她，她根本就坐不稳雕鞍。

龙灵珠气得牙痒痒的，暗自发誓：“要是我能够脱身，我非把这癞蛤蟆杀了不可！”

石天行这一行人拣偏僻的山路走，兼程赶路，不过五天，已经从河北经过山西，踏入了陕西省境了。这五天当中，石天行每到过了十二个时辰，总不会忘记用重手法补点龙灵珠的穴道。

这一天到了陕西省东北的榆林县，丁兆鸣忽然想起了一事，说道：“师兄，今天可是八月十六？”

石天行笑道："昨晚是中秋，咱们还可惜吃不到月饼，今天当然是八月十六了。师弟，是八月十六又怎么样？"

丁兆鸣道："八月十六是榆林归大侠的生日，师兄，你忘记了么？"

榆林有一家武学世家，是火云庄的归家，现任的庄主归元是侠名震西北的榆林剑客。归家和天山派有几代交情。由于他的生日是中秋后一日，很容易记，所以丁兆鸣一到榆林就想起来了。

石天行瞿然一省，说道："对，今天正是归大侠的六十岁生辰，你的意思是赶去给他祝寿？"

丁兆鸣道："礼不可废，咱们既然刚好碰上，倘若不去道贺一声，给他知道咱们曾经路过，日后见面，怎好意思？"

石天行道："但归大侠做六十的大寿，贺客必定盈门，咱们可不便带这小妖女去呀！"

丁兆鸣道："以归大侠和咱们的交情，无论如何，你我二人是必须去打一个转的。这样吧，清泉贤侄和敢当可以在前头等候咱们，他们是晚辈，不去火云庄，归大侠知道也不会见怪。有他们二人看管这小妖女，料想也不会出事！"

石清泉的武学已得乃父真传，变了哑巴之后，练武更勤，石天行暗自想道："泉儿在本门的第三代弟子之中，可算得是数一数二的了，敢当是我的得意弟子，比起泉儿，他的武功只不过略逊一筹，莫说这小妖女不能动弹，即使我没点她穴道，泉儿和敢当联手，也能应付得了她。离开几个时辰，料想不会有甚意外。"

石天行沉吟半晌，终于点了点头，说道："好，就这样办！咱们去向归大侠道贺一声，也算是尽了礼了。火云庄离此多远？"原来丁兆鸣和归元的交情较深，丁兆鸣曾经去过几次火云庄，他则是未曾去过的。

丁兆鸣道："大约有十多里路程，咱们快马，来回用不了一个时辰。"

石天行道："把在火云庄耽搁的时间算上，两个时辰，总也够了。咱们说是有要事回山，料想归大侠也不会强留咱们的。不过他却是不便在此等候……"

陆敢当用不着师父解释，亦已明白原因。一来他们押着龙灵珠，在路边等候几个时辰必定惹人注目；二来今天既然是归元的六十寿辰，江湖上的人物前来道贺的不知多少，虽说这条小路不是前往火云庄的必经之路，但也得提防给归元的亲友碰上。那时若有人问他因何不随师父去火云庄拜寿，他可不知要怎么回答了。

“师父，我们继续前行，慢一点走，前头等你如何?”陆敢当道。

石天行想了想，说道：“不，你们出了榆林县境再把坐骑放慢不迟。不过二十里路程，就可以走出榆林县境的。我尽快回来，用不到三个时辰就可赶上你们。”

此时距离正午还有一个时辰，他是在天亮起程之时用重手法点了龙灵珠的穴道的，还有十个时辰闭穴的功效方始消失。重手法点穴非同小可，若然补上一指，只怕会伤及龙灵珠性命，他估计最多不会超过四个时辰便能赶上，自是无须如此小心了。

不过他还是吩咐儿子：“万一我过了五六个时辰尚未能够赶出来的话，在午夜之前，你就用重手法点这小妖女的穴道。以你的功力要连点三处大穴方能预防万一，我教你的以内力封闭穴道的重手法你没忘记吧?”

石清泉巴不得父亲与师叔早早离开，连连点头。

他心里欢喜，龙灵珠心里也是暗暗欢喜。

这几天来她用杨炎所传的内功心法凝聚真气，虽然仍是不能在十二个时辰内解开穴道，但每一天都有多少进步。比如昨天她的手足已是可以稍稍动弹了，不过她不让石清泉发觉而已。

只有三个时辰，她知道今天纵有进步，也是决计解不开穴道的。不过无论如何，石天行和丁兆鸣离开，总是多少有点指望。

石清泉与父亲分手之后，快马驰出榆林县境，遵照父亲吩咐，这才策马缓行。不知不觉之时，三个时辰业已过去，父亲和师叔可还未见回来。

正是：

无计脱身遭侮辱，前途凶险更堪惊。

欲知后事如何？请听下回分解。

第六回　行同禽兽凌孤女
幸有神驹救主人

心怀不轨

石清泉巴不得父亲和师叔迟些回来，他们不回来更好。陆敢当可是有点着急了。

红日西沉。他们继续走了一程，已经是入黑时分了。石天行和丁兆鸣仍未见回来。

陆敢当说道：“已经过了四个时辰了，师父怎的还未回来？要不要我到火云庄去打听一下？”要知石清泉虽然变作哑巴，但并没有变成聋子，耳朵还是听得见的。他分属师兄，因此陆敢当要征询他的意见。

石清泉摇了摇头，咿咿哑哑，打了几个手势。

陆敢当道：“你‘说’得不错，想必是归大侠殷勤留客，师父盛情难却，一时走不开。不过，意外虽然绝不会有，我看还是让我回去催催他们吧？”

石清泉心想：“让他走开虽然是好，但把师叔催回来那就不妙了。”他最忌惮的是丁兆鸣，至于陆敢当他则是可以指挥如意的，莫说无须顾忌，甚至还可以派派用场，以防不测。

他权衡利害，又再摇了摇头，指指山上。

陆敢当道：“你的意思是到山上过夜？”

石清泉拔出剑来，在地上写字：“我知道山上有座古庙，没人居住的。”

陆敢当似笑非笑地望他一眼，懂得他的用心了。暗自想道：“师兄是想今晚躲开他的爹爹，但我可只能顺从一半。”于是说道：“好，今晚就在那座古庙歇宿。我留下标记，师父、师叔回来，也不至找不到咱们。”

他跟着也拔出宝剑，从山脚起，一路在当眼的崖石留下暗号，画着箭头。石清泉心里很不乐意，可也不便阻止他。

到了那座古庙，石清泉把龙灵珠抱下来，双眼射出淫邪的目光，龙灵珠吓得心惊胆战，唯有加速运功，希望能够多少恢复一点内力。

石清泉命令师弟扫干净庙内的污秽，跟着和他作了简单的手语：“你去给我打水，迟些回来也不打紧。你的好处我不会忘记你的！不过也不要走得太远，有什么风吹草动，给我留点神！”

陆敢当与他相知有素，不但懂得他的手语，连他不敢“说”出来的，他也全都懂了。他知道师兄是要他把风，要是师父和师叔回来，他就得马上出声警告。“打水”云云，那不过是个借口罢了。

陆敢当哈哈大笑：“师兄你放心吧，我给你办事，不会出差错的。”

陆敢当一走，石清泉便即发出连声怪笑，目灼灼地盯着龙灵珠。龙灵珠正在运气冲关，穴道正在将解未解之间。石清泉忽地就像野兽一般，扑了上来！

他只道这小妖女已是到口的馒头，不料刚刚碰着她的身体，就被她用力一推，乳下的天突穴一麻！

原来龙灵珠被封的穴道已经解开了十之七八，要站起来也勉强可以了。可惜功力尚未恢复一成，虽说已是用尽气力，仍然推不动石清泉。天突穴本是人身死穴之一，但由于她使不出内力，点中了穴道，石清泉亦只是微感麻痒而已。

石清泉骤吃一惊过后，也立即发觉龙灵珠的伎俩不过如此，尚未有力与他相抗的。他本来要用重手法补点龙灵珠的穴道，但转念一想，和一个动也不会动的木头美人亲热有什么意思，不如让她可以稍稍动弹更多乐趣，于是打消了补点穴道的念头，抓牢了龙灵珠

石清泉发出连声怪笑，目光灼灼地盯着龙灵珠。龙灵珠正在运气冲关，穴道正在将解未解之间。石清泉忽地就像野兽一般，扑了上来！

的双手，顺势一撕，把她的上衣撕去一幅。

眼看难逃侮辱，忽听得那匹红鬃马长嘶。龙灵珠知道这匹马甚有灵性，心想莫非它是知道自己有难，要来相救。但此时她已是陷在魔掌之中，纵然这匹马来到她的身旁，她也难以脱身上马。何况石清泉的本领，亦有制服烈马之能。

那匹马并没跑来，但听得蹄声得得，似乎反而向山下跑了。

龙灵珠觉得奇怪，但此时她亦无暇去想这匹马为什么要跑了。石清泉活像一头发了狂的野兽，压在她的身上，香她的脸孔，但也“好在”石清泉把她当作一头已经被猫儿抓着的老鼠，他要像猫戏老鼠，先把龙灵珠戏弄个够。

在外面把风的陆敢当突然看见这匹红鬃马逃走，也是觉得十分奇怪。这匹马是经丁兆鸣治好的，而且它又是依恋旧主人的。这几天来，陆敢当已经把它脾气摸熟了，知道它甚有灵性，绝不会离开主人的，是以他才放心让它在林中自找草料，不用绳子缚着它。

它为什么要“逃”呢？陆敢当舍不得这匹宝马，无暇思索，连忙追去，叫道：“火龙驹，回来，回来！”接着发出啸声，这是呼唤马匹的讯号。

陡地也听得一声长啸，一条黑影，来得快得难以形容，红鬃烈马正是迎着此人跑去。人与马相会了。

此时已是暮霭含山的时分，天色就要黑了。那个人又跑得太快，陆敢当根本看不见他的庐山真貌。

那人喝道：“这匹坐骑你是怎么得来的，快说！”

陆敢当尚未回答，龙灵珠尖锐的呼救声先自传来了。

原来她被封的穴道已经解开了十之七八，早已可以说话了。虽然她不知道来者是谁，就像一个即将被溺毙的人，想要抓住一根救命稻草似的，也无暇考虑这个人是否救得了她了。情急之下，她尖声大呼：“救命，救命，救命呀！”

幸好她的运气可真不坏，这个人并非一根“稻草”，而是一位武林中有数的高手。

他是在山脚下发现陆敢当所留的标记，引起他的好奇心，一路跟着这些标记，跑到山上来的。

果然他就接连碰到了奇特的事情，比他预料的更为奇特。首先是那匹红鬃烈马跑出来迎接他，这已经令他惊奇不已了，接着听见少女呼救的声音，更是大出他意料之外。

救人如救火，他无暇追问，立即跨上坐骑。那匹红鬃烈马也好似懂得他的意思，用不着他指挥，就驮着他朝山上那座古庙跑去。

他固然吃惊，陆敢当更是吃惊，他是替师兄把风的，如何能让这个人跑上去撞破师兄所干的“好事”?

本来在人朝他喝问的时候，他是觉得这人的声音似曾相识的，但此际亦已无暇思索了。他想的只是:“倘若是熟人，那就更糟!”如此一想，杀机陡起!

“你爱管闲事，那是你自己找死!”大喝声中，陆敢当把手一扬，射出三枝暗器。

那人听得暗器破空之声，亦是不由得心中一凛。不过令他吃惊的并不是陆敢当的暗器功夫，而是暗器的本身。原来陆敢当发出的暗器乃是三枝天山神芒。天山神芒形如短箭，坚逾金石，是只有天山才有的。由于这种暗器威力太强，天山派有不成文的禁例，师父传授弟子这种暗器之时，必定再三告诫，不许弟子轻易使用。而且也不是每个弟子都可以传授这种暗器，必须师父认为这个弟子已是德才兼备，方能传授。

如今陆敢当一发就是三枚，而且都是射向这人的要害穴道。满以为最少也可以有一枝射中，只要这人中了一枝神芒，就非得重伤不可!

哪知这人的本领之强，远远超过他的估计，神芒飞来，他仍然马不停蹄，只是挥袖一卷。一卷一挥，两枝神芒反射回去，第三枝神芒则被他的衣袖裹住，落在他的手中了。

两枝反射回去的天山神芒，一左一右，几乎是擦着陆敢当的额角飞过，虽然没有射个正着，却已是把他吓得魂飞天外，双脚酸软，咕咚跌倒地上。他心里明白，这还是那人手下留情，否则他焉能还有命在?

但还有令他更吃惊的事情，因为他已经知道和这个人打了一个照面，突然间想起这个人是谁了。

“江、江二公子……请，请恕我无知冒犯，我，我是……”陆敢当忙爬起身来，颤声叫道。

那人也不知有没有听见他的说话，早已马不停蹄地上了山了。

他虽然没有回头，不过他的身份却是给陆敢当猜中了。

原来这个人乃是江海天的第二个儿子江上云，正是这匹红鬃马的旧主人。

江海天是当今之世威望最高的大侠，虽然有人说他的师弟金逐流的剑法已胜过他，但大多数人仍然认为他的武功是天下第一的。他有两个儿子，一个女儿。长子江上风为人纯朴，很少在江湖走动。次子江上云则刚好相反，喜欢游侠四方，打抱不平。江湖上做了亏心事的人，对他真可说得是闻名丧胆。他的女儿金碧漪则是天山派记名弟子孟华的妻子。江家和天山派是有几代交情的。陆敢当曾经见过江上云一次面，不过，他的师兄石清泉却从未见过江上云。

陆敢当认出是他，吓得心头打鼓，暗叫：“糟了，糟了！这一来只怕师兄性命难保!”不过他虽然害怕之极，为了挽救师兄的性命，却也不能不硬着头皮连爬带跌地爬上山去。

以江家和天山派的渊源，江上云当然亦已知道陆敢当是天山派的弟子了。他并不是因为曾经见过陆敢当一次认出他的，他是从陆敢当所发的暗器识破他的身份的。

他捏了捏手上的天山神芒，心里叹了口气：“天山派怎的出了这样一个行为不端的弟子？他平日行为如何我不知道，但只从他一出手就想要我的性命这件事来看，他已经是个怙恶不悛的人了。哼，他阻止我上山，恐怕还有见不得人的事!”

在那古庙之中，石清泉已陷入疯狂状态，龙灵珠的挣扎呼叫，更加激起他的情欲，他一只手扼着龙灵珠的喉咙，另一只手又撕她的衣服。龙灵珠只骂得“畜生”二字，就叫不出声了。

就在这千钧一发之际，猛听得“乒”的一声，虚掩的庙门给江上云一脚踢开，石清泉的逼奸丑态，尽都收入他的眼底。

江上云大怒喝道：“无耻淫贼，快快放手，否则取你……”

“取你性命”的“性命”二字尚未出口，石清泉果然就放开了龙灵珠了。

但他的“放手”却并非自知过错，甘愿待罪，而只是要腾出手来，好对付江上云。

江上云未曾出手，他倒是要取江上云的性命了。他的“好事”给人撞破，凶性狂发，刷的一剑，就指向江上云的咽喉。

虽然是在疯狂的状态之中，这一剑却是使得中规中矩，凌厉非常。正是天山剑法追风剑式中的“白虹贯日”绝招！

但用来对付江上云，却是自讨苦吃了。江家剑法与天山剑法同出一源，而变化的巧妙，造诣的深厚，石清泉和江上云相比，更是望尘莫及。

他在江上云面前使这绝招，等于班门弄斧。

江上云一个移形换位，衣袖轻轻一挥，就裹住他的剑锋。

“当”的一声，石清泉的剑脱手坠地。

江上云一看，衣袖穿了一个小孔，暗暗叹息：“在天山派第三代弟子之中，他也算得是出类拔萃的了。可惜竟是一个如此丧德败行的无耻之徒！”

但也幸亏他一出手就是天山派的正宗剑法，江上云这才没有取他性命。

江上云一掌拍下，掌心堪堪拍着他的脑门之际，念及和天山派的几代交情，心念一转：“还是让天山派自己清理门户吧，我不必越俎代庖。”掌锋斜偏，重重打了石清泉一记耳光。

石清泉站立不稳，“卜通”倒地，恰好倒在龙灵珠身旁。龙灵珠刚好要站起来。

龙灵珠满腔愤恨，这刹那间亦已无暇思索，抓起石清泉那一把刚刚给江上云击落的剑，刷的一下，就插入了石清泉的背心。石清泉一声惨呼，躺在血泊之中了。

江上云大吃一惊，做声不得。

“江、江大侠，请你手下留情！”陆敢当恰好在这个时候跑进来，一见这个情景，登时呆了！

龙灵珠功力尚未恢复一成，她一剑插进石清泉的后心，气力已经用尽。此时正想把那柄剑拔出来，手指却是不听使唤，手上沾满鲜血。

陆敢当呆了一呆，蓦地一声大吼，扑上前去，喝道："小妖女，你杀了我的师兄，我要你偿命！"

江上云早已抢先一步，拦在龙灵珠面前，衣袖一挥，陆敢当就像皮球一样，抛了起来。幸亏江上云用的是股巧劲，陆敢当在半空中翻了两个筋斗，脚尖着地，并没有受伤。

虽然没有受伤，这一摔却也把他摔得清醒过来了。

江上云出指如风，点了石清泉几处相应穴道。同时把龙灵珠拉开。他点石清泉的穴道有止血的功能，乃是为了挽救石清泉的性命的。

石清泉轻轻呻吟一声，江上云松了口气。此时陆敢当刚刚站稳脚跟。

江上云冷笑喝道："原来这个采花贼乃是你的师兄吗？哼，你师兄死有余辜，你分属同谋，也脱不了关系！"

陆敢当吓得连忙叫道："江大侠，我，我们不是坏人，我们是天山派的弟子！"

江上云斥道："胡说八道，天山派是名门正派，怎会有你们这种淫邪弟子？"

陆敢当道："是真的，我们的师父是石天行。三年前我跟随师父在柴达木的英雄会中见过你老人家的。我叫陆敢当，我这师兄叫石清泉，正是家师的独生儿子。"

江上云吃了一惊，心里想道："听说石天行素来有护短的毛病，他这个儿子是给他宠坏了。石天行知道他的儿子其实等于是死在我的手上，绝不肯与我干休。不过他儿子如此胡作非为，纵然我早就知道是他的儿子，也一定要这样做的。但为了卖他一点面子，我尽力救活他的儿子便是。"

他抬起头来，目光炯炯地注视陆敢当，好像审问犯人一样的说道："王子犯法，庶民同罪。姑不论你的师兄是否石大侠的儿子，他逼奸民女，我就不能容他。不过他如今已经受到应得的惩戒，假如你们真的是石天行的弟子，我看在他的份上，倒还可以从宽发落！"

陆敢当心想：我的师兄死了，还有什么从宽发落？不过他此时亦已不是求江上云，对他的师兄“从宽发落”，而是希望他对自己从宽发落了。

陆敢当连忙说道：“江大侠，我怎敢骗你，我的确是天山派石长老的大弟子。这次我和师兄就是跟随家师和另一位丁师叔一起出来的。实不相瞒，这小妖女乃是本门仇人，而且正是由家师亲手擒获她的。”

江上云道：“且慢，你说你和石长老与丁大侠本是同在一起的，那又何以不见他们？这位小姑娘若然如你所说，是你们天山派的仇人，石长老又岂能放心只是让你们这两个无能小辈押她回山？”

陆敢当道：“江大侠有所不知，今天乃是榆林大侠归元的六十寿辰，因此家师与丁师叔前往火云庄给归大侠拜寿去了。江大侠若是不信，到火云庄一问便知。”

江上云冷笑说道：“我有什么不知，我正是从火云庄给归大侠拜寿回来的。我在火云庄可并没有见到石天行和丁兆鸣！”

陆敢当吃了一惊，说道：“江大侠是什么时候离开火云庄的？”

江上云反问他道：“你的师父和师叔是什么时候前往火云庄的？”

陆敢当道：“近午时分。”江上云道：“当时你们所在之地离火云庄多远？”

陆敢当道：“约三十里之遥。”江上云问道：“他们是骑马去的？”陆敢当道：“不错。”

江上云冷笑道：“那么用不了一个时辰，他们就该抵达火云庄了。我是在午后差不多两个时辰方始离开火云庄的！”

陆敢当大惊道：“他们为什么这样晚尚未到达火云庄，我可就不知道了。但我说的确是并无半字虚言！”

江上云也觉得奇怪，但心想不必与石天行见面，可以减少一些麻烦更好。于是故意装作沉吟的神气，半晌说道：“我姑且相信你的说话，但不管这位姑娘是否你们天山派的仇人，你这师兄要毁她的清白总是大大不该！”

陆敢当连忙说道：“是，是。请江大侠从宽发落。”“从宽发落”这四个字是江上云说过的，他生怕江上云食言，特地提醒他。

江上云道：“我是说过可以从宽发落，但你应该先向这位姑娘求情。否则她不答应，我也难办。”

陆敢当无可奈何，只好向龙灵珠磕头求饶：“请龙姑娘高抬贵手。”

龙灵珠道：“江大侠于我有救命之恩，江大侠，你怎么说就怎么办好了。”心想石清泉反正已经给自己杀死，那也无妨“从宽发落”了。

淫徒认罪

江上云点了点头，忽地说道：“陆敢当，你要不要你师兄的性命?”

陆敢当吃了一惊，说道：“我的师兄，他，他还能活么?”

江上云道：“他本来应该死的，不过如果他肯认罪的话，或许我还有办法将他救活。而且须得麻烦你做证人。”

陆敢当道：“我不敢替师兄作主，但只要师兄答应，我当然愿意作证。”心想：“活命要紧，纵然必须我替师兄认罪，师父谅也不会怪我。”

江上云道：“好，那么我先问问他。”

陆敢当道：“师兄不会说话的。”江上云道：“哦，他是个哑巴吗?”

陆敢当道：“他的舌头是给本门叛徒杨炎割去了的。这件事……”

江上云道：“我不管这件事。纵然他能够说话，亦是口说无凭。我要他认罪，是要他在这上面画押。”他在说话的时候，已经撕下了石清泉的一幅衣裳，用指头蘸着他身上流出来的鲜血，写好了“认罪书”了。写的是天山派弟子石清泉不合妄起淫心，逼奸龙灵珠，逼奸不成，反被龙灵珠所伤。自知罪有应得，特此发誓，今后绝不敢再与龙灵珠为难。发誓人：石清泉，监誓人：江上云。见证人……

写罢说道：“陆敢当，你先在见证人下面写上你的名字。”陆敢当无可奈何，只好蘸血写了。

江上云以手掌贴着石清泉的背心，默运玄功，把本身真气输送进去，石清泉早已恢复知觉，此时手指也可以稍微动弹了。他知道性命操在别人手中，江上云叫他画押，他就歪歪斜斜地在自己名字下面画了一个“十”字。

江上云道：“好，你可以把这柄剑拔出来了。”

好在龙灵珠气力不济，那柄剑只插进去一半，未伤及心脏，不过插得这么深，剑拔之后，要是流血太多的话，亦是性命难保的。

陆敢当道：“拔出来不怕流血不止吗？”江上云道：“我说不怕就不怕！”陆敢当战战兢兢，抓着剑柄一拔，只见只有一点血花飞扬，完全不如他想象那样血如泉涌，这才放下了心，龙灵珠亦是不由得暗暗佩服，心里想道：“想不到他的封穴止血之法如此高明，竟然真的把这个臭贼救活了。但好在我只是答应这次饶他，并没答应以后也不杀他。”

不过，石清泉还是痛得又晕了过去。

江上云掏出一颗药丸，塞进他的口中，说道：“这是少林寺长老送给我的小还丹，功能固本培原。你师兄的武功恐怕是保不住了，但有了这颗小还丹，性命却是可以保住。至于金创药你想必是随身携带的吧？”

陆敢当道：“有的。”江上云道：“那就不必我操心了。假如你真是天山派的弟子，你们天山派的金创药功效比我的金创药更好。我这封穴止血之法只是暂时的，待会儿你可以替他敷上金创药。”

陆敢当替师兄把了把脉，察觉石清泉的脉搏虽然尚未得如常人，却已明显脱离了险境。说道：“多谢江大侠。”

那匹红鬃烈马走了进来，屈下前蹄，蹲在江上云和龙灵珠当中，发出似乎甚为喜悦的嘶鸣。

龙灵珠被俘之时，她随身携带的包袱是扎在马背上的。龙灵珠省起自己的上衣已被石清泉撕破，面上一红，取下包袱，说道：“江大侠，请你等我换一件衣裳。”躲到神像后面换衣。

江上云拍一拍红鬃烈马，问陆敢当道：“这匹坐骑是你们的吗？”

他早已问过陆敢当这匹坐骑是怎么得来了的，陆敢当虽然不知道他就是这匹马的主人，亦知其中定有蹊跷，何况是刚刚在“认罪书”上签了字，龙灵珠又在旁边，他更加不敢说谎。

“这匹马是龙姑娘的。家师擒了她，就把这匹坐骑给了师兄。”

江上云冷冷说道：“不是我不信任你们的发誓，但你的师兄做出这种事情，龙姑娘自是不便和你们一起同行了。这样吧，龙姑娘我暂时带她走，至于她和你们天山派的梁子，过后让她和你们自行了结。她和贵派的梁子，与你们今日怎样对待她，这是两件事情！你懂得我的意思吗？”

陆敢当怎敢说半个“不”字，连忙说道：“懂，懂，今日之事，实在是石师兄不对，多谢你老人家宽洪大量。这小……小姑娘你老人家替家师看管，最好不过。”

江上云哼了一声，说道：“我不是替你们看管，但我可以保证她不会逃跑。”

龙灵珠已经换好衣裳出来了。“龙姑娘，咱们这就走吧。”江上云让她骑马缓行，走进林中，这才叫她下来。说道：“咱们现在可以好好谈一谈了，我先问你，这匹坐骑你是怎样得来的。”

龙灵珠道：“实不相瞒，这匹马不是我的。是齐世杰送给我的。江大侠，你知道齐世杰吗？”

江上云道：“知道。他送这匹马给你的时候，说些什么？”

龙灵珠道：“这匹马其实也不是他的，他说是他的一位朋友名叫江上云的送给他的。江上云就是江海天、江大侠的二公子。当时江上云因为知道他要赶往柴达木，故而把这匹马送给他。”

江上云微笑道：“这就不错了。你知道我是谁吗？我就是江上云。”

龙灵珠其实早已知道他是谁，当下故意说道：“怪不得这匹马和你这样亲热。江大侠，多谢你救了我的性命，但我可不能连累你与天山派结怨，你是不是要将我押往天山？”江上云道：“你愿不愿意与我同往天山？我说的是一同前往，我并不是把你当作犯人！”

龙灵珠大喜过望，说道：“江大侠，你何以这样信任我？你也不问问我，我因何与天山派结下冤仇？”

江上云道：“好，那么现在我就问你，你是为了什么事情得罪天山派的?”

龙灵珠道:“其实也不是我存心得罪天山派的人,是为了杨炎的缘故,我帮杨炎,他们迁怒于我。”当下将杨炎如何成为天山派叛徒的经过,说给江上云知道。

江上云叹了口气,说道:“这件事情,我亦已略有所闻,只没你说得详细罢了。此事杨炎虽有过错,但石清泉的恶行却比他更甚。”

龙灵珠更为欢喜,说道:“你早已知道了?那么你是否也愿意帮杨炎的忙?”

江上云道:“这件事情闹得太大,石天行以长老身份,坚持要清理门户,我也不知帮不帮得上杨炎的忙,到了天山再说吧。”

龙灵珠道:“江大侠,你本来是准备前往天山的么?”

江上云道:“这倒不是,我本来是想到柴达木。”

龙灵珠道:“齐世杰正是押运这批药材往柴达木去了。”

江上云说道:“我知道,还有快活张帮他一同押运呢。正因为我已经知道有他们二人押运,所以我可以放心陪你上天山一趟了。”

龙灵珠道:“江大侠,你是怎么知道的?敢情你曾碰见齐世杰?”

江上云道:“齐世杰我没见着,不过他的母亲,人称辣手观音的杨大姑我倒是在路上碰上了。还有,北京丐帮分舵的舵主支剑峰和震远镖局的前总镖头韩威武,我在京师也都见过了。”

原来江上云这次是从家里出来,代表他的父亲去参加韩威武的“闭门封刀”典礼的。他刚好来迟一天,齐世杰已经走了。不过他在路上却正好碰上要赶回保定老家的杨大姑。

他看到了杨大姑、支剑峰、韩威武等人,有关杨炎和龙灵珠的事情自然是知道一些了。

也正因为他已经知道个中原委,因此他才能够相信龙灵珠的说话。

龙灵珠道:“这匹马如今可以物归原主了,请你收回去吧。”

江上云笑道:“这是齐世杰送给你的,既出之物,我怎能收回。还是你骑上它吧。我另外有一匹坐骑。”当下撮唇一啸,把他的坐骑唤来。原来他上此山之时，恐怕目标太大，故而把坐骑留在山下的。这匹坐骑虽然比不上红鬃烈马，也是百中选一的良驹。

龙灵珠本来不好意思要的，但想了一想，这匹坐骑可能对她还有用处，也就不推辞了。

“也好，要是在路上碰上石天行，有这匹坐骑逃跑也方便一些。”龙灵珠笑道。

江上云道：“你无须逃跑，我并不害怕石天行。”

龙灵珠笑道：“我知道你当然不会害怕石天行，不过我是不想令你为难。要是万一碰上，还是让我逃跑的好。”

这话倒是说到了江上云的心里，石天行的脾气江上云是知道的，他亦已有了准备，准备在迫不得已之时和石天行动手，但能够不动手当然更好。

在下山之后走的一段路是最可能碰上石天行的，但好在没有碰上。过了三天，也没碰上。以他们的坐骑的脚力，即便石天行在后面急追，也是决计追不上了。江上云这才放下了心。留在他心中的只有一个疑问：“为什么在火云庄没有碰上石天行和丁兆鸣，他们是到哪里去了？”

石天行到哪里去了呢？不但江上云想要知道，陆敢当更是急于知道。

他伏地听声，听得江上云和龙灵珠的两匹坐骑已经远去，心中一喜一忧。喜的是险难已过，忧的则是业已重伤的师兄。

他给师兄敷上了金创药，流血虽然已经止了，身子还是非常虚弱，动也不能一动。

要知龙灵珠那一剑只是差半寸就能刺进石清泉的心窝的！不错，江上云是已经将他从鬼门关上拉了回来，但伤得如此之重，要是得不到适当的照料，他还是随时会重上鬼门关的。

看着躺在地上，好像陈死人一样的师兄，陆敢当不禁心里犯愁了。倘若师父师叔一去不回，他一个人如何能够护师兄回到天山。

莫说一去不回，就是迟些回来，他也难以照料了。

比如此刻，他口渴如焚，他就不敢离开师兄去找水喝。

月亮已经升起来了，月亮已经高挂林梢了。师父和师叔仍然未见回来。

月色倒是十分明朗，“师父和师叔都是极有江湖经验的人，该不会看不到我留下的标记吧？这座山上有座古庙，他们是知道的，纵然看不到标记，他们也会想得到来这里找吧？”不知不觉，月亮已到天心，是午夜的时分了。

“奇怪，难道是归大侠强行将他们留下，否则火云庄离此不过三四十里，为什么去了半天半夜尚未见他们回来？”但这个可能是极为微小的，客人有事，主人怎能强留？

月亮逐渐西移，陆敢当越来越焦急了。

师父为什么还没回来，陆敢当百思不得其解，隐隐感到凶多吉少了。

忽听得有马蹄声已经跑上山来。但细听之下，却好像有五六骑之多。师父和师叔总不会带外人来吧？那么难道来的竟是敌人？

他好像惊弓之鸟，不敢呼唤，只能伏地听声。

他听见师父的声音了，不过却听不清楚师父说些什么，听音急促而又模糊，好像是正在骂人。

接着听到的是一串笑声，是女子的笑声。充满得意、傲慢，并且带着嘲讽意味的笑声。

石天行和丁兆鸣就是栽在这个女子手上的。

他们在距离火云庄不过五里之地，忽然碰上一伙意想不到的人。

虽然是意想不到，但在四个人之中，却有三个人是不久之前他们曾见过的。这三个人是宇文雷、司空照和慕容垂。另外还有一个陌生的妇人。

这妇人约三十岁年纪，头上梳的是金丝八宝攒珠髻，颈上戴着的是赤金盘龙圈，身上穿的是缕金大红云缎绣花袄，一双丹凤眼，两垂柳叶眉，水汪汪的眼睛，未语先含笑，当真是有说不出的妖艳，描不出的风骚。

丁兆鸣眉头一皱：“哪里来的这一个庸俗妖姬？”心念未已，只见师兄已经上去和他们打话了。石天行虽然也觉得这个女人有点讨厌，但他却也有点欢喜宇文雷对他的尊敬，故而在宇文雷下马向他问候之时，他也只能下马和他寒暄几句。师兄已然下马，丁兆鸣也只好跟着下马。

宇文雷恭恭敬敬施了一礼，说道：“真是人生无处不相逢，咱们又碰上了。小婶娘，这两位就是我说过的天山派石长老和丁大侠，你过来见见。”

那妇人佯嗔道：“什么小婶娘，我不配做你的婶娘么？”

宇文雷忙道：“小婶娘，你别误会。我是因为你这样年轻貌美，恐怕叫老了你。”

石天行一听就知道这个女人的身份，心想，“原来是白驼山主的妾侍，听说白驼山主有一妻二妾，一个是勾栏出身，一个是卖解出身，他很少下山，两个妾侍倒是有时会到江湖走走。这个女人连什么叫做‘失礼’都不懂，恐怕多半是那个勾栏出身的妾侍了。”

那妇人听了宇文雷的恭维，这才噗嗤一笑，上前和石天行说道：“石长老，我们老爷子常常说起你的，我最喜欢认识有名的人物，所以特来恭候，嗯，我已经恭候多时了。哈哈，石长老，不瞒你说，我以为你是个老头儿，谁知你还在壮年，想必还不满五十岁吧？这一个中年汉子，就做到了天山派的长老，佩服，服佩！”

她好似连珠炮一样的说话，令得石天行啼笑皆非。既不好意思表示讨厌，也不知道怎样和这样的女人应酬。但从她的话语之中，石天行却也明白了一件事情，宇文雷说的无意相逢那是假的，他们是特地在这里守候的。

石天行初时一怔，随即恍然大悟：“他们也许并不是预先知道我们的行踪，但今天是榆林归大侠的六十寿辰，他们是一定知道的。我与丁师弟要来贺寿，早已在他们意料之中。但他们何以处心积虑要来和我碰面呢？”

石天行虽然喜欢受人奉承，但却并不糊涂。他又是一个最讲身份的人，疑心一起，对这个女人自是不屑应酬了。

“对不住，我们还要去给归大侠拜寿，请恕失陪了。”石天行不屑与那女人说话，扭转头，面向着宇文雷说。

那女人却是一点也不识趣，扭一扭屁股，迎上前来，就把话头接了过去：“哦，原来你们是给榆林大侠归元贺寿的么，那好极了，我也正想和他套个交情，石长老，就烦你替我们引见如何？说起我们当家的名字，料想他也会知道的。”

石天行哼了一声，双眼朝天，冷冷说道：“江湖规矩是各交各的，你们的山主鼎鼎大名，何须别人引见？”

那女人“哟”了一声，说道：“如此说来，石长老是不肯让我们沾点光了。那么咱们就此别过，我也不想去巴结什么龟大侠鳖大侠。”说罢，裣衽施礼。

石天行当然听得出她是在说赌气的话，他的心里亦自有气，不过他也巴不得早点摆脱这个讨厌的女人，于是忍住气还了一礼，说道：“请恕石某不受抬举，倘有得罪之处，还望包涵。”

那女人忽地格格笑道：“你并没有得罪我啊，只不过，嘿、嘿，只不过……”

在她说话之时，石天行忽觉一楼幽香，沁入肺腑，有说不出的舒服！

他是江湖上的大行家，心中登时明白，自己已中了对方暗算。他大吼一声，立扑过去。

“嘿、嘿，只不过你抢去的那个小妖女，却是得罪了我的当家！”那女人把整句话说完，娇笑声中，避开了石天行猛如怒狮的一扑。

石天行忽然发觉他的身手已是不及从前矫捷，那女人的轻功其实也只是普普通通，若在平时，他应该可以手到擒来的，但竟然扑了个空！

他无暇思索，刷地拔出剑来，喝道：“妖妇，不是你死，便是我亡！”正要把剑掷出，取那女人性命。宇文雷已是斜窜过来，把他手中长剑击落。

“那天我有病在身，只能对你暂且低头，嘿，嘿，你以为我当真怕了你么？今天叫你知道我的厉害！”宇文雷声出招发，把石天行震得几乎跌倒！

石天行本来希望仗着自己深湛的内功，在毒发之前，把敌人击倒的。此时方始发觉，吸进去的迷香，竟是比自己的估计还要厉害，他的气力于是突然消失了。

原来那女人用的乃是白驼山秘制的酥骨神香，“神仙丸”也是含有这种香料的。不过一百颗“神仙丸”所含的香料也只是一小撮，而她刚才所发的迷香已是比一百颗神仙丸所含的香料更多!

石天行没有猜错，这女人名叫穆欣欣，正是白驼山主那个勾栏出身的第二房妾侍。由于她自知在武学方面，自己乃是半途出家，基础薄弱，无论怎样苦练，也是无法练成上乘武功的了，因此只好另走偏锋，专心研究使毒的本领。她胜在心灵手巧，不过十年工夫，已是成为白驼山最擅于使毒的第一把手，不但胜过宇文雷，甚至胜过她的丈夫白驼山主宇文博了。她敛衽施礼之时，酥骨神香已是从袖中发了出来，饶是石天行经验老到，也只能着了她的道儿。

酥骨神香的药力能抵得上一百颗“神仙丸”，故此顷刻之间，石天行的气力便即迅速消失，昏昏欲醉了。

不过酥骨神香虽然比神仙丸厉害得多，但由于配药不同，中毒的结果却和神仙丸并不一样。神仙丸服食过量，时间一长，中毒者便会进入迷幻境界，甚至疯狂，酥骨神香发作极快，但却不会令人疯狂，人还是清醒的，只是筋酥骨软，使不出气力而已。

石天发觉自己的气力消失，又惊又怒，冷笑说道:“好，好厉害！白驼山的功夫是什么玩意儿我总算见识了，原来是下三滥功夫!”

宇文雷哈哈笑道:“上三滥也好，下三滥也好，能够制服敌人的功夫就是有效的功夫。亏你练了几十年功夫，这点道理也不懂得!”

他话犹未了，陡然间只觉冷电精芒耀眼生缬，说时迟，那时快，丁兆鸣已是刷的一剑向他刺来，喝道:“教你也见识天山剑法!”

宇文雷横剑一挡，双剑未交，只觉左臂一片沁凉，了兆鸣正是从他身旁掠过。宇文雷才开始觉得疼痛，发觉已是给他削去了左臂的一片皮肉。

原来丁兆鸣本是想刺宇文雷穴道的，但宇文雷的剑法虽不及他，相差也不太远，他一出手就知难以刺着对方穴道，故此稍占便宜，便即转锋追袭穆欣欣。

可惜他弄错了次序，要是一上来就追袭穆欣欣的话，他是大有机会可以制服穆欣欣的，如今已是迟了一步。

穆欣欣身形宛如水蛇游走，丁兆鸣剑招续发，却总是差了那么一丁点，连她的衣角都未能沾上了。

穆欣欣惊魂稍定，情知对方已是难奈她何，娇笑说道："嘿嘿，好快的剑法，素闻丁大侠快剑追风，堪称天山派第一剑术高手，果然名不虚传。嘿、嘿，只可惜……"

丁兆鸣却是有苦说不出来。不错，他出剑仍是又快又狠，倘若旁观者是一个从没有见过追风剑式的人，一定会给他的剑法吓得心惊胆战，目定口呆。但他自己知道，他的出剑已是比平常慢了一半都还不止，剑上的劲道更差，甚至比不上初学剑法的本门弟子了。因为他的气力正在迅速消失之中。

穆欣欣在矫笑之中，忽地转身，马鞭一击，就把他的长剑击落。

"嘿、嘿，可惜你已是强弩之末，剑法再好，也没有用了，你还是乖乖认输吧！"穆欣欣笑着把话说完。

"妖妇，你把我杀了吧！"丁兆鸣嘶哑着音道。

穆欣欣又是"格格"一笑，说道："丁大侠，别生气。我只是想和你们两位交个朋友，并无伤害你们之心。我只怕高攀不上，不得已才用这个法儿。"

石天行此时方始站稳脚步，但气力使不出来，只能怒气冲冲地喝道："妖妇，我落在你们手中，你们要杀便杀，何必多言。你们白驼山的妖人，配和我结交！"

穆欣欣笑道："石长老，请你不要出口伤人。否则我可要请你先吃点好东西。慕容垂……"

慕容垂应声而出，问道："二师娘有什么吩咐？"

穆欣欣道："你瞧你的坐骑，好像刚刚拉了屎，是吗？"慕容垂道："不错。"穆欣欣道："你不要怕脏，准备拿一包马粪，要是这位石长老还在骂什么妖人的话，你就把马粪塞在他的口中！"

石天行又惊又怒，颤声说道："士可杀而不可辱，你，你们……"但已是不敢再骂了。

穆欣欣笑道："那么咱们可以好好谈一谈了吧，公平买卖，谈一宗交易如何？谈生意是应当互相尊重的，你尊重我们，我们当然也尊重你。"石天行此时内力全失，即使想要自杀，也不可能。只得说道："你们想谈什么交易？"

穆欣欣道："你把那姓龙的小妖女给我，我就放你们回去。一个小妖女换天山派的两大弟子，其中还有一个是新升任长老的，这桩交易，总不能说是你们吃亏了吧？"

石天行道："这小妖女本是在我们手中的！"

宇文雷冷笑道："石长老，你的记性未免差了一点，这小妖女是你从我的手中抢去的。"

穆欣欣道："不用和他多生枝节，争论是非。咱们是谈生意，不是评道理。只须问他，这宗交易，他做是不做？"

石天行道："我不做又怎么样？"

穆欣欣道："没怎么样，你不是要到火云庄给归大侠拜寿的吗，仍然让你去，而且我们还会恭送你老人家去！"

石天行怔了一怔，心里想道："这妖妇想和归大侠结交，求我给她引见，为我所拒。莫非她是想挽回面子，意欲重申前议？哼，我身为天山派长老，岂能有这样勾栏出身的妖妇为友？我把她介绍给归大侠，我先失掉面子了。……不过，不过，这个条件尚还不算太苛，日后有人问起，我可以推说不知她的出身，不过是因彼此都来火云庄拜寿，偶然碰上，应她之请，行个方便而已。"

他尽从"好处"着想，哪知心念未已，穆欣欣的话就像一盆冷水浇了下来，把他的"好梦"泼醒了。

穆欣欣好像知道他的心思，继续说道："石长老，你放心，我们不是要你介绍归大侠与我认识，刚刚相反，是我要介绍你给归大侠以及他的客人相识！"

石天行道："我与归大侠相交多年，何须你来介绍？"

穆欣欣道："石长老，你是真的不懂，还是假作不知？你以前和归大侠结交，你的身份是天山派头面人物，那时虽然尚未升任长老，亦已是天山派四大弟之首了，对吗？但今天你的身份可不同了，我是要介绍你的'新身份'给各方英雄知道！""新身份"是什么，用不着她说明出来，石天行已经知道是“俘虏”了。

石天行心头大震：“要是她把我当作俘虏押往火云庄，我还有何颜活在人世？”

哪知还不只此，穆欣欣哈哈一笑，接下去说道：“我还是要让你石长老在人前大大露面，我也可以借此练几手三脚猫的功夫博天下英雄一笑。”说罢突然拾起石天行刚才给打落的青钢剑，弹了一弹，说道：“你一定想要知道我练是什么功夫，却不敢问，是不是？好，那我就先试一招给你看。看来你这把剑似乎还相当锋利。”剑光一闪，石天行但觉嘴唇一凉，只见穆欣欣对着剑尖一吹，两根胡须随风飘起。

穆欣欣笑道：“我的剑法当然是远远不及你们两位，我打算削掉你石长老的胡子，再把你的眼眉剃个干净，由于我的剑法不精，说不定会弄伤了你。但我有把握不会令你重伤，你也无须太过担忧！”

石天行大怒道：“你，你这狠毒的妖妇，大丈夫死则死耳，岂能受你如此侮辱！”

穆欣欣冷笑道：“可惜你现在要死也死不了！”

石天行已经失去内功，无法自断经脉。在敌方监视之下，投河上吊也不可能。想要自杀，唯一有点可能的办法，是对准一块有尖锐棱角的石头，把自己的头颅撞破。但一来这种石头也不是立即就可以找得到的，二来他有气没力，只怕只得撞得头破血流，仍然未能死去，那岂不是更加狼狈，更加受辱？

穆欣欣笑道：“石长老，你是愿意到火云庄去呢，还是愿意把那小妖女交给我们？”

石天行一咬牙根，说道：“好，你们随我来吧，我把那小妖女交给你们就是！”

丁兆鸣叫道：“师兄……”后面的话尚未说得出来，已是给宇文雷点了他的哑穴。

宇文雷冷笑道：“丁大侠，这宗交易还是由你师兄作主吧。石长老，你的气力虽然比普通人差一点，骑在马背上还是可以坐得稳的，请上马吧。”

石天行黯然说道："师弟，俗语说得好，留得青山在，不怕没柴烧。你就陪老哥哥暂且受点委屈吧。"说罢，亲自过去把丁兆鸣扶上马背。

丁兆鸣是宁折不弯的性格，但在这样的情形底下，他也只能顺从师兄了。

陆敢当终于盼到师父和师叔回来了。

但却想不到他们是给白驼山的妖人押解回来的。

"师父，你回来啦。"他刚刚跑上去迎接，就给穆欣欣抽了一鞭。

穆欣欣回过头来，冷冷问道："石长老，你捣什么鬼，你说在这山上交人，却为何不见那小妖女？"

陆敢当挨了一鞭，没见师父为他出手，已经知道不妙了。再听穆欣欣说了这样的话之后，师父仍然好像斗败的公鸡似的，垂头丧气，不发一言。他再糊涂也知道师父是落在敌人手中了。

殊不知他固然吃惊不小，他的师父比他吃惊更甚！

石清泉的伤口虽然已经止了血，但染满血污的衣裳还是看得见的。

石天行忽地大叫一声："泉儿，你怎么了？"他当然知道儿子不能回答，但在惊慌之际，却是不由自己地如此发话。

他刚要冲过去察看儿子的伤势，穆欣欣一挥马鞭，卷着他的右臂，就把他拉了回来。

穆欣欣冷冷说道："我不是来陪你找儿子的，快把那小妖女交给我们！"

石天行大叫道："你没看见我的儿子受了重伤吗？他是死是活我还未知道呢！求你让我过去，先看看他，看看他！"

穆欣欣冷笑道："你的儿子是死是活我管不着！我只知道你答应了要亲自把那小妖女交给我的，你交不出人来，可休怪我对你不客气！"

石天行一面挣扎，一面叫道："随便你怎么样，反正我也不想活了！"

宇文雷做好做歹，过去一把石清泉的脉息，说道："石长老，你的儿子死不了。不过，他的伤确实不轻，你再这样大叫大嚷，对你这宝贝的儿子可没好处！”

石天行静了下来，喃喃说道：“他当真是还活着吗？”眼睛望着徒弟。

陆敢当道：“禀师父，我已经给师兄敷上了本门的金创药，师兄确是没有性命之忧。”

宇文雷道：“小婶娘，就让他看一看吧，也好令他安心。”

穆欣欣刚才是害怕他的儿子业已死了，是以不敢让他去看。此时知道没事，也就不阻拦了。

石天行察觉儿子的脉息虽然微弱，但颇正常，知道徒弟说的不假，这才放下心头大石，但见儿子的伤口这样深，却是不禁心痛如绞。

“是谁伤了你的师兄的？”石天行问道。

陆敢当不知怎样回答才好，穆欣欣已是把石天行又抓回去，说道：“我没兴趣知道你的儿子怎样受伤，也没工夫听你师徒说别的事情。既然你的宝贝儿子没死，你就该回答我的问题了。那小妖女呢？”

石天行道：“我怎么知道，你问我的徒弟吧。”

陆敢当道：“禀师父，那小妖女已经跑了！”

穆欣欣和石天行不禁都是大吃一惊，同时叫道：“跑了？”

陆敢当说道：“不错，她早已跑了。师兄就是给她刺伤的！”

宇文雷忽地冷笑道：“石长老，我想你敢放心把那小妖女交给令郎看管，你总不会不点她的穴道吧？”

石天行道：“我是用重手法点了她的穴道。”

宇文雷冷笑道：“那小妖女有多大本领我一清二楚，你用重手法点了她的穴道，她居然能够逃走？嘿，嘿，那话骗得了别人，可骗不了我！”

穆欣欣哼了一声，说道：“我不知道是你们父子演苦肉计，还是你们师徒在耍花招？总之我不会上你的当！”

石天行愤然说道：“我可没有想到今天会碰上你们，更没想到你们白驼山的武学，嘿、嘿，原来、原来是另有一功！”言外之意甚为明显，他根本就没有想到会变成对方的俘虏，那又何须事先就安排下什么“苦肉计”来欺骗对方？他着了穆欣欣的迷香暗算，满腔愤火，无从发泄，只能绕个弯儿嘲讽。所谓“另有一功”云云，自是指穆欣欣用的“下三滥”手段了。

穆欣欣当然听得懂他的意思，仔细一想，他们师徒确实是没有事先串通的可能，何况石天行的儿子也确实是受了重伤，显见并非谎话，但此事却又委实可疑。当下冷冷说道：“石老头儿，你知道你目前的身份就好。叫你的徒弟说真话吧！”

陆敢当道：“我所说的都是真话！”

宇文雷道：“好，那么请你解释，那小妖女怎么伤得了你的师兄？”

陆敢当不敢说出事情的真相，但急切之间却又难以编造合理合情的谎话。

正自踌躇，只见穆欣欣已经作势要打石天行耳光，冷冷说道：“你不肯告诉我们实话，那我唯有拷问你的师父了！”陆敢当虽然有许多缺点，对师父却是极为忠心，假如只是他本身受到威胁，也许他不会马上屈服。但如今穆欣欣是要当着他的面侮辱他的师父，他还怎能无动于衷？

他无暇思索，立即说道：“好，我老实告诉你吧。不错，只凭那小妖女的本事，她是决计伤不了师兄的。但有了江上云帮她，那就不同了。”

此言一出，穆欣欣固然大力诧异，但最吃惊的则还是石天行。

“你说什么？是江上云？”石天行失声叫道。

陆敢当道：“不错，是江上云把师兄一掌打翻，那小妖女才能乘机刺伤师兄的。因此认真说来，伤害师兄的其实是江上云！”

石天行本来要问江上云为何打伤他的儿子的，但知子莫若父，他大惊之后，亦已想到定是儿子有什么不端的行为，被江上云瞧在眼内了。他嘴唇开阖，说不出话来。

他说不出话来，宇文雷已是代他发问了。

“你说的这个江上云是不是江海天的儿子？”

“不错，正是江海天的次子。”陆敢当道。

宇文雷冷笑道："简直是胡说八道，你说谎也该说得高明一些！这样的谎话怎能骗人相信？"

陆敢当道："我并无半字虚言，你不相信，我也没有法子！"

宇文雷道："不错，以江上云的武功，他是有本领解开那小妖女的穴道，也有本领一掌打翻你的师兄的。但可惜他是江海天的儿子！"

穆欣欣故意问道："是江海天的儿子又怎么样？"

宇文雷说道："是江海天的儿子就不合情理了。小婶娘，你知不知道江家和天山派的交情？"

穆欣欣道："好像听得你叔叔说过，对啦，我记起来了。他们是几代的交情，江海天的师父金世遗和天山派上两代的老掌门唐晓澜有极深的渊源，据说他们的交情介乎师友之间。江海天的武功如今号称天下第一，天下第一未必，但他之所以有今日的成就，听说却是因为他的师父金世遗曾经得过唐晓澜的指点，转而传授给他的。"

宇文雷道："对呀，那么江海天的儿子又怎么能反而帮天山派的仇人，打伤天山派长老的儿子？"

穆欣欣又把手掌高高举起，冷笑说道："石长老，你的徒弟胆敢对我们编造这样的荒唐的谎言，我本该打他的嘴巴的，但你教出这样胡说八道的弟子，你亦难辞罪责。对不住，我可要先打你的耳光，聊示薄惩了！"

陆敢当情急大呼："你别侮辱我的师父，你们只知其一，不知其二！"

穆欣欣把手放下，说道："好，有甚内情，那你快说！"

陆敢当当然不敢说出他的师兄想要强奸龙灵珠却给江上云撞破这一件事，人急智生，这次他倒是很快地想好了如何说谎了。

"你们只知其一，不知其二。不错，江家和我们天山派是有深厚渊源，但你可知道江上云却和天山派的一名弟子有着心病，甚至可以说是早已结下仇怨的。这名弟子还不是普通的弟子呢。"

穆欣欣道："是谁？"

陆敢当道："是本派的记名弟子孟华！他虽然不是长老身份，

但与本派的掌门人也能平起平坐的。”

宇文雷道：“孟华我当然知道。他好像是和江家也有点亲戚关系的吧？”

陆敢当道：“不错，孟华的妻子是号称天下第一剑客的金逐流的女儿，金逐流是江海天的师弟。”

宇文雷道：“那么孟华也该称江上云做师兄了，他们又焉能结怨？”

陆敢当道：“不错，江上云是金碧漪的师兄，孟华娶金碧漪为妻，按说他和江上云也是应该亲如手足的，但可惜就正是为了金碧漪的缘故，他们却变作了对头！”

宇文雷道：“哦，为了金碧漪的缘故，什么缘故？”

陆敢当道：“金碧漪本来是江上云的未婚妻！”

穆欣欣道：“这件事我也曾听人说过，听说金逐流本来是要把女儿许配给江上云的，但好像尚未正式提亲。”

陆敢当道：“不管是否正式定亲，江上云单恋师妹则是许多人都知道的了。你对江金两家已经知道不少，但有一件事情，恐怕你还未曾知道。”

穆欣欣道：“什么事情？”

陆敢当道：“江上云曾与孟华比剑，被孟华打败，孟华就是因此而一举三得的。”

宇文雷道：“什么叫一举三得？”

陆敢当道：“第一是一举成名，赢得了天下第二剑客的号称；第二是赢得了美人的芳心；第三是还得到金碧漪父亲金逐流的赏识。”其实比剑是真，所谓三得云云，只不过是陆敢当的“想当然”而已。金碧漪的“芳心”早就属意孟华的了，孟华得到金逐流的“赏识”也在与江上云比剑之前。

不过他的信口开河倒是令穆欣欣相信不疑了，穆欣欣说道：“这件事我是知道的，听说江上云那次败得甚为狼狈，连剑也给孟华缴去。他们比剑是为了争风吃醋，这我可以相信。但他们的争风吃醋，却又和今日之事有何相干？”

陆敢当道：“江上云败得如此狼狈，当然认为是奇耻大辱。他虽然不敢明里报复，暗中也是想要报复的。你说是吗？”

穆欣欣道：“不错。但江上云何必要助那小妖女伤你师兄？这样能算是对孟华的报复吗？”

陆敢当道：“不是直接报复，也可以间接报复。”

穆欣欣道：“此话怎讲？”

陆敢当道：“杨炎是孟华的同母异父兄弟，但孟华却不念手足之情，曾在祁连山亲手擒他弟弟，要把杨炎押到柴达木去，后来全靠那小妖女拦途截劫，才把杨炎救了出来。”

穆欣欣道：“你是说因为江上云恨孟华，因此就要帮忙也是和孟华作对的杨炎？”

陆敢当道：“不单如此，杨炎一个打不过孟华，但与小妖女联手，则刚好是孟华的克星。孟华曾给他们联手打败过，这事也是很多人知道的。”

穆欣欣恍然大悟，说道：“哦，我明白了。他抢走那小妖女，倒并非是对小妖女有所厚爱，而是为了要给孟华留下克星！”

陆敢当道：“对啦，而且不仅如此，另外还有一个原因。”

穆欣欣道：“还有什么另外原因？”

陆敢当道：“孟华为了要博得大义灭亲的声誉，这次敝派清理门户的事情，他是一肩承担了的。江上云把小妖女救出去，间接也就是打击孟华了。”

穆欣欣道：“唔，你说的话似乎有点道理，不过仔细想来，大处却是不合道理！”

陆敢当道：“不过，你要知道，在江上云的心目中，对孟华报复才是最大的事情！”

穆欣欣道：“纵然如此，他也应该尽量避免太着痕迹才成。他助那小妖女伤你的师兄，不怕天山派的掌门与他理论吗？”

陆敢当道：“他可以推说不知道那小妖女的身份，因为我的师兄乃是哑巴。他也可以诬捏石师兄是强抢民女，甚或其他更不堪的事情。他与石师兄以前似乎也未见过面的。”

他有意在师父面前遮瞒师兄的劣行，这番话倒是说得连石天行都信以为真了，频频点头，说道：“不错，一定是这样！”

接着说道："那小妖女已经给江上云抢了去，恕我无法交给你们了，咱们这就各走各的吧！"在徒弟面前，他可不好意思求穆欣欣放他。只盼穆欣欣便即给他解药，保留他几分面子。

穆欣欣道："侄少爷，你以为怎样？"

宇文雷道："我对他们的话，可是半信半疑。不过，纵然那小妖女已给江上云抢去，咱们恐怕也还是要着落在他们身上。"

穆欣欣道："对，就这样吧，石长老，请你们跟我们回白驼山去，几时你的徒弟把那小妖女押到白驼山来，我就放你！"

陆敢当忙道："小妖女在江上云手中，凭我怎能再抢回来？"

穆欣欣道："这就是你的事了，你本领不济，也可以请同门相助呀。总之我不管你用什么法子，我是要一个换一个的！"

石天行大叫："岂有此理，你们怎能把我当作人质看待！"

穆欣欣冷笑道："你以为你是什么人，不是人质，难道还是长老吗？"

石天行悲愤难堪，涩声说道："敢当，你替为师的做件事情。"

陆敢当道："请师父吩咐。"

石天行道："赶快拔剑，把我杀掉！"

陆敢当呆了一呆，还未拔剑，已是给宇文雷将他抓起来抛了出去。

穆欣欣冷笑道："你明知你这宝贝徒弟是帮不了你这个忙的，何必要他丢人现世！"

宇文雷笑道："他这是做给徒弟看的，如果他一声不响，就乖乖地跟咱们回去，只怕徒弟也看不起他。为了维持师父的面子，就不能不装模作样了。"

穆欣欣道："好呀，石长老，你要面子，我偏偏不给你面子。你给我爬下山去！"

丁兆鸣忽地叫道："放开我的师兄，我做你们的人质！"他本来是给点了哑穴的，但刚好满了十二个时辰，虽然瓮声瓮气，已是可以勉强说话。

穆欣欣冷笑道："丁兆鸣，我只道你是个硬骨头，原来你也有求于我的时候吗？"丁兆鸣强抑怒气，说道："我不是求你，一个换一个，这是你自己说的！”

穆欣欣笑道：“不错，我是说过一个换一个，但我并没有说死的也可以换活的。”

丁兆鸣喝道：“你这是什么意思?”

穆欣欣道：“你是真的不懂，还是假装糊涂? 好，你不懂我就和你说实话吧。你的脾气比石天行更坏，我知道你恨极了我，要是让你留得性命，你是一定要报复的。所以我不打算让你活了！”

丁兆鸣哈哈笑道：“好，那正是求之不得，你这就动手吧！”

穆欣欣道：“但现在我又忽然动了慈悲之念，不想做得太绝了。要你不能报复，也并不是非要杀你不可的。侄少爷，你给我捏碎他的琵琶骨！”

宇文雷笑道：“对，废了他的武功，他想动咱们一根汗毛也不能够！”

就在宇文雷缓缓举起手掌的时候，穆欣欣亦在反手一掌，要打石天行的耳光，她喝道：“你没听见我的话吗，我要你爬下山去！”

可是，这记耳光并未打到石天行的脸上，她忽地被一声大吼震住了。

克星来到

“青天白日，鼠辈胆敢横行！”人还未到，那霹雳似的一声大喝，已足以令当者辟易！

穆欣欣被这一声大喝，喝得魂飞魄散，连忙强慑心神。哪里还顾得及打石天行的耳光?

宇文雷的内功造诣较深，但在这一声大喝之下，也是不禁为之心头一震，气力竟然使不出来。

原来来的不是别个，正是他们的克星，曾在祁连山上十招之内将他打败的那个孟华。

孟华用的是佛门的狮子吼功，这门功夫是天竺那烂陀寺的优昙大法师亲自传与他的，经过十年苦练，这次还是他第一次运用。狮子吼功若是练到登峰造极境界，据佛经所说，可以降龙伏虎，震慑群魔。这话或许夸张，但能够令人精神崩溃，却是丝毫不假。孟华现时的造诣，距离登峰造极的境界还远，按说是尚未能够慑服内功高明之士的。但由于宇文雷是他手下败将，又是在毫无防备的情形底下，被他这么突如其来的一喝，听出了是他，孟华这一喝之威，仍是令他不禁惊惶失措。

他正要再把丁兆鸣抓牢，说时迟，那时快，孟华已是声到人到，一掌向他打来了。

宇文雷识得厉害，连忙侧身一闪，应以一招“铁锁横江”，这是完全采取守势的招数，防御倒是极为严密。不过，孟华也不攻他，一掌将他逼退，立即就把丁兆鸣拉过一边。

他一转身，迅即又向穆欣欣发动攻击。

穆欣欣惊魂稍定，已知来的乃是孟华，冷笑道：“孟华，别人怕你，老娘可不怕你！”重施故技，挥袖发出迷香。

但她却没想到，孟华的劈空掌力，有如排山倒海而来，她的“酥骨神香”，根本就连一丝都未能侵入孟华体内。

掌风掠过，声如裂帛，穆欣欣衣袖裂开，露出雪白的肌肤，又羞又惊，一个“细胸巧翻云”，倒纵出数丈之外，还亏她的轻功不弱，没有被孟华抓到手中。

但那迷香四散，功力较弱的司空照和慕容垂又恰巧站在下风，却是首当其冲，反遭其害了。只听得“咚咚”两声，这二人同时跌倒，他们的气力迅速消失，竟是爬也爬不起来了。

孟华把石天行拉了过去，交给陆敢当照顾。转过身来，宇文雷刚要逃跑。

穆欣欣逃出孟华的掌力范围，想要挽回一点面子，又冷笑道：“孟华，你把两个废人抢回去有什么用？……”

孟华不理会她，她话犹未了，只见孟华飞身一跃，已是截着了宇文雷的去路。

“往哪里跑？这次我只须你接我五招！”声出招发，第一招用的是天山须弥掌，第二招以指代剑，用的是崆峒派夺命剑法，第三招改用第一个师父段仇世所传的点苍派神拳。

不过三招，宇文雷已是被他抓到手中。

“就只你们会抓人质，我不会么？”孟华冷冷笑道。

宇文雷连忙说道:“有话好说,有话好说。孟大侠,你想要怎样?”

孟华缓缓说道:“没什么,我只想和你们做一宗交易!”宇文雷道:“怎样交易?”孟华道:“叫你的小婶娘把两颗解药给我,我就放你。”

宇文雷忙道:“小婶娘,你救救我吧。”

穆欣欣停下脚步,却似踌躇未定的神气,并没回答。

孟华喝道:“我可没工夫等你,解药不交出来,对不住,我可要先废掉你们小山主的武功了!”

宇文雷吓得大叫:“小婶娘,请你念在侄儿一向对你的情分,救我一命吧!”

原来宇文雷和穆欣欣是有私情的,这事司空照和慕容垂也知道,只是瞒住了白驼山主而已。

穆欣欣大羞,嗔道:“你嚷什么,做生意可得讲价钱呀。蚀本的生意老娘不能做。”

孟华冷笑道:“两颗解药换一个活人,这样便宜的生意往哪里找?你不做就拉倒!”

穆欣欣道:“你急什么,你的价钱已经开出,我的还未开呢!”

孟华道:“我是铁价不二,求减免问!”

穆欣欣道:“我不是求你减价,只是必须公平交易。我把解药给了你,你可不许再动我们分毫。”

孟华道:“好,我答应你。”

穆欣欣道:“你答应我,他们两个呢?要知他们服了解药,就可以恢复功力的!”

丁兆鸣怒道:“今天我不与你为难,但日后我们要找你算账!”

穆欣欣道:“石长老,你的意思是不是一样?”

石天行不好意思开口,板着脸孔,点了点头。

穆欣欣笑道:“今天管不了明天的事,过了今天,你不找我算账,我们当家的也要找你算账。好,这桩买卖我做了,一手交货,一手交人。”说罢把两颗解药递给孟华。

孟华把宇文雷放了下来,正要解开他的穴道,石天行忽道:

“不能马上放人！”

宇文雷被点了软麻穴，还可以说话，闻言吃了一惊，叫道：“你们讲不讲信义？”

石天行道：“我怎知你们的解药是真是假，待解药见效了再放你不迟。”

穆欣欣冷笑道：“你信不过我，我也信不过你。但好在有孟大侠在这里，孟大侠我是相信得过的。我也不怕你会反悔。孟大侠，解药给你。”

孟华接过解药，分给石、丁二人，并以本身真力相助他们凝聚真气。

过了半支香时刻，石天行忽地一跃而起，一掌向宇文雷劈去。

穆欣欣叫道：“你干什么？”只见石天行掌峰一偏，把宇文雷身旁的一棵松树的一枝树枝劈断，穆欣欣这才知道他是在试自己的功力恢复几分。

宇文雷道：“解药已经证明不是假的了，我可以走了吧？”此时孟华早已替他解开穴道了。

石天行想起被擒之辱，火红着双眼，喝道：“便宜了你这小子，滚吧！”

穆欣欣这伙人走了之后，石天行道：“孟贤侄，今天多亏了你。你怎么知道我们在这里？”

孟华说道：“我是奉掌门之命，到火云庄给归大侠祝寿的。寿筵中有人说曾在榆林看见你和丁师叔，以为你们随后就会到火云庄的，不料将近入黑，还不见你，我恐防出事，故此赶快告辞，来找你们。开头我找错方向，最后才发现你们留下标记。以至来迟了。”

丁兆鸣道：“我们本来是要去给归大侠拜寿的，就在火云庄前面五里之地，遭了那妖妇的暗算。”

石天行道：“闲话少说。孟贤侄，我们父子身受奇辱，还望你仗义执言！”

孟华说道：“白驼山那伙妖人我不会放过他们的。”

石天行道：“我不是说白驼山的妖人，要是只对付那帮妖人的话，我也用不着你仗义执言了。

“我和丁师弟是受那妖妇暗算，但清泉却并不是被白驼山妖人所伤，唉，我真不知道怎样和你说才好，这件事我也是意想不到的。帮那姓龙的小妖女几乎要了清泉性命的人你猜是谁？他，他……”

石天行尚未说出江上云的名字，孟华已是忽地说道：“我不相信是江上云所为！”

石天行呆了一呆，说道：“孟世兄，你已经知道了？”

孟华说道：“我并不知道，我只是听见了。陆师兄，你刚才和白驼山妖人说的那些话可是真的？”

陆敢当被孟华锐利的目光盯得心里发慌，硬着头皮说道：“那些话我也是当着师父和师叔的面说的，岂有半字虚言！”

丁兆鸣一直未有机会开口，此时方始说道：“陆师侄，我并非说你捏造谎言，但以江上云平素的为人而论，我也不大相信他会做出这种事情！”

石天行心里恼怒，暗地想道：“原来孟华他，他早已来了。但却躲在一旁偷听，看我受辱！”他却没想，孟华也是想要知道事情的原委的，他既然听到了陆敢当提及他，说这祸事是因他而起，他自是不能不听个明白。何况，在他听到陆敢当的声音之时，也还是有一大段距离的，又怎能立即赶到？

石天行心中恼怒，但因有所求于孟华，不便向孟华发作，只能拿师弟出气，哼了一声，说道：“江上云平素的为人怎样，他恃着有个武功天下第一的老子，狂妄自大，目中无人，几曾将我们这些长辈放在眼内？他心地狭窄，当年找孟贤侄比剑就是一例！”

孟华当然听得出这话是针对他说的，当下便把话头接了过去，说道：“江上云以往虽然和我有过一点芥蒂，他的为人，不错，也是有点骄傲，但行事却是光明磊落的。”

石天行冷冷说道：“俗语说知子莫若父，知徒莫若师。敢当是我徒弟，我这徒弟虽然不济，但有一样好处我是深知的，他忠于师门，从来没有和我说过假话！”

孟华赔笑道：“我不是不相信陆师兄的话，但江上云自从那次和我比剑之后，芥蒂早已消除，因此我不相信他仍会对我怀恨在心！”

石天行冷笑道："知人知面不知心，孟世兄，这句俗语难道你没听过？还有一句俗语，叫做心病难消，我想你也应该知道吧？"虽然没有对孟华说明出来，已是暗指江上云与他争恋金碧漪之事。

孟华不愿和他顶撞，只好不说话。

陆敢当却是给孟华那如寒冰、似利剪的目光盯得心里直发慌，真所谓作贼心虚，生怕孟华查根问底，拆穿他的谎话。人急智生，忽地想起一事，说道："孟师兄，要是你不相信的话，眼前就有一个真凭实据。"

孟华道："哦，什么真凭实据。"

陆敢当说道："石师兄被那小妖女刺伤之前，是先给江上云打了一掌，在他身上还留有伤痕。"

石天行道："对了，孟师兄，江家的武功你比我熟悉得多，江上云的手法想必你看得出来。你这就去察看一下吧。"

孟华仔细察看石清泉所受的外伤，点了点头，说道："不错，令郎是给江家的小天星掌力震伤一条肋骨，但要是江上云全力施为，令郎只怕早已性命不保。如今，一条肋骨虽然折断，却是无足轻重的外伤，只须用寻常的驳骨之法，也可治好。"

石天行冷笑道："如此说来，我倒是应该多谢江上云手下留情了。不过，既然证实了是江上云所为，我这徒弟说的就不是假话了。"

其实这两者之间，是不能画上等号的。江上云打伤石清泉，并不等于他这样做的目的就是为了对付孟华，一如陆敢当说的那样。

不过孟华一来不想和石天行辩驳，二来江上云打伤石清泉，抢走龙灵珠，这总是事实，他也不能没有怀疑。

"我也不懂江上云因何做出这种事情，但不管他是否是为了对付我，这件事情我一定要查究明白的！"孟华说道。

石天行这才转怒为喜，说道："其实，真相已经摆在眼前，是用不着查究的了。我担心的只是，掌门人碍着他父亲的面子，恐怕未必肯管这件事情。"

孟华说道："这个，石师叔倒是不用担心，纵然掌门碍着江大侠的面子，江大侠也不是纵子行凶的人。这件事情你交给我好啦。

江上云他们走了多久?”

陆敢当道:“差不多半天了。”

孟华道:“好,我马上去追踪他们,要是追不上的话,我也可以先回去禀告掌门!”要知石清泉是受了重伤的,假如孟华和他们同行的话,行程自是难免大大迟缓。

石天行道:“这样也好。我虽然是本派长老,但在掌门人面前,你说的话要比我有力得多。好,你这就去吧。”

江上云与龙灵珠快马疾驰,他们比孟华更为着急要赶往天山。

兼程赶路,不到一个月,他们已是西出玉门关,踏进了回疆了。

这日正行走间,忽觉眼前一亮,只见前面一个冰湖,浮冰流动,如珍珠、如宝石,互相碰击,叮咚作响。部分冻结的地方,更如一片晶莹的白玉,在阳光照射之下,耀眼生缬。从山腰到山脚,布满着苍绿色的树木,一直插到湖里,景色之美,难以形容。

龙灵珠道:“啊,这个地方真美,可惜咱们要赶路。”

江上云道:“这是瓦纳的地方,瓦纳族是哈萨克的一个部落,酋长叫做罗海,和我也是相识的。要不是咱们必须早日赶往天山,我倒是应该拜访他的。”

龙灵珠道:“罗海是不是有个女儿,名叫罗曼娜?”

江上云道:“不错。罗曼娜是回疆第一美人,你认识她吗?”

龙灵珠笑道:“何止认识,我还曾经和她开过玩笑呢。我和杨炎相识,就是由他们父女而起的。不过当时他们是和杨炎到鲁特安旗的首府去的,我和他们在途中相遇。这个地方我却没有来过。”当下,把那次与杨炎结识的经过,告诉江上云:“他扮作小叫花,我戏弄他,谁知反而受了他的戏弄。”

江上云哈哈笑道:“如此说来,你和他倒真是不打不成相识了。”龙灵珠道:“可不是吗。我和罗曼娜也是一样,我见她貌美,一时孩子气发作,忍不住将她捉弄。当时还几乎给杨炎误会我是坏人呢。好在随后我又帮罗海父女打败了追踪他们的敌人,杨炎这才放过我的。”

江上云说道:“那次之后,你有没有见过罗海父女?听说罗海已经当上了哈萨克各个部落的总格老了。”

龙灵珠道：“这件事情我知道。罗海那次就是要到鲁特安旗去就总格者之任的。不过，我却没有再见过他了。对他的女儿，我也还未有机会向她道歉呢。”

江上云道：“好，回来的时候，咱们和杨炎一起拜访他们父女。”

龙灵珠苦笑道：“但愿如你所言。”想起杨炎现在正在冒着绝大的危险，返回天山，纵有江上云替他向天山派的掌门人说情，只怕他也未必能够得到同门的谅解。而杨炎这次返回天山，又是为了冷冰儿的，思之不禁黯然。

江上云似乎知道她的心思，说道：“我虽然没有把握替杨炎解围，但如今握有石清泉认罪书，总是多了几分指望。你不必胡思乱想了，还是快点赶路吧。”

就在此时，忽见前面尘头大起，千军万马的声势来得甚是骇人。

江上云吃了一惊，说道：“来的好像是清军！”

话犹未了，那队骑兵已是向着他们冲来，打的果然是清军旗号。

江上云道：“别和他们硬碰，快逃！”

官兵中有个书生打扮的人，特别惹人注目，他和一个军官并辔齐驱。龙灵珠目光一瞥，感觉好生眼熟，但在沙尘滚滚之下，看得尚未真切，不免看多一眼。

官兵已经发现他们了，纷纷叫道：“唉，前面有个小妇儿，长得好美！”“哈，她的坐骑跑得好快，看来亦非凡品呢！”“武将军，把她抓来好不好？”

那军官先是喝道：“咱们有军令在身，打下鲁特安旗，你怕没有漂亮的姑娘吗？不许……咦……”

“胡来”二字尚未吐出唇，他自己已是纵马奔来了。“咦，我道是谁，原来是那姓龙的小妖女！”

他一出声，龙灵珠就认出他来了。这个军官是去年曾在柴达木和齐世杰交过手的那个武毅，龙灵珠当时也在场的。不过那时他是叫花子打扮，却非军官装束。

那个书生也追上来了，他的坐骑是大宛产的良驹，比起龙灵珠坐的这匹红鬃烈马也差不多少。后发先至，反而抢在武毅的前头。

“嘿、嘿，真是人生无处不相逢，龙姑娘，想不到咱们又碰上了！怎的你又跟上了另一个男人，是给杨炎这小子抛弃了吗？”一副油腔滑调，刺耳之极。原来是段剑青。

段剑青一扬手飞出一把铜钱。他已经练成了龙象功，摘叶飞花，亦可当作暗器，这一把铜钱从百步之外打来，胜过连枝箭。

龙灵珠抽出银丝软鞭，舞得风雨不透。只听得叮叮之声，宛如繁弦急奏，那十几枚铜钱，都给她扫落了。

段剑青吃了一惊，心里想道：“不过一年工夫，这小妖女的武功，竟然精进如斯，倒是不可小觑她了。”

殊不知龙灵珠却是有苦说不出来，她虽然尽数扫落了段剑青所发的钱镖，虎口亦已给震得酸麻乏力。这一年来，她与杨炎互相切磋，内功造诣确已是今非昔比，否则早已给段剑青的钱镖打下马了。但虽然如此，毕竟还是和段剑青有一段距离。

她被钱镖阻了一阻，给段剑青追上了。

江上云见状不妙，大吃一惊，连忙拍马赶去。几名官兵上前拦截，江上云剑走连环，马不停蹄，已是把三名官兵刺伤，倒于马下。

猛听得有人喝道：“好俊的天山派追风剑法，待我来领教几招！”声到马到，一根碗口大的禅杖挟着劲风已是向江上云横扫过来。只听得叮叮当当之声，震耳欲聋，溅起火星点点。刹那之间，宝剑和铁杖碰了十七八下。江上云想要乘瑕抵隙，竟然找不到对方破绽。剑短杖长，在兵器上先吃了亏，还幸亏江上云这把宝剑乃是百炼精钢，这才不致给铁杖磕损。数招一过，江上云暗暗吃惊。“想不到除了段剑青之外，清军中还有如此人物，奇怪，他怎么会使丐帮的降龙法？”

这名军官，正是武毅。原来他是三十多年之前，远走塞外的丐帮叛徒仲毋庸的弟子。仲毋庸本是南丐帮帮主仲长统的独生儿子，为了父亲不把帮主之位传给他，一怒而走回疆的。（事详拙著《牧野流星》。）武毅在他门下，已是尽得他的衣钵真传。

两人的骑术不分上下，论武功，武毅也不过略逊江上云一筹，但在马上交锋，他却占了兵器上的便宜，拉平来说，两人仍是难分高下。

那一边，龙灵珠已是给段剑青追上了。

段剑青哈哈笑道："咱们也算得是老朋友，怎么你一见老朋友就要走，不嫌太过绝情么？"

龙灵珠气得七窍生烟，但识得他的厉害，却是不敢分神和他斗嘴。当下鞭剑齐施，拼死抵挡。但也不过只能抵敌十数招，便给段剑青看出她的功力不济，双指一伸，把她的银丝软鞭挟着。

段剑青笑道："龙姑娘，过来叙叙旧吧。我劝你莫要敬酒不吃吃罚酒了！"一拉之下，龙灵珠连人带马竟然给他拉动，他已是使出了第八重的龙象功。龙灵珠倘若抛弃软鞭，只怕人和马都要立即给他震伤。

江上云冲不过去，情急之下，突然使出拼命的打法，在马背上飞身跃起，一招"鹏搏九霄"，对准武毅的天灵盖，凌空刺下。

武毅大吃一惊，连忙一个"镫里藏身"，俯伏马背，当的一声，把江上云的宝剑挡开。但江上云已是对准他的坐骑落下来了。武毅不敢拼命，连忙滚下雕鞍。江上云抢了他的坐骑，立即赶去。

他来得恰是时候，段剑青只好放开龙灵珠，迎击他的急袭。

双剑相交，江上云只觉对方的剑尖，隐隐似有一股粘劲，他奋力一冲，这才冲了过去。但剑招却已刺歪了。

段剑青道："江公子家学渊源，果然是名不虚传。段某不才，难得相遇，还要领教几招。"江上云原来那匹坐骑已经让给龙灵珠，目前这匹坐骑虽然也是一匹良驹，比起段剑青的坐骑却是颇有不如，瞬息间又给他追上。

江上云叫道："龙姑娘，你快走，别等我！"此时官兵已是如潮水般涌来，龙灵珠只好先逃出去。

江上云剑掌兼施，劈空掌连发，打翻了几名前来助战的军官。段剑青喝道："来而不往非礼也，让你也见识见识我的劈空掌功夫。"

他的龙象功已经练到了第八重，劈空掌一发，声如郁雷。江上云识得厉害，以柔中寓刚的大须弥掌力与他对掌，他发掌无声无息，但见段剑青的身形却已是晃了两晃，好不容易，方能坐稳雕鞍。

江上云纹风不动，但他胯下的坐骑却已倒了下去。原来两人的掌力各有所长，段剑青的龙象功胜在刚猛，江上云的须弥掌则胜在稳厚绵密，后劲悠长。江上云本身可以抗御对方的第八重龙象功，他的坐骑却是禁受不起。

江上云在坐骑即将倒地之际，飞身跃起，又再抢了另一个军官的坐骑，趁着段剑青一时间尚未能够追来，杀开一条血路。

段剑青只觉胸中气血翻涌，几乎坐不稳雕鞍。运气三转，方始能够调匀气息。原来他的武功与江上云本是不相上下的，但因他不识须弥掌力的奥妙，须弥掌力有三重后劲，他以为已经尽将对方的劲道化解了，哪知对方的后劲在对掌过后威力方始发挥。待他调匀气息，江上云已是快马突围。

段剑青喝道："放箭！"千箭如蝗，江上云的坐骑登时变作了刺猬，毙于箭下。

江上云飞身跃起，头下脚上地摔了下来。段剑青大喜叫道："他中箭了！"

话犹未了，只见江上云一个鲤鱼打挺，又跃起来，跑得比刚才骑马还快。

他那匹坐骑是跑到将近山边的时候方给射毙的，江上云一跑上山，强弓硬弩都射不到了。不需片刻，他的背影已是消失林中。

武毅刚才败在江上云剑下，心中大忿，说道："这厮业已中箭，谅他跑得不远，要不要把他抓回来？"正是：

硬弩强弓都没用，已是鸿飞脱网罗。

欲知后事如何？请听下回分解。